Joanna Wolfe • Küss mich unterm Nordlicht

DIE AUTORIN

Joanna Wolfe reiste mit einer Band durch die USA und Europa und schwärmt vom hohen Norden, solange sie denken kann. Mit Wölfen verbindet sie eine »Seelenverwandtschaft«. Sie verbringt zahlreiche Monate des Jahres in Alaska und Kanada und lebt die restliche Zeit des Jahres in Chicago und Frankfurt am Main. Unter anderen Namen hat sich die weit gereiste Autorin bereits mit Spannungsromanen und gefühlvollen Liebesgeschichten einen Namen gemacht.

Joanna Wolfe

Küss mich unterm Nordlicht

cbt

Kinder- und Jugendbuchverlag
in der Verlagsgruppe Random House

MIX
Papier aus verantwortungsvollen Quellen
FSC® C014496

Verlagsgruppe Random House FSC® N001967
Das für dieses Buch verwendete
FSC®-zertifizierte Papier *Pamo House*
liefert Arctic Paper Mochenwangen GmbH.

1. Auflage
Originalausgabe Dezember 2015

Lektorat: Birgit Förster
Umschlaggestaltung: Kathrin Schüler, Berlin
Umschlagmotive: Shutterstock (Aleshyn_Andrei,
turtix, David S. Rose)
mi · Herstellung: kw
Satz: Buch-Werkstatt GmbH, Bad Aibling
Druck und Bindung: GGP Media GmbH, Pößneck
ISBN: 978-3-570-31004-5
Printed in Germany

www.cbt-buecher.de

1

Jenny blieb verwundert auf den Kufen stehen, als sie den Schlitten vor der heimatlichen Lodge bremste. Die Huskys, die zu Hause geblieben waren, begrüßten sie jaulend. Sie beruhigte ihr Hundegespann und blickte nervös auf die offene Eingangstür. »Dad! Bist du zu Hause, Dad?«

Ihr Vater antwortete nicht. Das zweistöckige Blockhaus lag verlassen in der Dunkelheit, inmitten des leichten Schneegestöbers, das am frühen Nachmittag eingesetzt hatte. Es war bitterkalt, sogar für Alaska. Ungefähr zwanzig Grad unter null, schätzte sie. Aus dem Norden wehte ein frostiger Wind heran. Der Mond und die Sterne hatten sich hinter Wolken versteckt.

Seltsam, dachte sie, ihr Vater würde niemals die Eingangstür offen lassen, nicht einmal, um nach den Huskys zu sehen oder etwas aus dem Schuppen hinter dem Haus zu holen. Die Wärme im großen Wohnraum war viel zu kostbar, um sie von einer Windböe vertreiben zu lassen.

Irgendetwas hatte ihn überrascht oder erschreckt und ins Freie gelockt. »Dad!«, rief sie wieder.

Sie verankerte den Schlitten und näherte sich dem Haus. Nur zögernd betrat sie den Vorraum, immer darauf gefasst, einem Einbrecher oder wilden Tier zu begegnen. Es war niemand im Wohnraum, doch der Fernseher lief, und die Wetterfee von Channel 11 erzählte was von einer Kaltfront, die sich über der Alaska Range zusammenbraute. Als ob es nicht schon kalt genug wäre.

»Dad? Wo steckst du, Dad?«

Sie stieg über die offene Treppe in den ersten Stock hinauf und sah in allen Zimmern und den Bädern nach. Es war niemand im Haus. Die nächsten Gäste würden erst am Samstagmorgen eintreffen, ein Journalist mit seiner Familie.

Seit dem Tod ihrer Mutter betrieben ihr Vater und sie eine Guest Lodge. Sie hatte nach der Highschool sogar das College verschoben, um ihrem Vater helfen zu können. Seinen früheren Job als Hotelmanager hatte er aufgegeben.

Enttäuscht stieg sie ins Erdgeschoss hinab. Sie ging in sein Arbeitszimmer und sah, dass er noch vor einer halben Stunde eine Seite im Internet aufgeschlagen hatte. Der halbvolle Kaffeebecher neben seiner Tastatur war warm. Sie rief ihn auf seinem Handy an und hörte es in der Küche klingeln. Wie so oft hatte er sein Handy auf dem Frühstückstisch liegen lassen. »Dad! Sag doch was!«, rief sie, obwohl sie längst wusste, dass er nicht zu Hause war.

Sie warf einen Holzscheit ins Feuer und kehrte nach draußen zurück. Erst jetzt bemerkte sie, dass eines der Snowmobile fehlte. »Oh Dad! Nicht schon wieder!«, seufzte sie.

Sie glaubte zu wissen, warum ihr Vater das Haus verlassen hatte und wohin er mit dem Snowmobil gefahren war. »Das bringt doch nichts, Dad! So holst du Mom auch nicht zurück. Sie ist … sie ist tot!«

Mit Tränen in den Augen stieg sie auf den Schlitten. »Wir müssen noch mal los, Ruby!«, rief sie ihrem Leithund zu. »Wir müssen Dad suchen. Er ist mit dem Snowmobil weggefahren. Euer Fressen bekommt ihr später, okay?«

Die Hunde ließen sich nicht zweimal bitten. Wie alle Huskys rannten sie für ihr Leben gern und konnten sich nichts Schöneres vorstellen, als bei klirrender Kälte durch die verschneite Wildnis zu laufen. Auch ohne ihr »Vorwärts! Go! Go!« wären sie wohl auf den Trail gestürmt. Sie folgte den Snowmobil-Spuren, die im Flockenwirbel allerdings kaum zu sehen waren, in den Wald und weiter nach Nordwesten. Ein alter Trail, der während des Goldrauschs vor über hundert Jahren in die White Mountains geführt hatte.

Sie nahm an, dass ihr Vater auf eine versteckte Lichtung am Chatanika River zuhielt. Das Steilufer des romantisch gelegenen Flusses war einer seiner Lieblingsplätze. Er glaubte, dort am besten nachdenken zu können. Auch während eines gemeinsamen Ausflugs hatte er dort angehalten und sehnsuchtsvoll gen Himmel geblickt.

Ihre Mutter war vor dreieinhalb Jahren bei einem Autounfall ums Leben gekommen, und obwohl weder ihr Vater noch sie dabei gewesen waren, gab er sich noch immer die Schuld daran. Weder Jenny noch die Selbsthilfegruppe, zu der er jeden Donnerstag ging, hatten ihn davon abbringen können. »Erst wenn Mom mir ein Zeichen sendet, weiß ich, dass sie mir verziehen hat«, sagte er. »Ich bin schuld. Ich hätte sie niemals allein nach Fairbanks fahren lassen sollen.«

Dabei war sie eine viel bessere Autofahrerin als er gewesen, und er hätte alles nur noch schlimmer gemacht. Jenny erinnerte sich noch genau an den verhängnisvollen Tag. Es war ein Herbsttag im September. Ihnen waren die Eier ausgegangen, und ihre Mutter war im strömenden Regen zum Supermarkt in Fairbanks gefahren, um die Lodge-Gäste am nächsten Morgen nicht enttäuschen zu müssen.

Zwei Stunden später war ein State Trooper vorbeigekommen und hatte ihnen mitgeteilt, dass Michelle Sheldon bei einem tragischen Verkehrsunfall ums Leben gekommen war. Ihr Wagen war auf der regennassen Straße ins Schleudern geraten und gegen einen Baum geprallt. Sie war sofort tot gewesen. Ein schwacher Trost für ihren Vater und sie.

Dann waren sie mit dem State Trooper in die Stadt gefahren und hatten sie identifiziert. Es war einer der traurigsten Tage in ihrem ganzen Leben gewesen. Sie hatte so lange geheult, bis keine Tränen mehr gekommen waren und ihre Augen nur noch gebrannt hatten. Noch schlimmer war die Beerdigung drei Tage später gewesen, als ihr Vater am Grab zusammengebrochen war. Er hatte sie so sehr geliebt.

Die Huskys zogen den Schlitten an einem abgebrochenen Ast vorbei. Sie hatte die Stirnlampe eingeschaltet und vertraute dem Lichtschein, der kegelförmig auf den Trail fiel. An einigen Stellen blieb ihr nichts anderes übrig, als sich nur auf ihre Hunde zu verlassen. Vor allem auf Ruby, ihren erfahrenen Leithund, der jede noch so kleine Gefahr schon lange im Voraus zu wittern schien.

Die anderen Hunde akzeptierten ihn einhellig als ihren Anführer. Waldo und Yukon, die beiden Starken, Atlas und die schnelle Jade, Johnny und Nugget, jung und draufgängerisch. Genau die richtige Mischung für ein Team, das beim Iditarod mitmachen wollte. Am härtesten Hundeschlittenrennen der Welt teilzunehmen, war der größte Wunsch ihrer Mutter gewesen, und sie hatte fest vor, in ihre Fußstapfen zu treten und dieses Rennen für sie zu gewinnen oder zumindest einen respektablen Platz im Mittelfeld zu erringen.

Die Hundezucht war das zweite Standbein der Sheldons und einer der Gründe, warum sie vor sieben Jahren nach Alaska gezogen waren. Jenny war damals elf gewesen. Sie hatten immer Schlittenhunde besessen, und ihre

Mutter hatte sogar schon in Minnesota an einigen Rennen teilgenommen, aber Alaska war das Mekka für Husky-Besitzer, und sie hatten nicht lange überlegt, als man ihrem Vater einen Job in Fairbanks angeboten hatte.

Sie hatten das zweistöckige Blockhaus vor der Stadt gekauft und es in eine Guest Lodge umgebaut, die ihnen ein weiteres Standbein geliefert hatte. Damals hatten sie allerdings nur sporadisch Gäste aufgenommen. Inzwischen waren sie im Sommer ausgebucht und im Winter vor allem bei Husky-Freunden und Snowmobil-Fahrern beliebt. Sie besaßen vier Snowmobile, auf denen die Gäste nach einer kurzen Einführung allein fahren durften, und den Hundeschlitten, mit dem Jenny die Lodge-Gäste über gängige Trails spazieren fuhr.

Auf einer Lichtung hielt sie an und lauschte. Es war kein Motorengeräusch zu hören. Lediglich der Wind rauschte in den Schwarzfichten. Der Schnee fiel lautlos vom Himmel herab, selbst die Hunde verhielten sich für einen Augenblick ruhig. Das plötzliche Knacken eines Astes klang störend in der Stille.

Sie fuhr rasch weiter. Der Schnee war dabei, die Spuren vollständig zu bedecken, sodass sie weiter ihrem Bauchgefühl vertraute und auf die Lichtung am Chatanika River zuhielt. Der Trail führte jetzt durch lichten Wald und war leicht befahrbar, ein vertrauter Teil ihrer Trainingsstrecke, die zu ihrer Vorbereitung auf das Iditarod-Rennen gehörte. Weiter nördlich, in den Ausläufern der White Mountains, bot er ähnliche Bedingungen wie der tatsächliche Iditarod Trail im Landesinneren. »Lauft! Lauft!«, rief sie den Huskys zu. »Bloß nicht schlappmachen. Oder seid ihr vielleicht schon müde? Weiter, Ruby!«

Jenny vermisste ihre Mutter sehr und weinte fast jeden Abend, wenn sie daran dachte, wie sie ihr noch in Minnesota immer eine Geschichte vor dem Einschlafen vorgelesen hatte. Und als sie älter war, in Alaska, hatte sie ihr öfter ein Buch geschenkt und dazu gesagt: »Das musst du unbedingt vor dem Einschlafen lesen. Ein tolles Buch.« Oder so ähnlich. Vor allem Abenteuerromane von Jack London und Joseph Conrad, die sie selbst gerne las und die angeblich vorwiegend von Männern gelesen wurden.

Jenny hatte sich immer nach dem großen Abenteuer gesehnt und fühlte sich auch deshalb pudelwohl in Alaska. Hier konnte man auch heute noch viel erleben.

Ihrem Vater machte der Verlust wesentlich mehr zu schaffen. Er würde wohl erst über den Tod seiner Frau hinwegkommen, wenn sie ihm tatsächlich ein Zeichen schickte. Für andere Frauen interessierte er sich herzlich wenig. Als im letzten Sommer zwei attraktive Schwestern in seinem Alter ein Zimmer gemietet und ihn beide umschwärmt hatten, war er regelrecht geflohen. Und die Dates, die seine wenigen Freunde und Bekannten für ihn organisierten, schlug er jedes Mal in den Wind. »Ich weiß selbst, was gut für mich ist«, antwortete er dann, »lasst mich in Frieden!«

Jenny fühlte sich verantwortlich für ihren Vater und hatte auch deshalb ihren College-Besuch verschoben. Sie brauchte eine Auszeit und wollte nach der Highschool erst einmal was ganz anderes machen. Nach dem Tod ihrer Mutter waren ihr die Unterhaltungen mit ihren Mitschülerinnen seltsam hohl und leer vorgekommen, und mit Brian, mit dem sie im letzten Sommer ausgegangen war, hatte sie sogar Schluss gemacht. Er hatte die Abfuhr nicht akzeptieren wollen und hatte sie wochenlang verfolgt, bis sie ihn am Kragen gepackt und angeschrien hatte: »Ich kann jetzt einfach keinen Freund gebrauchen! Wann kapierst du das endlich?« Das war auch nicht die feine englische Art, wie sie sich eingestehen musste, aber auf andere Weise war dem Mistkerl nicht beizukommen.

»Wie kannst du einen solchen Supertyp nur laufen lassen?«, hatte ihr Karen, ihre beste Freundin, danach vorgeworfen. Sie traf sich einmal die Woche mit ihr im Starbucks auf einen Caffè Latte und manchmal auch zum Essen. »Wenn ich mir nicht geschworen hätte, niemals den abgelegten Lover meiner besten Freundin ins Bett zu zerren, hätte ich ihn mir glatt geangelt. Was ist nur los mit dir, Jenny? Willst du ewig mit so 'ner Leidensmiene rumlaufen?«

»Du bist achtzehn, du hast noch viel Zeit«, hatte ihr Vater sie getröstet, »dir rennen die Männer schon bald die Bude ein, und dann hast du die freie Auswahl. Was nicht heißt, dass ich dir keinen Freund gönne. Wie du weißt, komme ich hier auch allein ganz gut zurecht, und für die Hunde könnte ich einen Helfer anstellen, falls du ausziehen möchtest. Du weißt, dass ich nicht klammere, oder?« Sein Blick drückte etwas anderes aus.

Inzwischen hatte sie den Wald verlassen, und der Trail führte am Ufer des Chatanika River entlang nach Nordosten. Die Lichtung, auf der sie ihren Vater vermutete, war noch etliche Meilen entfernt. Im flackernden Lichtschein ihrer Stirnlampe huschten die Bäume und die Böschung zu ihrer Rechten vorbei, links fiel das Ufer, nur von wenigen Bäumen und Gestrüpp unterbrochen, steil nach unten ab. Der Tiefschnee und das aufgeworfene Eis des zugefrorenen Flusses reflektierten das wenige Licht und schimmerten matt.

Vor einer scharfen Biegung stellte Ruby die Ohren auf. Er wurde langsamer, ohne dass sie das Kommando dafür gegeben hätte, und blickte sich nervös nach ihr um. Sie war auf einen Elch oder ein anderes Hindernis gefasst und ließ die Hunde sofort anhalten. Vergeblich lauschte sie nach einem verdächtigen Geräusch. Außer dem Rauschen des Windes war nichts zu hören.

Sie rammte den Anker des Schlittens in den Schnee und ging um die Biegung herum. Vor ihr war der Schnee aufgewühlt und mit Dreck vermischt. Die breite Spur eines Snowmobils führte vom Trail weg auf das Steilufer zu.

»Dad!«, rief sie erschrocken.

Sie blickte nach unten und sah das Snowmobil über

einem Gebüsch im Tiefschnee liegen. Ihr Vater lag halb unter der schweren Maschine begraben und versuchte verzweifelt, seine Beine freizubekommen. Der Lichtkegel ihrer Stirnlampe streifte seine angespannte Miene und eine Wunde an seiner Stirn.

»Dad!«, rief sie wieder. »Ich komme, Dad!«

»Jenny!«, flüsterte er dankbar.

Nur weil der Schnee so tief war, dass sie bei jedem Schritt bis zu den Knien einsank, geriet sie beim Abstieg nicht ins Rutschen. Geduldig arbeitete sie sich bis zu ihrem Vater vor und beugte sich zu ihm hinab. Als sie sah, dass er im hellen Licht die Augen zusammenkniff, schaltete sie die Stirnlampe aus. »Dad!«, rief sie aufgeregt. Sie wischte Schnee von seinem Gesicht. »Ist alles in Ordnung? Du hast dir doch nichts gebrochen, oder? Warte … ich helfe dir!«

Sie packte das Snowmobil am Lenker und zog mit allen Kräften, während er die schwere Maschine mit beiden Armen und Beinen von sich wegdrückte. Wie in Zeitlupe neigte sie sich zur anderen Seite. Jenny wich gerade noch rechtzeitig aus, bevor sie kippte und fast vollständig im Tiefschnee versank.

Ihr Vater schnaufte erleichtert. »Danke … danke, Jenny.«

Sie umarmten sich innig, und Jenny weinte sogar, als ihr klar wurde, dass er wahrscheinlich nur gestürzt war, weil er zu sehr an ihre Mutter gedacht und deshalb die Kontrolle über das Snowmobil verloren hatte. Auch sie war schon einmal mit dem Snowmobil gestürzt, hatte sich aber kaum verletzt, weil die Maschine an ihr vorbeigerutscht war und sie kaum berührt hatte. Ihr Vater klagte über leichte Schmerzen in beiden Beinen, hatte sich aber zum Glück nichts gebrochen.

Sie half ihm auf und hielt ihn so lange fest, bis seine Schmerzen nachließen und er einigermaßen das Gleichgewicht halten konnte. Zusammen kletterten sie den Hang zum Trail hinauf. Das Snowmobil würden sie später holen müssen, dafür brauchten sie tatkräftige Hilfe und Ketten. Das Ufer war viel zu steil, um die Maschine mit den Händen nach oben zu wuchten.

Die Huskys empfingen sie aufgeregt. »Dad ist nichts passiert«, beruhigte sie das Gespann, »er braucht nur ein wenig Ruhe, dann ist er wieder okay.«

Er setzte sich auf die Ladefläche und hüllte sich in die Decken, die sie immer im Schlittensack mitführten. Jenny zog die Thermosflasche hervor. »Hier … ich hab noch heißen Tee für dich. Du bist ja vollkommen durchgefroren.« Sie schraubte den Deckel ab und reichte sie ihm. »Du hast die Haustür offen gelassen«, sagte sie ohne den geringsten Vorwurf in ihrer Stimme.

»Hab ich das?« Er trank einen Schluck und blickte sie schuldbewusst an. »Es tut mir leid, Jenny. Ich wollte dir keine Angst einjagen. Es ist nur …« Er hielt die Thermosflasche mit beiden Händen umklammert. »Ich musste unbedingt mit Mom reden, und das kann ich am besten hier draußen. Ihr Grab ist ein Platz, um Blumen abzulegen, aber treffen kann ich sie nur in der Wildnis. Hier ist es noch stiller als in einer Kathedrale, und selbst bei einem solchen Wetter kann ich immer noch einen blinkenden Stern finden, der mich an sie erinnert.« Er gab ihr die Thermosflasche zurück. »Es tut mir leid, Jenny. Ich weiß, ich sollte mich langsam von ihr lösen, aber ... ich bin noch nicht dazu bereit. Ich weiß auch, dass du es nicht leicht mit mir hast ...«

»Schon gut, Dad«, beschwichtigte sie, »das ist doch alles ganz normal. Du trinkst nicht, du rauchst nicht, du schreist nicht rum. Ich hab schon Filme gesehen, da drehen die Männer völlig durch, wenn sie ihre Frauen verloren haben.« Sie verstaute die Thermosflasche im Schlittensack. »Ich zeige es vielleicht nicht so, aber ich denke auch jeden Tag an Mom. Ich brauche mir nicht mal das Foto auf meinem Nachttisch anzusehen. Wenn ich die Augen schließe, sehe ich sie genau vor mir. Ihr langes Haar, die dunklen Augen und ihr Lächeln. Vor allem ihr Lächeln. Sie war immer so sanft und geduldig, findest du nicht auch, Dad?«

»Vor allem deswegen habe ich sie geliebt«, gestand er, »und ich liebe sie immer noch. Eine Frau wie sie kann man nicht einfach vergessen. Ich werde sie wohl immer lieben. Wie heißt es so schön? Über den Tod hinaus und in alle Ewigkeit.«

»Das darfst du doch auch, Dad. Aber das heißt noch lange nicht, dass du nicht mehr fröhlich sein und keine andere Frau mehr ansehen darfst. Mom hätte sicher gewollt, dass du ein neues Leben beginnst. Nicht nur äußerlich, mit der Lodge und so, auch sonst. Du musst dich von ihr lösen, Dad.«

»Das sagen sie in der Selbsthilfegruppe auch immer.«

»Und sie haben recht«, betonte sie. »Die Psychologin, bei der ich war, hat etwas Ähnliches gesagt. Man sollte weinen, bis keine Tränen mehr kommen, und dann wieder jeden Tag mit einem Lächeln beginnen. Ich glaube, man kann beides. Um Mom trauern und der Zukunft ins Auge sehen.«

»Und was siehst du in der Zukunft?«, fragte er.

Sie lächelte. »Bestimmt keinen neuen Freund. Ich habe schon bei Brian danebengegriffen und keine Lust, mir noch mal eine Niete einzuhandeln. Ich gehe nur noch mit jungen Männern aus, wenn sie mir wirklich gefallen. Mir reicht es nicht, wenn einer gut aussieht und beim Wolf Pack spielt.« So hieß das Football-Team der West Valley High School. »Und von den Angebern, die mir zeigen wollen, wie man einen Hundeschlitten richtig steuert, hab ich auch die Nase voll. Denen zeige ich beim Iditarod, wer besser mit einem Husky-Team umgehen kann. Ich hab genug von diesen Typen.«

Er grinste. »Wie wär's, wenn wir nach Hause fahren?«

»Wie wär's mit einem leckeren Eintopf?«

»Dem von heute Mittag?« Seine Schmerzen hatten anscheinend nachgelassen. »Das klingt gut. Obwohl ich noch mal zugelangt habe, als du weg warst.« Er lehnte sich mit dem Rücken gegen den Schlittensack.

»Am besten setzen wir schon mal neuen auf, damit wir genug haben, wenn morgen früh die Gäste eintreffen. Die kommen aus L. A. und haben sicher einen Bärenhunger.«

»Aus L. A.? Von der Sonne in den Schnee?«

»Sie machen hier keinen Urlaub«, erklärte ihr Vater. »John Cooper ist Journalist. Er schreibt Reiseberichte für ein großes Magazin und hat wohl mehrere Trips mit einem Buschflieger geplant. Ob seine Frau und sein Sohn mitfliegen, weiß ich nicht. Ich vermute, um die beiden müssen wir uns kümmern.«

Sie stöhnte leise. »Genau das, was ich jetzt brauche. Noch so ein arroganter Stadtjunge, der keine Ahnung von Schlittenhunden hat und trotzdem alles besser weiß. Zu dumm, dass wir zu diesen Typen immer nett sein müssen.«

»Warte es doch erst mal ab«, sagte ihr Vater.

Sie stieg auf die Kufen und hielt sich an der Haltestange fest. »Wie gesagt, den Typ, der mir gefällt, gibt's sowieso nicht. Vorwärts, Ruby, lauft, lauft!«

2

Noch vor dem Frühstück fütterte Jenny die Huskys. Eine andere Reihenfolge hätten die Huskys nicht akzeptiert und mit einem wütenden Jaulkonzert quittiert. Jenny und ihr Vater ließen ihren vierbeinigen Freunden den Willen. Immerhin hatten sie schon mehrmals bewiesen, wie wertvoll sie sein konnten.

Mit einem Eimer Trockenfutter und einem Eimer Wasser ging sie zu den Huskys, die bereits ungeduldig an ihren Ketten zerrten. Die Ketten waren gerade so lang, dass sich die Hunde gegenseitig nicht in die Quere kamen, eine Vorsichtsmaßnahme, die alle Husky-Züchter einhielten. Die Ketten störten sie wenig. Sie wussten, dass Jenny und ihr Vater auch mit den Huskys, die nicht zum Iditarod-Team gehörten, so oft wie möglich auf Tour gingen.

»Guten Morgen allerseits«, begrüßte sie die Hunde. »Ihr dachtet wohl, ich hätte euch vergessen. Ich habe ein leckeres Frühstück für euch. In dem neuen Trockenfutter ist alles drin, was ein Husky-Herz begehrt.« Das Futter hatte ein gelegentlicher Sponsor ihnen geliefert. Wenn sie zumindest einen guten Mittelplatz beim Rennen erreichte, würde sie vielleicht noch mehr Sponsoren bekommen, um sich den teuren Sport leisten zu können.

»Hallo, Ruby.« Wie jeden Morgen kam der Leithund als Erster dran. Eine andere Reihenfolge würde seine Stellung innerhalb des Teams schwächen. »Du hast sicher einen Bärenhunger.« Sie kraulte ihn zwischen den Ohren, wie er es am liebsten hatte. »Heute geht Dad mit euch auf Tour. Ich muss einkaufen und die neuen Gäste abholen. Drück mir die Daumen, dass sie nicht solche Nervtöter wie diese Familie aus New York sind, die vor einem halben Jahr hier war. Weißt du noch? Die konnten mit der Wildnis überhaupt nichts anfangen und hatten ständig Angst vor Bären und Wölfen. Dass ich nicht lache. Als ob New York weniger gefährlich wäre.«

Ruby interessierte ihre Ansprache reichlich wenig. Beim Fressen ließ er sich durch nichts stören, nicht einmal durch ihre vertraute Stimme. Und das neue Trockenfutter schmeckte ihm anscheinend. Noch vor ein paar Jahren hätte Jenny ihre Hunde niemals mit Trockenfutter gefüttert, die Qualität hatte sich inzwischen aber so verbessert, dass die meisten Teilnehmer des Iditarod solches Qualitätsfutter verwendeten. Nur alle paar Tage gab es lauwarmen Reis mit Lachsstücken oder leckeren Eintopf. »Sei heute besonders nett zu Dad«, gab sie ihm mit auf den Weg, »er ist zurzeit nicht so bei der Sache.«

Ruby war ihnen regelrecht zugelaufen. Eines Morgens hatte er an der Abzweigung zu ihrer Lodge gelegen, ein bedauernswertes Bündel, dem selbst der Tierarzt kaum noch Chancen gegeben hatte. Ein herzloser Mensch hatte ihm verdorbenes Fleisch zu fressen gegeben und ihn dann ausgesetzt. Die State Troopers hatten nach dem Typen gesucht, ihn aber nie gefunden. Ruby erholte sich schnell und gedieh so prächtig, dass er es bis in ihr Iditarod-Team geschafft hatte. So viel Energie wie er hatte kein anderer Hund.

Jenny ging von einem Hund zum anderen und füllte die Futter- und Wassertröge, die an den Holzhütten befestigt waren, damit sie im Schnee nicht wegrutschten. Für jeden ihrer vierbeinigen Freunde, die sie alle mit Namen kannte, hatte sie ein freundliches Wort übrig. Der junge Nugget, der vor ein paar Wochen nur mit Mühe den Hufen eines ausschlagenden Elchs entkommen war, bekam sogar ein paar Extra-Streicheleinheiten. »Keine Angst, Nugget. Gestern warst du schon wieder toll in Form. Wenn du so weitermachst, bringst du es noch mal zum Leithund.« Zum starken Waldo sagte sie: »Halt dich etwas zurück, sonst wirst du irgendwann zu schwer und die anderen Huskys müssen dich ins Ziel tragen.«

Ihr Vater wartete mit dem Frühstück auf sie: Rühreier mit Speck, dazu Toast und heißer Kakao. Genau die richtige Stärkung, bevor die neuen Gäste eintrafen. Ihr Vater war kein Macho und war gern bereit, in der Küche zu stehen oder zu putzen und die Betten zu machen, und genau das hatte er heute vor. »Das bin ich Mom schuldig«, hatte er mal gesagt, »und es ist sowieso besser, wenn die Gäste dein hübsches Gesicht am Flughafen sehen und nicht meins.« Dafür musste sie einkaufen, bevor der Flieger aus Los Angeles landete.

»Ist alles okay?«, fragte sie nach dem ersten Schluck.

»Alles okay«, bestätigte er. »Ich wollte nur ein wenig mit Mom reden, das ist alles. Dieser Unfall hätte jedem passieren können.« Er kaute eine Weile. »Okay, ich hätte besser aufpassen können, aber … mach dir keine Sorgen, Jenny. Ich komme langsam wieder in Schwung. Heute Nacht im Traum hat mir Mom sogar die Leviten gelesen. Ich soll dir nicht noch mehr Ärger machen.«

»Ich bin hart im Nehmen, Dad. Und … ich hab dich sehr lieb.«

»Ich weiß, Jenny. Wie gesagt, das wird wieder. Ich habe Bill Webster angerufen, er und sein Bruder wollen mir helfen, das Snowmobil zu bergen.«

Jenny fuhr mit dem Suburban in die Stadt, ihrem neuen Geländewagen, der Platz für sieben Personen und reichlich Gepäck bot. »Das ›rote Monstrum‹, wie sie den Wagen nannte, war das ideale Fahrzeug für Alaska. Robust genug für jede Witterung und genauso leicht wie ein Personenwagen zu fahren. Ihr Vater hatte ihn einem befreundeten Händler abgekauft. Er hatte als Hotelmanager reichlich Geld angespart, das ihnen dabei half, die Lodge in Gang zu bringen. Für den Sommer sahen die Buchungen bereits rosig aus.

Noch auf der verschneiten Schotterstraße, die vom Highway zu ihrem Haus führte, kam ihr ein Streifenwagen der Alaska State Troopers entgegen, zu ihrer Beruhigung ohne eingeschaltetes Warnlicht. Sie hielt an und ließ das Seitenfenster herunter. Eine Frau begrüßte sie lächelnd. Sie war etwas jünger als ihr Vater und sah selbst in der Uniform sehr attraktiv aus.

»Guten Morgen, Trooper. Wir haben hoffentlich nichts verbrochen.«

»Das will ich doch hoffen«, antwortete die Polizistin. Ihre dunklen Haare waren zu einem züchtigen Knoten gebunden, der ihre leicht hervorstehenden Wangenknochen noch besser zur Geltung brachte. Sie streckte eine Hand aus dem Fenster. »Ellen Jemison. Ich bin neu bei den Troopers in der Gegend und wollte nur mal Hallo sagen. Es ist besser, wenn man ein paar Leute kennt. Jennifer?«

»Jenny Sheldon«, verbesserte sie. »Ich bin gerade auf dem Weg in die Stadt, um neue Gäste vom Flughafen abzuholen. Aber mein Dad ist zu Hause. Ich bin sicher, er macht Ihnen gern einen Kaffee. Und wenn er guter Laune ist, serviert er auch ein Stück von seinem Apfelkuchen. Den müssen Sie unbedingt probieren, Trooper.«

»Danke für den Tipp, Jenny. Bis bald.«

Jenny bog grinsend auf den Highway. Einen weiblichen Trooper hatte es schon lange nicht mehr in ihrer Gegend gegeben. Vielleicht war es ein Wink des Schicksals, dass Ellen Jemison ihrer Mutter ein wenig ähnlich sah und genauso herzlich lachen konnte. Die Vorstellung, dieses Lachen könnte auch ihren Vater verzaubern, war verlockend. Sie hatte keinen Ehering bei Ellen gesehen, und sie war beinahe sicher, dass sich ihre Mutter im Himmel darüber freuen würde, wenn er sich wieder binden würde. Ihr Vater war nicht der Typ, der allein leben konnte, und sie konnte schließlich nicht ewig bei ihm wohnen. Sobald sie aufs College ging, würde sie nach Fairbanks ziehen.

Sie brauchte keine halbe Stunde für den Weg in die Stadt. Der Großhandel, bei dem sie einkauften, lag an der College Road im Nordosten der Stadt, es war ein riesiges Kaufhaus, in dem es so ziemlich alles gab, was sie in der Lodge brauchten. Der Flieger mit den Coopers würde um kurz nach halb fünf landen. Zeit genug, um einzukaufen und ihre Freundin Karen zu treffen. Sie hatte sich mit ihr zum Mittagessen in einer nahen Pizzeria verabredet, und danach würden sie wahrscheinlich noch Zeit für einen Shopping-Bummel in der Mall haben.

Beim Großhandel war wie jeden Samstag einiges los. Der Laden war mächtig voll, und sie brauchte beinahe zwei Stunden, um ihren Einkaufswagen vollzupacken. Die Gelegenheit, bei den zahlreichen Probierständen zu naschen, ließ sie sich jedoch nicht entgehen. An einem der Stände gab es Toastecken mit einem neuen Schokoaufstrich, von dem sie gleich ein halbes Dutzend Gläser mitnahm. Sie war sicher, dass er auch ihren Gästen schmecken würde. Die Thai-Suppe am nächsten Stand war allerdings so scharf, dass sie anschließend rasch zur Toilette laufen und aus dem Wasserbrunnen trinken musste.

Wieder bei ihrem Wagen, blickte sie sich aufmerksam um. Sie hatte plötzlich das Gefühl, beobachtet zu werden, und taxierte misstrauisch die anderen Kunden. Sie war hübsch, besonders dann, wenn sie ihre Haare offen trug und sich für die Gäste leicht geschminkt hatte, und es wäre nicht das erste Mal, dass ihr ein Mann folgte und sie belästigte.

Doch keiner der Blicke war auf sie gerichtet. Wahrscheinlich hatte sie sich alles nur eingebildet. Sie kaufte weiter ein und hatte gerade die Backwaren erreicht, als sie sich erneut beobachtet fühlte. Sie blieb abrupt stehen, drehte sich um und sah einen Schatten hinter dem hohen Regal mit den Cornflakes verschwinden.

Leicht verwirrt ging sie weiter. Auf dem Weg zur Kasse blieb sie noch ein paarmal stehen, bemerkte aber nichts Verdächtiges und ging achselzuckend weiter. Es kam ihr niemand zu nahe. Sie zahlte mit der Kreditkarte der Lodge und ließ sich die Kartons und Tüten von einem Angestellten zu ihrem Suburban fahren und aufladen. Mit einem Trinkgeld bedankte sie sich bei ihm.

Nachdem er gegangen war, kam sie nicht mal bis zur Fahrertür. Wie aus dem Nichts tauchte Brian auf, ihr früherer Freund, und stellte sich ihr in den Weg. Er trug einen Anorak und eine Wollmütze und wirkte in dem trüben Licht, das die Lampen auf dem Parkplatz verbreiteten, beinahe bedrohlich.

»Brian!«, rief sie erschrocken. »Was soll das? Hast du mich etwa im Laden verfolgt?«

Brian versuchte sie mit seinem Lächeln zu beruhigen. Ein scheinbar schüchternes Lausbubenlächeln, wie das eines kleinen Jungen, nachdem er mit seinem Football das Auto eines Nachbarn getroffen hatte. »Verfolgt? Ich habe dich zufällig gesehen und wollte mit dir reden, aber im Laden waren mir zu viele Leute. Du bist mir doch nicht böse? Ich wollte mich bei dir entschuldigen, Jenny. Dass ich dich so lange verfolgt habe, war nicht in Ordnung.«

»Und warum tust du's dann jetzt wieder?«, fuhr sie ihn an.

»Ich möchte nur, dass wir Freunde bleiben«, fuhr er unbeirrt fort. »Du warst bei unserem letzten Date auch nicht besonders nett zu mir. Warum vergessen wir den blöden Streit nicht und fangen noch mal ganz von vorn an?«

Jenny hielt sich nur mühsam im Zaum. »Unser letztes Treffen war kein Date, sondern ich hab dir gesagt, dass ich nichts mehr mit dir zu tun haben will. Ich weiß, ich war nicht sehr freundlich, und dafür entschuldige ich mich auch. Es ist einfach so, dass ... dass zwischen uns nichts mehr ist, vielleicht niemals etwas war. Deshalb habe ich auch keine Lust, wieder etwas mit dir anzufangen. Und jetzt sag bloß nicht, dass wir Freunde bleiben könnten, denn auch das können wir nicht. Du findest eine andere, Brian, also lass mich bitte in Ruhe, und lauere mir vor allem nicht mehr beim Einkaufen auf, okay?«

Sein Gesicht rötete sich und nicht nur wegen der Kälte. »Du schickst mich einfach so weg? Wie einen dummen Schuljungen? Das habe ich nicht verdient, Jenny. Ich habe dich immer gut behandelt, oder nicht? Sogar die Cheerleaders waren neidisch, weil ich dich um ein Date gebeten hatte.«

»Es ist vorbei, Brian«, sagte sie hart. »Es ist schon seit einigen Monaten vorbei, deshalb weiß ich gar nicht, warum du mich immer noch verfolgst.« Brian brachte sie inzwischen schon durch seine arrogante Miene in Rage. »Geh doch zu deinen neidischen Cheerleaders, wenn die so wild auf dich sind!«

Jenny wollte die Fahrertür öffnen, aber Brian packte sie am Handgelenk und hielt sie zurück. »Was fällt dir ein? Du könntest ruhig etwas netter zu mir sein.« Sein Blick wurde fester, und er zog sie noch näher zu sich heran. »Komm schon, gib mir wenigstens einen Kuss. Stell dich nicht so an, Jenny!«

Sie ohrfeigte ihn mit der freien Hand und versuchte sich loszureißen. Doch ihm gelang es, auch ihr rechtes Handgelenk zu packen, und er drückte so fest zu, dass sie zu schreien begann. »Lass mich los! Du sollst mich loslassen!«

Die anderen Kunden in ihrer Nähe scherten sich nicht um sie, sie hielten es wohl für einen simplen Streit, wie er alle paar Minuten auf dem Parkplatz vorkam. Wie fest Brian zudrückte und wie gewaltsam er sie vom Wagen wegzerrte, erkannten sie nicht. Oder sie verschlossen die Augen, um nicht in eine üble Sache hineingezogen zu werden. Man sah doch jeden Tag in den Nachrichten, wie böse so etwas ausgehen konnte. Am Schluss wurde man noch erschossen.

Doch dann kam unerwartete Hilfe. Ein Einkaufswagen rollte aus der Dunkelheit heran und riss Brian beinahe den Boden unter den Füßen weg. Doch Brian hielt Jenny weiter fest und fluchte so ungestüm, dass ihr angst und bange wurde.

»Lass sie sofort los, Brian, oder ich rufe die Polizei!«, hörte sie eine vertraute Stimme. Karen trat aus dem trüben Halbdunkel und hielt ein leuchtendes Smartphone in die Höhe. »Siehst du das, Brian? Ich habe die Nummer der Polizei einprogrammiert und brauche nur zu drücken. Weißt du, wie lange sie brauchen, um hierherzukommen? Keine drei Minuten, Brian, und falls du fliehst, gebe ich den Officers deinen Namen und deine Adresse. Also lass gefälligst meine Freundin los und scher dich zum Teufel! Wird's bald?«

Brian schnaubte wie ein wütender Stier, gehorchte aber und stapfte beleidigt davon.

Jenny wartete, bis er in seinen Wagen gestiegen und davongefahren war, und umarmte Karen dann. »Das war gerade noch rechtzeitig, Karen. Der Mistkerl wollte mich küssen, und wer weiß, was er sonst noch gemacht hätte. Ich hätte niemals mit ihm ausgehen sollen.« Ihr kam erst jetzt in den Sinn, was Karen vor ein paar Monaten gesagt hatte, und sie löste sich verwundert von ihr. »Hast du nicht mal gesagt, er wäre ein Supertyp?« Sie wischte sich ein paar Tränen aus den Augen. »Hättest du ihn nicht am liebsten in dein Bett gezerrt, wenn er nicht mein ehemaliger Lover gewesen wäre?«

Karen errötete ein wenig. »Das stimmt schon. Ich dachte tatsächlich mal, er wäre ein schnuckeliges Kerlchen, und wäre wirklich nicht abgeneigt gewesen ...« Sie vermied es, ihr in die Augen zu sehen. »Nun ja ... tut mir leid, Jenny, aber ich habe nicht durchgehalten. Ich habe tatsächlich mit ihm ... na, du weißt schon. Und dabei hat er sich so widerlich benommen, dass ich ihm gleich wieder davongelaufen bin und nichts mehr mit ihm zu tun haben will.«

»Sieh an«, erwiderte Jenny eher belustigt als verärgert.

»Ein dunkler Fleck in meiner Biografie.«

»Den du gerade wieder wettgemacht hast«, tröstete Jenny sie. »Aber warum reden wir eigentlich die ganze Zeit über unseren Verflossenen? Lass und lieber was essen gehen. In dem Pizza-Laden gibt's eine neue Alaska-Pizza.«

»Alaska-Pizza?«

»Mit Krabben und so.«

»Klingt gut«, erklärte sich Karen einverstanden.

Sie fuhren hintereinander zu dem Pizza-Restaurant, das an derselben Straße lag, und ließen es sich schmecken. Karen war einen Kopf kleiner als Jenny, machte aber einiges durch ihre hohen Absätze wett, die sie selbst im Winter trug. Sie hielt sich selten in der Wildnis auf, war eher ein City Girl und überlegte sogar, irgendwann einmal nach L.A. oder San Diego zu ziehen.

Mit ihren kurzen blonden Haaren und den knallroten Strähnen passte sie dort auch bestens hin. Auch im Winter war sie modisch gekleidet, trug enge Jeans und einen pinkfarbenen Pullover unter ihrem Anorak und ein etwas zu auffälliges Make-up. Mit ihrer kessen Art kam sie überall durch, sogar in ihrer Firma, einem eher konservativen Laden, dessen Chef sie vor allem durch ihre flotte Arbeitsweise beeindruckt hatte. Sie war schnell und zögerte niemals lange, vor allem dann nicht, wenn es um junge Männer ging.

»Wie ich dich kenne, hast du sowieso schon wieder einen Neuen«, sagte Jenny.

Karen trank lachend von ihrer Diet Coke. »Hast du vielleicht was anderes erwartet? Das mit Brian war ein Ausrutscher, und mit dem langweiligen Typen, den ich mir im Club geangelt hatte, war nicht viel los. Er kann froh sein, dass es im Winter in Alaska niemals richtig hell wird und ich ihn nie bei Tageslicht betrachten konnte.« Sie schüttelte den Kopf, als ließe sich damit das störende Bild aus ihren Gedanken vertreiben. Dann lächelte sie. »Aber Georgie-Boy, mein Neuer, der sieht immer gut aus, sogar im Scheinwerferlicht. Stell dir vor, er ist Model.«

»Model? Du meinst, er führt Klamotten vor?«

»Für einen der Ausstatter, die wir im Programm haben. Ich durfte letzte Woche auf eine Modenschau nach Anchorage mit und hab ihn dort kennengelernt. Er kommt ziemlich viel rum. Alaska, Kalifornien, Chicago, New Orleans ...«

Jenny erschrak. »Du willst doch nicht etwa mit?«

»Unsinn. Aber er kommt einmal im Monat nach Fairbanks, um mit den Firmenbossen zu reden, und dann sehen wir uns. Ist das nicht toll?«

»Ich weiß nicht«, sagte Jenny ehrlich.

»Und was ist mit dir?«, fragte Karen nach. »Bist du endlich aus deinem Schneckenhaus gekommen und datest wieder? In Fairbanks gibt's eine Menge junger Männer, die sich glücklich schätzen würden, dich kennenzulernen. Gib ihnen eine Chance, Jenny, sonst versauerst du noch.«

»Keine Zeit und keine Lust«, antwortete sie. »Ich muss erst mal zusehen, dass es meinem Dad wieder besser geht. Das heißt ...« Sie berichtete ihr lächelnd von der netten Polizistin. »In einem Kitschfilm würde sie ihn kriegen.«

Karen biss lachend in ihre Pizza. »In einem Kitschfilm gäbe es einen netten jungen Mann unter euren Gästen, der dir den Kopf verdreht und auf einem weißen Pferd mit dir in den Sonnenuntergang reitet. Nach Hawaii oder so.«

»Hawaii?« Sie lachte wieder. »Da ist's mir viel zu warm.«

3

Jenny fand diese Schilder, die die Angestellten von Reiseunternehmen in Flughäfen hochhielten, ziemlich albern. Natürlich war es einfacher, auf diese Weise seine Kunden herauszupicken, aber sie entdeckte die Coopers auch ohne Schild.

Ein dunkelhaariger Mann in Jeans und Anorak und mit einer Fototasche über der Schulter. Seine Frau, die langen Haare zu einem Pferdeschwanz gebunden und genauso gekleidet, nur dass ihr Anorak nicht dunkelblau, sondern pinkfarben war. Und ein junger Mann in Jennys Alter, der gelangweilt in die Runde blickte, als sie den Sicherheitsposten passierten, und dann gleich wieder auf sein Smartphone starrte. So, wie er den Daumen bewegte, ein Computerspiel.

Von wegen ein netter junger Mann auf einem weißen Pferd. Der Typ war weder ein Prinz noch jemand, der sie auch nur im Entferntesten interessierte. Mit so einem würde sie bestimmt nicht in den Sonnenuntergang reiten. Man sah ihm doch schon von Weitem an, wie sehr ihn alles langweilte. Wahrscheinlich war er nur mitgekommen, weil er keine andere Wahl gehabt hatte.

Dennoch lächelte sie, als sie auf die Coopers zuging und sich ihnen vorstellte. Man konnte sich seine Gäste schließlich nicht aussuchen, und es gehörte zu ihrem Job, jeden höflich zu behandeln. »Ich hoffe, Sie hatten einen angenehmen Flug. Mrs Cooper ... Mr Cooper ... und du bist Mike, nicht wahr?«

Der Junge hatte schöne Augen, das musste man ihm lassen. Sehr sanft und beinahe verträumt. Wenn sie ehrlich war, sah er überhaupt ziemlich gut aus, aber was nützte das, wenn er sich völlig danebenbenahm? Alles, was er für sie übrighatte, war ein unverständliches Brummen. Er dachte gar nicht daran, den Blick von seinem Smartphone zu nehmen und sie anzusehen.

»Mike ist ein bisschen erschöpft«, entschuldigte ihn sein Vater. »Der Flug von L.A. hierher war etwas unruhig, und ihm wurde unterwegs übel.«

»Das lag an diesem blöden Sandwich«, warf Mike ein.

Cooper zeigte sich weiterhin gut gelaunt. »Ich bin John«, sagte er, »und meine Frau heißt Sarah. Ich denke, wir sollten uns mit Vornamen anreden.«

»Natürlich«, stimmte sie zu, »und was das Sandwich betrifft ...« Sie blickte Mike an. »Mein Dad hat sicher schon einen leckeren Eintopf auf dem Herd stehen. Er kocht den besten Wildeintopf in ganz Alaska. Von dem ist noch keinem schlecht geworden. Die meisten Gäste sind ganz begeistert.«

»Ihr Dad kocht?«, wunderte sich John. »Und Ihre Mutter?«

»Die ist vor dreieinhalb Jahren gestorben. Ein Unfall.«

»Das tut mir leid«, erwiderte er.

Mit dem Gepäck gingen sie zu dem Suburban, den Jenny gegenüber vom Eingang geparkt hatte. Der eisige Wind, der ihnen dort entgegenschlug, erschreckte besonders Sarah, die sofort ihre Kapuze hochklappte. »Ganz schön kalt hier. So eisig war es nicht mal in den Rocky Mountains, als wir letzten Winter bei meinen Eltern in Denver waren. Wie halten Sie das bloß aus?«

»Man gewöhnt sich daran«, antwortete Jenny. Sie hatte diese Frage schon unzählige Male beantwortet. »Oder wie mein Großvater zu sagen pflegt: Es ist niemals zu kalt. Man ist höchstens falsch angezogen. Ein Inuit friert ja auch nicht.«

»Halb so schlimm«, sagte John. Er war nicht zum ersten Mal in Alaska. »Ihr hättet letztes Jahr dabei sein sollen, in Sibirien ... da war es richtig kalt.«

Sie verluden das Gepäck, und Jenny fuhr los. Die Heizung lief auf vollen Touren. Am Himmel hingen dunkle Wolken, aber es schneite kaum, lediglich ein paar versprengte Flocken wirbelten im Wind über die Straßen. Das Licht der Scheinwerfer brachte den Schnee zum Glitzern. Selbst der Asphalt der Hauptstraßen war inzwischen unter einer dichten Schneedecke verschwunden. Obwohl es noch früh am Tag war, lagen die fernen Berge im Dunkeln.

»Wird's hier auch mal hell?«, fragte Mike. Er saß hinter ihr und schien sein Smartphone endlich weggesteckt zu haben. Er blickte aus dem Fenster.

»Nur mittags«, antwortete sie, »für vier Stunden.«

»Nette Gegend.«

»Dafür ist es im Sommer lange hell.« Sie drehte sich zu John und seiner Frau um. »Aber keine Angst, der Winter hat auch seine Vorteile. Manche Leute sagen sogar, im Winter sei Alaska das schönste Land der Welt. So tolle Berglandschaften gibt es vielleicht noch im Himalaja, aber sonst nirgendwo.«

John blickte sie lächelnd an. »Ich darf Sie doch zitieren, junge Dame? Das wäre ein guter Einstieg für meinen Artikel. Mein Chefredakteur mag kernige Zitate von Einheimischen, die haben wir öfter im *Travel USA Magazine*.«

»Und worum geht's in dem Artikel?«

»Ich soll zeigen, wie wild und großartig dieses Land ist. Die Berge und Wälder, die Flüsse und Seen, die einsamen Highways und natürlich die Menschen.« Er kniff die Augen zusammen, als sie durch eine Schneewehe fuhren und die Räder verharschten Schnee aufwirbelten. »Dem Chef fiel gerade noch rechtzeitig ein, dass er für den nächsten Winter eine große Reportage braucht. Wir produzieren eine solche Story immer im Voraus, wissen Sie? Für das Winterheft brauchen wir was mit Schnee. Sonst wären wir jetzt auf Hawaii.«

»Und da wär's sicher wärmer«, warf Mike ein. »Weißt du, wie viel Grad sie am Waikiki Beach haben? Dreiundzwanzig! Über null! Und wir frieren uns hier den … den Hintern ab. Warum bin ich eigentlich mitgekommen?«

»Weil ich dir versprochen habe, dass es hier genauso schön und aufregend ist wie auf Hawaii. Alaska ist großartig. Ich war vor fünf Jahren schon mal hier und bin heute noch begeistert von dem Trip.« Er wechselte einen Blick mit seiner Frau, die wohl ähnlich wie Mike dachte, und lächelte schuldbewusst. »Okay, hier ist es eisig kalt, und schwimmen können wir auch nicht …«

»Das stimmt nicht«, mischte sich Jenny ein, »hier gibt es keinen Strand, an dem man in der Sonne baden könnte, aber schwimmen können Sie hier. Ich bin sogar sicher, hier macht es noch mehr Spaß. Ungefähr zehn Meilen von unserer Lodge liegen die Chena Hot Springs, das sind heiße Quellen, in denen schon die Indianer gebadet haben. Das Wasser soll gegen Arthritis helfen. Dort können Sie sogar baden, wenn es draußen friert. Ich hoffe, Sie haben Ihre Badesachen dabei.« Sie grinste fröhlich. »Sonst können Sie sich was leihen.«

»Klingt verlockend, junge Dame. Sarah und Mike werden dort bestimmt vorbeischauen, aber ich befürchte, ich werde meistens unterwegs sein und wenig Zeit für Ausflüge haben. Könnten Sie mich übermorgen früh in die Stadt fahren? Ich habe einen Mietwagen reserviert und wollte mich sowieso ein wenig in Fairbanks umschauen. Natürlich nur, wenn Sie Zeit haben.«

»Gern.« Sie drehte sich zu Sarah und Mike um. »Und morgen könnten wir einen kleinen Ausflug in die Wildnis unternehmen. Mit dem Hundeschlitten, dem Snowmobil oder auf Schneeschuhen ... ganz wie Sie mögen.«

»Surfen am Waikiki Beach wäre mir lieber«, maulte Mike.

»Ein anderes Mal«, versprach John. »Jetzt ist erst mal Alaska dran. Ich muss mich nach dem Chefredakteur richten. Außerdem hat er mir ein ordentliches Honorar versprochen. Wir müssen schließlich von irgendetwas leben.«

Ein gewaltiger Donnerschlag durchbrach die Nacht, gefolgt von einer grellen Stichflamme, die keinen Häuserblock entfernt zum Himmel hochstieg. In dem gleißenden Licht, das für den Bruchteil einer Sekunde die Nacht erhellte und dann zu einem gewöhnlichen Feuer verkümmerte, waren eine verlassene Tankstelle von Alaska Oil und ein hastig davonlaufender Mann zu erkennen.

Jenny trat erschrocken auf die Bremse und fuhr an den Straßenrand. Noch bevor sie anhielt, sprang John aus dem Wagen und rannte auf die Flammen zu. »John!«, rief ihm seine Frau nach. »Um Himmels willen, komm zurück!«

Auch Mike stieg aus, blieb aber neben dem Wagen stehen.

Eine Bombe, war Jennys erster Gedanke, ein Terroranschlag! Aber dafür war die Explosion nicht heftig genug gewesen. Bei einem Sprengsatz wäre die ganze Tankstelle in die Luft geflogen, und Terroristen hätten sich auch sicher keine verlassene, sondern eher eine belebte Tankstelle ausgesucht, bei der sie mehr Unheil anrichten konnten. Hier hatte es nur einen Feuerblitz gegeben.

Dennoch dauerte es keine drei Minuten, bis die ersten Streifenwagen und die Feuerwehr am Tatort auftauchten. Feuerwehrleute sprangen von ihren Trucks und machten sich daran, den Brandherd zu löschen. Uniformierte Polizisten sperrten die Straße ab. Einer der Officers sprach mit John und führte ihn zum Wagen zurück. »Schon gut«, entschuldigte sich John, als er unter der Absperrung hindurchkletterte, »ich dachte nur, ich könnte vielleicht helfen.«

John und Mike stiegen ein, und der Officer beugte sich zu Jenny hinab. Sie hatte inzwischen ihr Fenster geöffnet. »Haben Sie etwas gesehen, Miss?«

»Es geschah alles ziemlich plötzlich, Officer.« Ihr steckte der Schreck noch in allen Gliedern. »Zuerst gab es einen lauten Donnerschlag, wie bei diesen Krachern, die sie am Unabhängigkeitstag zünden, und dann schoss plötzlich ein Lichtblitz von der Tankstelle hoch. Ich dachte, jetzt fliegt gleich die ganze Tankstelle in die Luft, aber dann war nur noch ein kleines Feuer zu sehen.«

»Sie haben keinen Verdächtigen gesehen?«

»Nein … niemanden.«

»Okay.« Der Polizist nahm ihre Personalien auf, für alle Fälle, wie er sagte, und bat sie, sich sofort zu melden, falls ihr noch etwas Wichtiges einfiele.

Sie versprach es und fuhr über einige Nebenstraßen zur Hauptstraße. Nur allmählich erholte sie sich von ihrem Schrecken. Man las so viel über Terroranschläge, dass einem selbst bei einer kleinen Explosion wie dieser angst und bange wurde. Aber auch ein Anschlag wie dieser konnte einen töten oder verletzen, wenn man zu dicht am Tatort war. Nur ein paar Sekunden später und sie wären auf gleicher Höhe gewesen. »Tut mir leid«, sagte Jenny zu den Lodge-Gästen, »die Explosion wirft nicht gerade ein gutes Licht auf unsere Stadt, nicht wahr? Normalerweise geht es bei uns friedlicher zu. Das war sicher nur ein Dummejungenstreich. Ein Kracher, der vom Unabhängigkeitstag übrig geblieben war, oder so was in der Art. Wir sind eigentlich eine sehr friedliche Stadt.«

Jenny wusste selbst, wie albern ihr kleiner Vortrag klang, aber so hätte wohl jeder Gastgeber reagiert. Und sie hatte ja recht. Fairbanks war eine ausgesprochen friedliche Kleinstadt, und ihre Besucher hatten kaum etwas zu befürchten. Die Wildnis, die schon wenige Meilen hinter der Stadt begann, machte die Menschen ehrfürchtiger und demütiger und ließ sie erkennen, wie klein und unbedeutend sie im Vergleich mit der übermächtigen Natur waren.

»Machen Sie sich keine Sorgen«, sagte John, »wir

wissen das einzuordnen. Als Reporter habe ich schon ganz andere Sachen erlebt. Ich schreibe auch für Tageszeitungen, wissen Sie, da bekommt man einiges zu sehen.«

Am Stadtrand von Fairbanks, auf dem Highway zu den Chena Hot Springs, bekamen sie es noch mal mit der Polizei zu tun. Zwei Streifenwagen mit flackernden Warnlichtern standen quer auf der Straße, und ein State Trooper kam auf sie zu. Erst als sie das Fenster herunterließ, erkannte sie Ellen Jemison. »Oh, guten Abend, Trooper«, grüßte sie. »Eine Straßensperre? Wegen des Brandanschlags?«

»Dann haben Sie also schon davon gehört«, erwiderte sie. »Eine selbst gebastelte Bombe. Wir sind auf der Suche nach dem oder den Tätern und haben Straßensperren an allen Ausfallstraßen errichtet. Sind das Ihre Lodge-Gäste?«

»John Cooper«, stellte sich der Reporter selbst vor. Er beugte sich über Jenny hinweg und reichte der Polizistin seine Visitenkarte. »Wir waren zufällig in der Nähe, als es passierte, und haben schon mit …«, er zog die Karte des Officers heraus, »mit Officer Dunlap gesprochen. Er hat unsere Personalien.«

»In Ordnung«, sagte Ellen.

»Gibt es denn schon einen Hinweis darauf, wer den Brandsatz gelegt haben könnte? Und warum der Täter nur eine so geringe Ladung anbrachte?«

»Wir stehen mit unseren Ermittlungen erst am Anfang«, antwortete die Polizistin. »Außerdem darf ich darüber keine Auskunft geben.« Sie blickte auf seine Visitenkarte. »Wenden Sie sich an unsere Pressestelle, wenn Sie mehr wissen wollen, aber ich glaube kaum, dass es sich um eine große Sache handelt.« Sie wandte sich an Jenny. »Und jetzt fahren Sie bitte weiter. Richten Sie Ihrem Vater bitte einen schönen Gruß aus. Er ist ein sehr netter Mann.«

Jenny unterdrückte mühsam ein Grinsen. »Soll ich das auch sagen?«

»Dass er ein sehr netter Mann ist?« Ellen lächelte verlegen. »Nein, das sage ich ihm lieber selbst. Er hat mich zu Apple Pie und Kaffee eingeladen, und ich habe versprochen, nächste Woche irgendwann bei ihm vorbeizuschauen.«

»Das klingt gefährlich.«

»Ich bin State Trooper. Schon vergessen?«

Sie verabschiedete sich von der Polizistin und fuhr weiter. Im Rückspiegel sah sie, wie Mike wieder mit seinem Smartphone herumspielte und nur gelegentlich aus dem Fenster blickte. Sein Vater war in Gedanken versunken und hielt immer noch die Visitenkarte des Officers in der Hand, seine Mutter lehnte erschöpft auf der Sitzbank und ließ nicht erkennen, was sie dachte.

»Warten Sie, bis der Himmel klar ist«, sagte Jenny, »dann zeigen sich der Mond und die Sterne und das Nordlicht schimmert in allen Farben. Dann sieht die

Gegend hier wie verzaubert aus. Etwas Schöneres gibt es nicht.«

»Ich sehe gar nichts.« Mike klang noch immer missgelaunt.

»Wart's nur ab«, sagte Jenny.

Sie bog in die Schotterstraße zu ihrer Lodge ab und fuhr die Viertelmeile durch den notdürftig geräumten Schnee. Selbst über den lauten Motor ihres Suburban hinweg hörte sie das Jaulen und Bellen der Huskys. Grinsend verfolgte sie, wie Mike ängstlich zusammenzuckte. Das taten auch Jungen, die sich für die Allergrößten hielten, beim Anblick ihrer Hunde. An die wilden Huskys musste man sich erst gewöhnen. Ihnen sah man die Verwandtschaft mit den Wölfen noch an, sie waren keine Schoßhunde, die am Esstisch bettelten und auf der Couch oder im Bett ihrer Besitzer schliefen.

»Keine Angst, sie sind alle angekettet«, sagte sie zu ihm.

Jennys Vater hatte den Motor des Suburban gehört und wartete im Anorak vor dem Haus. Er war bester Laune, keine Spur mehr von der drückenden Stimmung, die ihn am Abend zuvor auf die Lichtung getrieben hatte. »Willkommen in unserer Wilderness Lodge«, begrüßte er die Gäste. »Ich bin Randy Sheldon und freue mich, dass Sie den Weg zu uns gefunden haben.«

Die Coopers bedankten sich und stellten sich vor. Ein Teil ihrer Worte ging in dem aufgeregten Jaulen der Huskys unter, die ungeduldig an ihren Ketten zerrten und wohl befürchteten, an diesem Abend nichts zu fressen zu bekommen. Besonders der übermütige Johnny schien große Sorge zu haben.

»Sie wollen sich vor dem Abendessen sicher frisch machen«, sagte Jennys Vater. »Wie wäre es, wenn du die Huskys fütterst, während ich unseren Gästen mit dem Gepäck helfe? Der Wildeintopf muss sowieso noch köcheln.«

»Aye, Dad«, erwiderte sie.

Jenny holte die Eimer mit dem Trockenfutter und dem Wasser und fütterte die Huskys wie üblich. Sie war so mit den Hunden beschäftigt, dass sie gar nicht merkte, wie Mike aus dem Haus kam und aus sicherer Entfernung zusah, wie sie den fressenden Ruby zwischen den Ohren kraulte.

»Hey«, rief sie, »du kannst ruhig näher kommen. Die haben jetzt Besseres zu tun, als dir in die Waden zu beißen. Außerdem hängen sie an Ketten fest, und von denen könnte sich nicht mal ein erwachsener Elch losreißen.«

»Und die Tierschützer haben nichts dagegen?«

Jenny richtete sich auf. »Das werden wir oft gefragt. Nein, die meisten Tierschützer haben nichts dagegen, weil die Hunde so am meisten Auslauf haben, viel mehr als in einem Gehege. Und sie lernen auf diese Weise leichter, sich zu befreien, wenn sie sich unterwegs in ihren Geschirren verheddert haben. Auf einem Trip in der Wildnis kann diese Fähigkeit lebensnotwendig sein.

Und, was noch wichtiger ist, wir bewegen die Hunde jeden Tag. Mal bin ich mit dem einen, mal mit einen anderen Gespann unterwegs. Ich will beim Iditarod mitmachen, dafür braucht man mehr als sieben Huskys.«

»Iditarod? Ist das nicht das große Rennen?«

»Das härteste Rennen der Welt, neben dem Yukon Quest«, erklärte sie, erfreut darüber, dass er sich wenigstens ein bisschen über Alaska informiert hatte. »Hier in Alaska ist das ein größeres Sportereignis als der Super Bowl.«

»Größer als das Football-Endspiel? Das glaube ich nicht.«

»Dann komm im März wieder und sieh es dir an.«

»Ich komm so schnell nicht wieder. Ist viel zu kalt hier.«

»Selbst schuld. Willst du ihn mal streicheln?«

Er blickte sie entsetzt an. »Wen? Den Husky?«

»Meinen Leithund. Er heißt Ruby. Zum Leithund taugen nur ganz wenige Huskys, und Ruby ist ein Paradebeispiel dafür. Er ist stark und intelligent, und er besitzt einen sechsten Sinn für Gefahren. Er würde niemals auf brüchiges Eis laufen oder einen zu steilen Abhang erklimmen.« Sie bückte sich und tätschelte Ruby den Rücken. »Na, was ist? Willst du mal sein Fell berühren?«

»Wieso das denn?«, erwiderte Mike. »Ich hab's nicht so mit Tieren, und mit Huskys schon gar nicht. Wenn überhaupt, fahr ich mit dem Snowmobil.«

»Okay. Morgen nach dem Frühstück?«

»Und ich kriege meine eigene Maschine?«

»Wenn du damit umgehen kannst und keine Bruchlandung hinlegst. Aber auf der ersten Fahrt bleibe ich in deiner Nähe. Ich zeige dir die besten Trails und die Stellen, an denen du besonders aufpassen musst. Einverstanden?«

»Ich brauch keine Aufpasserin.«

Sie blickte ihn prüfend an. »Du magst mich nicht besonders, was?«

»Ich wollte nach Hawaii, verdammt!«, erwiderte er fast beleidigt. »Wer fliegt denn nach Alaska, wenn er in Hawaii am Strand faulenzen könnte? So was bringt nur mein Dad fertig. Als ob er uns eins auswischen wollte.«

»Ich denke, der Chefredakteur ist schuld.«

»Der auch«, schimpfte er mit gerötetem Gesicht. »Ach, lass mich doch in Frieden!« Er stapfte wütend davon und ließ sie ratlos bei den Huskys zurück.

4

Am nächsten Morgen hatte Jenny gerade die Huskys gefüttert, als ihr Vater mit einer Glocke zum Frühstück rief. Es gab Omelett mit Tomaten und Pilzen, Toast mit Erdnussbutter und Marmelade und Schnitze von den Honigmelonen, die sie aus der Stadt mitgebracht hatte. Es duftete nach Kaffee und Kakao.

Jenny freute sich über ihren frisch gebrauten Kakao, den ihr Vater zur Feier des Tages mit kleinen Marshmallows verziert hatte. Sie fing ihn in der Küche ab, wo sie die anderen nicht hören konnten. »So gute Laune heute früh?«

»Ich freue mich immer über neue Gäste.«

»Aber an denen liegt es nicht allein, oder?«

»Und weil mir das Omelett so gut gelungen ist.«

Sie hätte beinahe laut losgelacht. »Und die uniformierte Lady, der ich gestern begegnet bin, hat nichts damit zu tun? State Trooper Ellen Jemison?«

»Du kennst sie?«

»Ich wusste gleich, dass sie dein Typ ist.«

»Das hat niemand behauptet.«

»Aber gedacht, Dad. Ich finde sie auch sehr nett.«

»Und du?«, konterte ihr Vater errötend. »Mike ist auch nicht gerade unattraktiv! Ich hab gehört, ihr wollt heute Morgen mit dem Snowmobil los.«

Sie schnaubte. »Aber nur, um ihm klarzumachen, dass er nicht der große Macker ist, für den er sich hält. Der meint doch, er sei was Besonderes, nur weil er aus L. A. kommt, dabei kann er ein Snowmobil nicht von einem Tretroller unterscheiden. Stell dir vor, er findet Alaska langweilig. Und er hatte Angst, Ruby zu streicheln. Ein City Slicker eben.«

»He, ich glaube, du magst ihn tatsächlich«, sagte ihr Vater.

Beim Frühstück redete vor allem John Cooper. Als Jennys Vater ihn fragte, über was er in seiner Reportage schreiben wollte, antwortete er bereitwillig: »Vor allem über die Naturschutzgebiete. Nicht die Nationalparks, die hatten wir in einer früheren Ausgabe, eher National Wildlife Refuges wie die Yukon Flats mit ihren vielen Tieren. Sie wissen viel besser als ich, wie viele Bären, Wölfe und Elche, aber auch Enten und seltene Vögel dort leben.«

»Da war ich öfter mit dem Kanu unterwegs«, warf Jenny ein. »Und im Winter mit dem Hundeschlitten. Im Winter kann es dort ziemlich ungemütlich werden, wenn ein Blizzard kommt. Ich finde es gut, dass mal jemand über Gebiete wie Yukon Flats berichtet. Die meisten fahren doch nur in Nationalparks wie Denali, als ob es nichts anderes bei uns gäbe. Vergessen Sie nicht zu schreiben, dass die Regierung einige Refuges zurückstufen will, damit die Konzerne nach Öl bohren und neue Pipelines verlegen können.«

Ihr Vater ging von einem zum anderen und schenkte Kaffee nach. Bei ihren Worten hielt er kurz inne. »John schreibt für ein Reisemagazin, Jenny. Ich glaube kaum, dass in einem Bericht für *Travel USA* viel Platz für Politik ist.«

»Erwähnen werde ich es auf jeden Fall«, sagte John. »Aber Sie haben recht, in meiner Reportage geht es vor allem um die landschaftlichen Vorzüge dieser Gebiete, die Berge und Täler, Flüsse und Seen und die Tundra. Die meisten Leute kennen solche Landschaften nur aus dem Fernsehen. Ich berichte über Menschen, die dort leben oder jagen, über Buschpiloten und Musher.« Er blickte Jenny an. »Sie würden auch gut dort hineinpassen. Eine junge Frau, die Hundeschlitten durch die Wildnis steuert und beim Iditarod mitmachen will … das ist was Besonderes. Sie haben doch nichts dagegen?«

»Ich weiß nicht recht«, zögerte sie, »es gibt wesentlich erfolgreichere Frauen, die schon seit Jahren an dem Rennen teilnehmen und in den Top Ten gelandet sind. In North Pole wohnt eine Frau, die es einmal gewonnen hat.«

»Ich will keinen Champion, sondern eine ganz normale Frau.«

»Haben Sie schon einen Buschpiloten?«, wechselte Jennys Vater das Thema. »Ohne Flieger werden Sie kaum in diese entlegenen Gebiete kommen.«

John trank einen Schluck Kaffee und wischte sich den Mund mit seiner Serviette trocken. »Dick Clarkson«, antwortete er. »Der *News-Miner* hat mir bei der Planung geholfen und auch den Mietwagen für mich organisiert.« Der *News-Miner* war die einzige Zeitung in Fairbanks. Er hielt den Kaffeebecher hoch. »Sie kochen einen hervorragenden Kaffee, Randy. Und das Omelett ist auch nicht übel. Ich habe nicht vor, Sie in Verlegenheit zu bringen, aber ...«

»Meine Frau ist vor dreieinhalb Jahren bei einem Unfall ums Leben gekommen«, sagte Randy rasch. Er schaffte es sogar, ein Lächeln auf sein Gesicht zu zaubern. »Mir blieb gar nichts anderes übrig, als Kochen zu lernen. Inzwischen macht es mir so viel Spaß, dass ich gar nicht daran denke, einen Koch oder eine Köchin einzustellen. Mit Jenny wechsle ich mich allenfalls beim Frühstück ab. Sie verbringt viel Zeit beim Training.«

»Und mit den Gästen«, ergänzte Jenny pflichtbewusst.

»Jenny und Mike wollen heute Morgen mit den Snowmobilen los«, sagte Randy, während er die Teller zusammenstellte und das Besteck darauflegte. »Wie wär's, wenn wir inzwischen zu den heißen Quellen fahren? Dieses Erlebnis dürfen Sie sich auf keinen Fall entgehen lassen. Auch Sie nicht, John. Mit der Jugend können wir in der Wildnis sowieso nicht mithalten.«

»Gute Idee«, stimmte John zu.

Mike brummte etwas abfällig, sagte aber nichts.

Eine halbe Stunde später waren alle abfahrbereit. Jenny und ihr Vater hatten Sandwiches und heißen Tee für alle vorbereitet. Jenny, die bereits ihren roten Schneeanzug trug, hatte zwei Snowmobile bereitgestellt und deren Fahrtüchtigkeit überprüft. Sie kannte sich mit den Maschinen einigermaßen aus.

Mike hatte noch nie auf einem Snowmobil gesessen, das sah sie schon an der Art, wie er den Lenker packte und in den Sattel stieg. Natürlich wäre er eher gegen den nächsten Baum gefahren, als es zuzugeben. Im Gegenteil, wie so viele Männer spielte er den großen Macker, der mit jedem Fahrzeug zurechtkam. Von einer jungen Frau ließ sich so einer nicht ausstechen.

Jenny betreute lange genug die Lodge-Gäste, um sich nicht über ihn lustig zu machen. Sie verstand diese Männer sowieso nicht. Warum gaben sie nicht einfach zu, wenn sie von irgendwas keine Ahnung hatten? Warum stellte sich einer wie Mike nicht hin und sagte: »He, ich bin noch nie mit einem Snowmobil gefahren. Kannst du mir helfen?«? So ein Eingeständnis war doch nicht peinlich. Warum waren diese Typen so verdammt stolz?

Immerhin sah er in seinem schwarzen Skianzug nicht übel aus. Und seine Augen wirkten selbst am frühen Morgen so verträumt wie am Nachmittag zuvor, als sie die Coopers vom Flughafen abgeholt hatte. »In L. A.

braucht man so ’n Ding nicht, was? Glaubst du, du kommst damit zurecht?«

»Ich bin doch nicht doof.« Er blickte verächtlich zu ihr empor, als gäbe es keine schlimmere Beleidigung, als ihm eine solche Frage zu stellen. »Mein Freund hat eine Harley. Ich bin oft genug mit dem Ding gefahren, um zu wissen, wie man das Gleichgewicht hält. Das hier ist doch gar nichts dagegen.«

»Ein Snowmobil fährt sich anders. Warte, ich zeig’s dir …«

Ihre letzten Worte gingen im plötzlichen Aufheulen des Motors unter. Mike hatte den Zündschlüssel gedreht, drückte eher aus Versehen auf den Daumengashebel, den er vorher vergeblich gesucht hatte, und fuhr los. Jenny schaffte es gerade noch, zur Seite zu springen, dann war Mike auch schon an ihr vorbeigesaust. Er raste mit Vollgas auf den Schuppen zu, riss die Maschine in seiner Panik nach links und hatte jetzt die Hunde vor sich. Er schrie wie ein kleiner Junge.

»Lass den Gashebel los!«, rief Jenny. »Lass los, dann hält es an!«

Sie hatte keine Ahnung, ob er sie verstand, und rief die Worte ein zweites Mal, diesmal noch lauter und eindringlicher. Er ließ den Daumengashebel los und warf in seiner Verzweiflung beide Arme in die Luft. Zur gleichen Zeit bremste das Snowmobil automatisch ab, und er stürzte im hohen Bogen über den Lenker und landete im Tiefschnee abseits der Huskys.

Jenny rannte zu ihm und grub ihn mit beiden Händen aus der Schneewehe. »Bist du verletzt?«, rief sie besorgt.

Mike spuckte Schnee und brummte etwas Unverständliches. Sein Gesicht war gerötet, ob vom Schnee oder aus Scham, wusste er sicher selbst nicht. Er stand fluchend auf und klopfte sich den Schnee von der Kleidung. »Es ist alles okay«, erwiderte er. »Was kann ich dafür, wenn die Kiste so rasant losgeht?«

»Alle Snowmobile haben einen Daumengashebel. Zum Glück ist dir nichts passiert.« Sie wollte Mike über eine Schneewehe helfen, doch er drückte wütend ihre Hand zur Seite. Er war sichtlich verärgert. »Ihr habt das Gas falsch eingestellt, das ist alles. Hast du kein anderes Snowmobil für mich?«

»Du kannst meins nehmen«, bot Jenny an, »aber ich fürchte, da ist der Gashebel genauso empfindlich. Du wirst dich rasch daran gewöhnen. Ich hab schon Schwierigkeiten, wenn ich in ein anderes Auto steige.« Sie stieg auf das Snowmobil des Jungen und fuhr neben ihm zurück. Der Gashebel reagierte ganz normal. »Bleib auf den ersten Meilen hinter mir, bis du dich an die Maschine gewöhnt hast, okay? Und pass in den Kurven auf, du musst mit dem ganzen Körper lenken.«

»Keine Sorge, ich komm schon zurecht«, erwiderte er.

Er stieg auf sein Snowmobil, und sie fuhren los. Sie nahm denselben Trail wie am Nachmittag zuvor mit dem Hundeschlitten. Über ihnen spannte sich ein beinahe klarer Himmel, nur wenige Wolken verdunkelten die Sicht. Über dem Trail lag bereits das bläuliche Zwielicht, das dem düsteren Tageslicht vorausging und die Berge und Wälder noch geheimnisvoller aussehen ließ. Die verschneiten Berggipfel glänzten matt. Das Brummen der Motoren klang überlaut in der sonst so stillen Natur, ein Grund dafür, warum Jenny am liebsten mit dem Hundeschlitten über abgelegene Trails in der Wildnis fuhr.

Sie konnte Mike nicht sehen, hatte aber den Eindruck, dass er seine Lektion gelernt hatte und äußerst vorsichtig war. Er ließ den Motor nicht überdrehen wie vor der Lodge und rückte ihr mit seinem Snowmobil auch nicht zu dicht auf die Pelle. Was noch lange nicht hieß, dass er sein arrogantes Gehabe abgelegt hatte. Als sie sich vor einer lang gezogenen Kurve nach ihm umdrehte, sah sie ihm selbst im trüben Halbdunkel an, wie sehr es in ihm brodelte. Sie musste unwillkürlich an Brian denken. Warum mussten diese All-American Boys immer die Ersten sein? Und warum konnten sie es nicht ertragen, dass ein Mädchen in irgendeiner Disziplin besser war als sie?

Sie folgten dem Trail nach Norden und fuhren in den eisigen Wind, der von Norden kam. Leicht zur Seite geneigt gingen sie in die Kurve und erklommen eine steile Anhöhe, die leicht vereist war und ihnen alles abverlangte. Ständig mussten sie gegensteuern, um nicht abzurutschen. Mit dem Hundeschlitten war es wesentlich einfacher gewesen, diesen Hang zu meistern.

Oben angekommen, hielten sie nebeneinander an und stellten wie auf ein stummes Kommando die Motoren ab. Die plötzliche Stille erschreckte Mike, der wohl aus Kalifornien einen ständigen Lärmpegel gewohnt war, doch Jenny fühlte sich, als hätte sie gerade eine der großen europäischen Kathedralen betreten. Beinahe ehrfürchtig ließ sie ihren Blick über das verschneite Land gleiten. Sie hatten den richtigen Zeitpunkt für ihre kurze Rast gewählt.

Am östlichen Horizont stieg die Sonne auf ihrer kurzen Reise über den Rand der Welt empor, umgeben von orangefarbenen Schleiern, die sich auf dem Schnee und dem Eis der zugefrorenen Flüsse und Seen spiegelten. Als wären sie auf einem anderen Planeten, leuchteten die schroffen Berghänge und weiten Täler in dem magischen Licht, ein Sonnenaufgang, wie es ihn nur in der unberührten Wildnis Alaskas gab.

»Ist das nicht wunderschön?«, fragte sie flüsternd.

»Schöne Farben hab ich in Kalifornien auch«, erwiderte er. Es klang beinahe trotzig. »Nur ist es da nicht so kalt. Wie hältst du diese Kälte bloß aus?«

Jenny kicherte leise. »Das nennst du Kälte? Du hättest letztes Jahr kommen sollen, da hatten wir vierzig Grad unter null. Heute haben wir höchstens zwanzig minus. Vielleicht solltest du dir einen dickeren Pullover zulegen.«

»Klugscheißerin!«

»Du verstehst wohl keinen Spaß?« Jenny merkte selbst, dass sie zu weit gegangen war, und ruderte zurück. »Aber tröste dich, selbst wir Einheimischen frieren noch, wenn es so richtig kalt wird. Restlos glücklich sind bei vierzig Grad minus nur die Huskys, denen macht die Kälte gar nichts aus.«

»Du hast wohl auf alles eine Antwort.«

»Ich wollte doch nur …«

In seiner Wut startete Mike den Motor und raste so schnell los, dass sein Snowmobil wie ein aufgebrachter Hengst hochstieg. Der Motor drehte durch, und unter der Maschine wirbelte Schnee auf. Noch bevor Jenny etwas rufen konnte, verlor Mike das Gleichgewicht und stürzte seitlich aus dem Sattel.

Das Snowmobil landete unsanft auf den Skiern und blieb stehen.

»Mike!«, rief Jenny erschrocken.

Ein lautes Stöhnen war zu hören.

Sie sprang von ihrem Snowmobil und rannte in den aufgewirbelten Schnee hinein. In einiger Entfernung taumelte ein Schatten durch den Flockenwirbel. »Mike! Bleib stehen, Mike!« Sie lief weiter und beobachtete, wie er auf dem vereisten Trail das Gleichgewicht verlor und nach unten rutschte. Wild fluchend krallte er seine Hände in den verkrusteten Schnee. »Was gibst du mir auch für 'ne Scheißkiste?«, rief er. »Das Ding fällt doch schon auseinander!«

Sie war klug genug, nicht darauf einzugehen, und half ihm hoch. Er schüttelte sie brummend ab. »Tut mir leid«, sagte sie entschuldigend. »Ich war nicht gerade freundlich. Hier oben ist einer meiner Lieblingsplätze, wegen der tollen Aussicht, und ich hab mich darüber geärgert, dass du es hier nicht genauso toll findest wie ich.«

»Geschenkt«, wiegelte er grimmig ab.

»Ich wollte mich nicht über dich lustig machen, Mike. Ehrlich nicht.« Natürlich wolltest du das, du blöde Kuh, sagte sie insgeheim zu sich selbst. Du wolltest ihm eins auswischen, weil er so eingebildet war. »Und was die ›Klugscheißerin‹ betrifft … du warst auch nicht gerade besonders höflich.«

»Geschenkt«, wiederholte Mike. »Können wir jetzt weiterfahren?«

»Sicher«, erwiderte sie. Sie stieg in den Sattel und ließ den Motor an. »Lass uns zwischen die Bäume da unten fahren, da ist ein guter Rastplatz.«

Sie fuhr voraus und lenkte ihr Snowmobil in einen lichten Wald. Unter einigen ausladenden Schwarzfichten schaltete sie den Motor aus und wartete, bis Mike neben ihr parkte. Sie holte die Sandwiches und Thermosflaschen aus den Satteltaschen des Snowmobils, das eigentlich sie hatte fahren sollen, und hielt ihm die beiden Sandwichpakete entgegen. »Schinken oder Käse?«

Er griff nach dem Schinkenbrot und biss hungrig hinein. Jenny und ihr Vater verstanden es leckere Sandwiches zuzubereiten. Elchschinken mit Salat, Tomaten, Gurken und Mayonnaise auf einem Toastbrot, das sie direkt bei einem Bäcker einkauften, der sich noch jeden Morgen in die Backstube stellte. Er verdiente deshalb keinen Cent mehr, aber die erfreuten Gesichter seiner Kunden seien diesen Aufwand wert, sagte er.

»Gutes Brot«, lobte auch Mike.

Jenny erzählte ihm von dem Bäcker. Zwischen den Bäumen war die Kälte nicht mehr so schneidend, und sie hatten sogar ihre Handschuhe ausgezogen. »Was machst du eigentlich so in Kalifornien?«, fragte sie zwischen zwei Bissen. »Gehst du aufs College?«

»Ich bin Lifeguard«, sagte er. Sein Ärger schien verraucht zu sein. »Rettungsschwimmer am Malibu Beach. So wie die Typen in *Baywatch*, dieser Fernsehserie, die immer noch wiederholt wird. Aber so ist es nicht. Wir rennen nicht den ganzen Tag hinter blonden Strandschönheiten her.«

»Ach nein?« Sie lächelte.

»Dazu haben wir gar keine Zeit. Wenn wir das täten, würden wir vielleicht einen Ertrinkenden übersehen, und das wäre fatal. Du weißt ja nicht, was an den Stränden in L.A. so los ist. Da kommen Leute von sonst woher und denken, sie könnten tauchen oder surfen, und kaum schwappt eine etwas größere Welle heran, schreien sie um Hilfe und ich hab den Ärger.«

Kommt mir bekannt vor, hätte sie beinahe gesagt.

»Wir müssen über achtzig Stunden auf eine Academy

gehen und dort trainieren, bevor sie uns als Lifeguards zulassen. Und man verlangt, dass wir die tausend Meter im Meer unter zwanzig Minuten schwimmen. Gar nicht so leicht, sage ich dir. Ich hab drei Monate trainiert, bis ich schnell genug war.«

Jenny hatte schon wieder eine spöttische Antwort auf der Zunge, beherrschte sich aber. Der Kunde ist König, hämmerte sie sich ein. Auch wenn Mike ein blöder Angeber ist, der sofort wieder loslegt, wenn du ihm entgegenkommst, musst du ihn freundlich behandeln. Er zahlt dafür, dass du ihn durch die Wildnis führst, und dabei spielt es keine Rolle, ob es ihm gefällt oder nicht. Also reiß dich zusammen!

Jenseits der Anhöhe krachte ein Schuss.

5

Noch bevor das Echo des Schusses über den Hügeln verklungen war, startete Jenny den Motor. »Ein schweres Gewehr«, sagte sie. »Damit schießt man Elche und Bären. Aber die Bären halten gerade Winterschlaf und die Jagdsaison für Elche ist in dieser Gegend längst vorbei. Lass uns lieber mal nachsehen. Das kam von der Hütte des alten Charly Merrick. Vielleicht ist er in Gefahr.«

Jenny erkannte den Zweifel im Gesicht des Jungen, ließ sich aber nicht beirren. In der Wildnis war es ihre Pflicht, anderen Menschen zu helfen, und solange sie nicht wusste, wie es dem alten Fallensteller ging, wollte sie nicht umkehren. Er lebte allein und war vielleicht auf ihre Hilfe angewiesen. In der Wildnis lauerten Gefahren, die sich ein Städter nicht vorstellen konnte.

Sie fuhr los, dicht gefolgt von Mike, der wohl den Ernst der Lage erkannte und so klug war, hinter ihr zu bleiben. In weiten Serpentinen fuhren sie den steilen Abhang hinunter. Der Schnee glänzte im schwachen Tageslicht. Unterhalb der Hügel verlief der Trail am Waldrand entlang und sie gelangten auf das Eis eines schmalen Flusses, der direkt zur Blockhütte des alten Fallenstellers führte.

Seine Huskys begrüßten sie jaulend und brachten Mike dazu, sein Snowmobil in respektvoller Entfernung anzuhalten. Jenny war ganz entspannt und hielt vor dem Eingang. »Ich bin's, Jenny«, rief sie ihnen zu. »Kennt ihr mich nicht mehr? Macht nicht solchen Lärm! Sagt mir lieber, wo Charly ist.«

Sie stieg aus dem Sattel und sah in der Blockhütte nach. Der Fallensteller war nicht zu Hause, aber in seinem Eisenofen brannte ein Feuer, was nur bedeuten konnte, dass er die Hütte erst vor Kurzem verlassen hatte. Sein Gewehr, das normalerweise in einer Halterung über der Tür hing, war verschwunden. »Im Haus ist er nicht«, rief sie Mike zu. »Sein Gewehr ist weg.«

Im Scheinwerferlicht der Snowmobile waren die Spuren des Fallenstellers deutlich zu sehen. Die, die zu den Huskys führten, stammten wohl vom frühen Morgen, die beim Holzstapel ebenfalls. Eine dritte Spur führte über den festgetretenen Schnee am Fluss entlang und mündete weiter östlich in den Wald.

»Komm mit«, forderte Jenny den Jungen auf. »Weit kann er nicht sein.«

Im Gänsemarsch folgten sie den Spuren am Flussufer. Der orangefarbene Horizont war verblasst, und die blasse Sonne stieg am Himmel empor, wurde aber durch eine unsichtbare Kraft gebremst, die sie nach unten drücken und im Dunkeln verschwinden lassen wollte. Dieses arktische Zwielicht ließ sie die Umgebung nur schemenhaft erkennen. Über dem schroffen Eis des Flusses hingen dünne Nebelschwaden wie Schleier.

Jenny war angespannt. Ihren Revolver nahm sie nur auf lange Schlittenfahrten mit, wenn die Möglichkeit bestand, dass ihnen ein aufgescheuchter Elch in die Quere kam und den Huskys gefährlich wurde. Alle Musher hatten eine Waffe dabei, denn die Gefahr, von einem wilden Tier bedroht zu werden, war groß. Auf einem Snowmobil war sie jedoch relativ sicher.

»Muss das sein?«, beschwerte sich Mike. »Ich hab keine Lust, aus Versehen über den Haufen geschossen zu werden. Der alte Knacker meint doch sicher, er lebt noch im Wilden Westen. Warum lassen wir ihn nicht in Ruhe?«

»Und wenn er verletzt ist? Oder ihn ein wildes Tier bedrängt?«

»So ein Fallensteller weiß sich doch bestimmt selbst zu helfen.«

»Hast du etwa Angst?«, fragte sie.

»Wie kommst du denn darauf?«

Die Wahrheit war, dass auch Jenny sich fürchtete und erleichtert stehen blieb, als Merrick wohlbehalten aus dem Wald trat, sein Gewehr in beiden Händen. »Charly!«, rief sie. »Ich hab schon gedacht, dir wäre was passiert.«

»Jenny! Du hast mich wohl schießen gehört.«

»Ich dachte schon, du hättest einen Elch geschossen.«

»Jetzt? Wir haben doch gar keine Saison.« Er kicherte leise.

»Was ist denn passiert?«

»Zwei Männer«, erwiderte der Fallensteller. »Ich hab gesehen, wie sich zwei Männer in den Büschen versteckt und mein Blockhaus beobachtet haben. Und bei Zeus und allen römischen Göttern, mir stinkt es ganz gewaltig, wenn mir jemand dabei zusieht, wie ich meine nackten Füße durchknete.«

»Griechischen … es muss ‚griechischen Göttern' heißen.«

»Wie auch immer. Ich setzte ihnen einen Warnschuss vor den Bug und dachte natürlich, sie bleiben stehen, aber ehe ich michs versah, waren sie über alle Berge. Ich nehme an, sie flohen über das feste Flusseis und hatten irgendwo ihre Snowmobile stehen. Oder was auch immer. Ich hätte ihnen nur zu gern eine Kugel auf den Pelz gebrannt und sie gefragt, was sie hier zu suchen haben.« Er sicherte sein Gewehr. »Und ihr? Wollt ihr einen Kaffee?«

»Hast du auch Kakao?«

»Sicher … für dich immer.«

Charly Merrick sah wie ein Waldschrat aus. Sein Pelzmantel, der mit zahlreichen Fuchsschwänzen besetzt war, reichte ihm bis über die Stiefel. Sein halblanges Haar ragte unter einer wattierten Mütze hervor, deren Ohrenschützer offen nach unten hingen. Sein Gesicht war von tiefen Falten durchzogen.

»Das ist Mike«, sagte Jenny, als sie in die Hütte gingen. »Mike Cooper. Er wohnt gerade mit seinen Eltern in unserer Lodge. Ich hab ihm die Gegend gezeigt.«

Der Fallensteller drehte sich um und klopfte ihm auf die Schulter. Seine Falten wurden noch tiefer, wenn er lachte. »Und ich bin Charly Merrick. Du kannst Charly zu mir sagen. Ich bin Fallensteller, einer von der Sorte, die den ganzen Winter durch die Wälder streift. Woher kommst du, mein Junge?«

»Los Angeles«, antwortete er.

»Los Angeles«, wiederholte Charly. Er ließ jede Silbe auf der Zunge zergehen. »Das kenne ich nur aus dem Fernsehen. Im Sommer arbeite ich in Fairbanks, da hab ich eine Glotze, und immer, wenn ich sie anmache, rennen irgendwelche Cops oder böse Buben durch eure Stadt. Ist das bei euch wirklich so?«

»Nur wenn man sich ins falsche Viertel verirrt.«

Charly öffnete die Tür und führte sie in seine Hütte. »Da lege ich mich lieber mit Grizzlys oder Wölfen an.« Er hängte sein Gewehr über die Tür und setzte Milch auf. »Dann koche ich mal Kakao für alle.« Er holte einen Topf aus dem schiefen Schrank, füllte ihn mit Milch und stellte ihn auf den Herd. »Emma mochte auch Kakao. Sie war meine Vierte.«

»Ihre Vierte?«, fragte Mike verwundert.

»Meine vierte Frau. Ich weiß auch nicht, warum, aber

bei mir hat's keine Frau lange ausgehalten. Die Erste brannte mit einem Banker durch, die Zweite mit einem Goldgräber, der nicht mal was gefunden hatte, die Dritte zog nach New York, weil sie es in der Wildnis nicht mehr aushielt, und Emma, eine Indianerin ... sie blieb am längsten bei mir, immerhin drei Jahre, dann zog sie zu ihrem Stamm zurück. Ich würde nicht fürs Eheleben taugen. Wie sie darauf kommt, ist mir schleierhaft.« Er rührte Kakaopulver in die Milch und ließ sie aufkochen. »Nun ja, inzwischen bin ich wohl zu alt und zu hässlich, und die Frauen sehen mich nur noch an, weil sie mich um meine Pelze beneiden.«

»Und jetzt leben Sie ganz allein hier?«, fragte Mike.

»Allein? Ich hab doch Ice-T.«

»Ice-T, den Rapper?« Mike zog verwundert die Augenbrauen hoch. »Woher kennen Sie denn Ice-T? Jetzt sagen Sie bloß, Sie stehen auf schwarze Musik.«

Charly kicherte verhalten. »Am liebsten höre ich den Wind rauschen. Aber vor zwei Sommern in Fairbanks wohnte ich neben einem jungen Mann, der ließ den ganzen Abend Ice-T laufen, bis ich die Songs fast auswendig kannte. Nach einigen Tagen traf ich ihn auf der Straße und wollte wissen, wer mir jeden Abend diese fürchterlichen Songs in die Ohren brüllt. ›Jetzt sag bloß, du kennst Ice-T nicht!‹, fuhr er mich an. ›Ice-T ist der absolute Hit. Der hat's wirklich drauf. Singt über Liebe und so. Der verarscht uns nicht, Alter.‹«

»Ice-T ist sein Leithund«, erklärte Jenny schmunzelnd.

Der Kakao schmeckte köstlich. Dazu gab es bunte Plätzchen, die Charly in einer großen Blechdose verwahrte. Ein Weihnachtsgeschenk von einer seiner Ex-Frauen, wie er betonte. Sie saßen mit offenen Anoraks an dem einfachen Holztisch und ließen es sich schmecken. Für ein paar bunte Plätzchen war immer noch Platz, auch wenn sie gerade erst ihre Sandwiches gegessen hatten.

»Möchte wissen, wer die beiden Burschen waren, die sich in den Büschen versteckt hatten.« Charly deutete aus dem Fenster. »Einbrecher können es nicht gewesen sein. Bei mir gibt's doch nichts zu holen. Ich besitze keine zehn Dollar.«

»Aber Pelze vielleicht«, gab Jenny zu bedenken.

Charly grinste. »Die liegen in meinem Spezialversteck.« Er deutete auf sein schweres Eisenbett auf der anderen Seite des Raumes. »Unter dem Bett gibt's eine Falltür, die sieht man nur, wenn man das Bett zur Seite schiebt, und das macht bestimmt keiner freiwillig. Das Ding ist tonnenschwer. Darunter befindet sich ein geheimer Raum, da ist genügend Platz für die Pelze.«

»In L. A. braucht keiner Pelze«, sagte Mike. Der Kakao schmeckte ihm anscheinend. »Gibt's überhaupt noch Frauen, die Pelze wollen? Ich denke, die tragen jetzt alle Kunstpelze. Sogar in Kalifornien protestiert der Tierschutzverein gegen echte Pelze. Gibt's überhaupt noch einen Markt für die echten?«

Die Miene des Fallenstellers wurde ernst. »Du hast recht, auch bei mir waren schon Tierschützer und haben sich beschwert. Aber wir haben sehr strenge Regeln und befolgen die Gesetze. Wir prügeln keine Tiere zu Tode wie die Robbenschlächter in Kanada, und wir töten auch nicht mehr Tiere, als erlaubt ist. Ich brauche wenig Geld zum Leben, und den einen Elch, den ich im November erlegen darf, teile ich mit den Indianern von Emmas Stamm.« Er blickte wieder nach draußen. »Du meinst, die beiden sind Tierschützer?«

»Wäre doch möglich«, erwiderte Mike.

»Glaube ich nicht. Die Tierschützer haben zurzeit ganz andere Sorgen. In einigen Naturschutzgebieten soll nach Öl gebohrt werden, und sie haben Angst, dass die Politiker vor den Konzernen in die Knie gehen. Die großen Konzerne zerstören mehr Natur als alle Fallensteller und Jäger zusammen.« Er schenkte ihnen Kakao nach. »Außerdem habe ich schon zwei neue Jobs.«

»Das wusste ich ja gar nicht«, wunderte sich Jenny. Sie mochte den kauzigen Alten und hörte ihm gern zu. »Du meinst, außer deinem Sommerjob?«

»Und ob«, erwiderte Charly. »Letztes Jahr habe ich den Disney-Leuten geholfen, einen Film über Wölfe zu drehen. Hab sie bis dicht an das Rudel herangeführt. War gar nicht so einfach, aber sie haben alle Aufnahmen bekommen, die sie haben wollten. Sie haben sogar gefilmt, wie die Wölfe eine Karibuherde angreifen und eines der kranken Tiere reißen. Die Natur kann sehr grausam sein. Und manchmal spiele ich den Fremdenführer für irgendwelche Typen, die unbedingt einen Bären oder Elch jagen wollen.« Er wischte sich lachend den Kakao aus dem Bart. »Ihr solltet diese Greenhorns mal sehen. Keinen Dunst haben die vom Leben in der Wildnis. Kommen in ihren brandneuen Klamotten daher, lassen sich einen Bart stehen und glauben, sie wären die großen Jäger. Hoho, dass ich nicht lache. Aber sie bekommen ihre Wildnis, das könnt ihr mir glauben. Der alte Charly führt sie direkt zu einem Bären hin und hält ihnen sogar das Händchen, wenn sie sich nachts im Zelt vor Angst in die Hose machen. Aber sie zahlen gut, das muss man ihnen lassen.«

Mike ließ die Worte des Alten sacken und kaute gedankenvoll auf einem Plätzchen, dann schüttelte er den Kopf. »Also, so ein Leben wäre nichts für mich. So ganz allein in der Wildnis und im Sommer auf einer Baustelle und alle paar Jahre vielleicht mal ein aufregender Job wie der mit Disney, da würde ich eingehen. Wenn es im Winter nicht so kalt würde und so lange dunkel bliebe, wäre es ja eine Weile auszuhalten, aber so …« Auch er blickte jetzt aus dem Fenster. »In Kalifornien scheint die Sonne.«

»Der Schnee und die Dunkelheit haben auch was für sich«, konterte Charly. »Wie ich Jenny kenne, hat sie unterwegs sicher mal den Motor ausgeschaltet und dich ins Tal hinabblicken lassen. Sieht das Land mit dem vielen Schnee nicht wundervoll aus? Ich mag vor allem die Stille. Oft bleibe ich irgendwo stehen und höre nur der Stille zu. Und dann der Himmel, der ist viel weiter hier draußen. So was gibt's in ganz Kalifornien nicht. Warte ab, bis er wieder klar ist und das Nordlicht im Dunkeln flackert … wie im Märchen.«

Seinen Worten folgte Stille, dann trieb der Wind das leise Brummen eines Motors herüber. Charly hörte es als Erster. »Die beiden Männer kommen zurück«, sagte er. Er nahm sein Gewehr aus der Halterung und trat ans Fenster. »Die denken, so 'n alter Mann wie ich hört sowieso nicht mehr gut, und sie müssen ihre Snowmobile erst an der Biegung stehen lassen. Eine Viertelmeile von hier. Den Rest laufen sie zu Fuß wie heute Morgen. Aber diesmal schnappe ich mir die Kerle. Ungestraft kommen die mir nicht davon.«

Jenny stellte sich neben den Fallensteller und beobachtete, wie nervös seine Huskys reagierten. Ice-T, ihr Anführer, war aufgestanden und blickte neugierig in die Richtung, aus der das Motorengeräusch gekommen war. Seine Muskeln waren angespannt, die Ohren aufgestellt. Wie die meisten Huskys war er kein guter Wachhund, aber er spürte, dass etwas nicht in Ordnung war.

Doch diesmal verstummte der Motor nicht. Im Gegenteil, er wurde immer lauter, und nach einigen Minuten erschien ein Mann auf einem Snowmobil auf der

Lichtung. Er bremste in einer Schneefontäne vor dem Haus und rief: »Hey, Charly! Komm raus und begrüße einen alten Freund. Ich bin's, Leon.«

»Leon«, wiederholte der Fallensteller nur so laut, dass Jenny und Mike ihn verstehen konnten. »Der Indianer, der mich vor dreißig Jahren beim Iditarod abgehängt hat. Er wurde achtzehnter und ich neunzehnter. Ich hab ihm nie verziehen, dass er mich so kurz vor dem Ziel noch überholt hat.« Er hängte lachend sein Gewehr zurück und öffnete die Tür. »Leon, alter Waschbär! Warst ja schon eine Ewigkeit nicht mehr bei mir. Komm rein! Ich habe Besuch von einer hübschen Frau und ihrem Freund. Und ich hab heißen Kakao.«

»Kakao? Wie wär's mit einem Bierchen?«

»Meinetwegen, aber nur eins. Du weißt, dass du nichts verträgst.«

Der Indianer brummte etwas, das keiner verstand, und betrat die Blockhütte. Er war ungefähr so alt wie Charly, hatte sich aber weniger gut gehalten und wog bestimmt das Doppelte. Über seinem Bauch spannte sich ein dunkler Anorak, seine weißen Haare waren kurz geschnitten. Er umarmte den Fallensteller und schüttelte Jenny und Mike die Hand. »Ich bin Leon«, sagte er.

Charly stellte Jenny und Mike vor und öffnete ein Bier für seinen Besucher. Der Indianer nahm einen kräftigen Schluck und setzte sich. Auch Jenny und Mike blieben noch. »Von Leon hab ich Ice-T«, erklärte Charly, »er hat mir den Welpen vor vier Jahren verkauft. Damals hatte er noch keinen Namen.« Er blickte den Indianer an. »Und was willst du mir heute verkaufen?«

»Gar nichts«, erwiderte Leon. Er nahm noch einen Schluck von dem Bier und griff nach einem der bunten Plätzchen. »Ich wollte mir Ice-T ausleihen.«

»Ice-T? Ausleihen? Wozu denn?«

»Für Greg, meinen Enkel. Greg Miller. Er macht beim nächsten Iditarod mit. Beim Training lief alles bestens, bis sich sein Leithund den Vorderlauf brach und ihm nun leider nicht mehr helfen kann. Greg braucht einen guten Ersatz. Einen Husky, der sich innerhalb kurzer Zeit an ein neues Gespann gewöhnen kann. Das kann nur Ice-T. Wenn du willst, kaufe ich ihn dir ab.«

»Und wie fahre ich meine Fallen ab? Mit dem Snowmobil? Du weißt doch, wie verhasst mir diese Dinger sind. Außerdem komme ich mit dem Hundeschlitten viel leichter an meine Fallen. Ich weiß ja nicht mal, ob mein Snowmobil noch funktioniert. Benzin hab ich auch keins hier. Und das alles nur, weil dein Enkel ein Rennen fahren will? Hat er denn Chancen?«

»Auf den ersten Platz vielleicht nicht, aber besser als wir zwei damals ist er bestimmt. Ich glaube sogar, er schafft es in die Top Ten. Wenn er Ice-T bekommt.«

»Ich weiß nicht«, zierte sich der Fallensteller.

»Wenn er den Husky abholt, bringt er dir zwei Kanister Benzin mit.« Er sah, dass Charly zögerte, und fügte schnell hinzu: »Und ein Päckchen Kakao.«

»Also gut«, ließ sich Charly darauf ein, »weil du's bist. Aber nach dem Rennen bringst du Ice-T wieder zurück. Der Husky ist mein Ein und Alles.«

»Ich weiß, was dir der Hund bedeutet, Charly.«

Charly wandte sich an Jenny, die aufmerksam zugehört hatte. »Da fällt mir ein ... willst du nicht auch beim Iditarod mitmachen? Wenn ich mich recht entsinne, hast du ein gutes Gespann beisammen. Wie heißt denn dein Leithund?«

»Ruby«, antwortete sie. »Und ich wette, er ist schneller als Ice-T.«

»Ruby? Nie gehört«, sagte der Indianer.

»Ruby ist eine Rakete«, prahlte Jenny. »Wenn der mal losläuft, bleibt er nicht eher stehen, bis er im Ziel ist. Er will immer der Erste sein. Und zurzeit ist er in Bestform. Tut mir leid, aber gegen ihn kann Ice-T nicht gewinnen.«

»Da hörst du's«, neckte Charly seinen Freund.

Der hatte längst eine ernste Miene aufgesetzt. »Stell dir vor«, sagte er, »vorhin bin ich zwei ganz seltsamen Kerlen auf Snowmobilen begegnet. Ich dachte zuerst, es seien Touristen, die zum ersten Mal auf einem Snowmobil säßen, aber als ich sie anhalten und mit ihnen reden wollte, gaben sie Gas und machten, dass sie wegkamen. Du solltest besser aufpassen. Das waren vielleicht Diebe, die es auf deine Felle abgesehen haben. Sie hatten keine Gewehre dabei, aber Revolver, die steckten hinter ihren Gürteln und sahen wie 357er Magnums aus, die riesigen Dinger, mit denen Clint Eastwood in seinen Dirty-Harry-Filmen schoss. Du erinnerst dich an ihn, oder?«

»Dirty Harry? Der wild gewordene Polizist?«

»Genau der. Pass auf dich auf, Charly.«

Der Fallensteller verriet ihm, dass er die beiden Männer bereits bemerkt hatte, und versprach es. »Und ich dachte, die wilden Zeiten wären vorbei. Ich hab mich wohl getäuscht. Wie wär's mit heißem Kaffee, Leon?«

6

Im Osten verblasste bereits das schwache Tageslicht, als sich Jenny und Mike auf den Weg machten. Düsteres Zwielicht hing über den Wäldern, und die Berggipfel der fernen Alaska Range verschwammen im Dunst. In Gedanken versunken steuerten sie ihre Snowmobile über den Trail nach Süden zurück.

Jenny hatte erneut die Führung übernommen. Sie machte sich Sorgen wegen der beiden Männer, die Charly beobachtet hatten, wollte Mike aber nicht beunruhigen und lächelte jedes Mal aufmunternd, wenn sie sich nach ihm umdrehte.

Bis Leon aufgetaucht war, hatte sie noch geglaubt, der Fallensteller würde sich unnötig Sorgen machen. Der Goldrausch war schon lange vorbei, und dass sich jemand wegen ein paar Pelzen durch die unwegsame Wildnis schlug, war eher unwahrscheinlich. Militante Tierschützer hätten sich gezeigt und ihn beschimpft. Neugierige Winterurlauber? Wozu hatten sie dann die riesigen Revolver dabei? Sie kannte Musher, die Magnums mitführten, um sich notfalls gegen Elche verteidigen zu können, aber das geschah hauptsächlich wegen der Huskys. Auf einem Snowmobil war man relativ sicher.

»Schleicht ihr in Alaska immer so rum?«, rief Mike laut genug, um den Motor zu übertönen. Er schien sich keine Gedanken wegen der Männer zu machen. »Wenn du noch weiter mit dem Tempo runtergehst, schlafe ich ein.«

»Schon gut«, erwiderte Jenny. »Wenn du willst, kannst du jetzt die Führung übernehmen. Aber fahr nicht zu schnell, sonst fällst du auf die Nase.«

Das ließ sich Mike nicht zweimal sagen. Er drehte auf und stob in einem Schneeschauer über den Trail. Sie musste in den Tiefschnee ausweichen, so dicht fegte er an ihr vorbei. »He, nicht so schnell!«, rief sie ihm hinterher, »oder willst du wieder eine Bruchlandung machen?«

Sie folgte ihm am Waldrand entlang und beobachtete staunend, wie er die scharfe Kurve zu den Hügeln mit Vollgas nahm. Unter dem breiten Laufband seines Snowmobils spritzte der Schnee in einer Fontäne hervor. Er verlagerte den Körper geschickt wie ein Motorradfahrer, kam für einen Moment vom Trail ab, ließ erneut den Schnee spritzen und kehrte auf den Trail zurück.

Gar nicht übel, dachte Jenny, doch sie sah ihn bereits auf die Hügel zurasen und rief: »Nicht so schnell, Mike! Denk dran, die Hügel sind vereist!«

Doch er war so froh, endlich mal Gas geben zu können, dass er vergaß, was ihm auf der Herfahrt passiert war, und ihre Warnung in den Wind schlug. Mit aufheulendem Motor raste er den ersten Hügel hinauf. Er benutzte ihn als Sprungschanze, hing mit seiner Maschine sekundenlang in der Luft und kam unsanft wieder auf.

Jauchzend raste er den Hang hinab und ging den zweiten Hügel an. Schon beim Hinauffahren geriet er ins Schlingern. Er gab weiter Gas, hob erneut ab und landete so ungünstig, dass sich seine Maschine zweimal um die eigene Achse drehte und er von Glück sagen konnte, dass er nicht herunterfiel. Er ließ vor Schreck den Gashebel los und blieb stehen.

Jenny hatte das Unglück kommen sehen und war ihm rasch gefolgt. Als sie erkannte, dass ihm nichts passiert war, atmete sie erleichtert auf. Sein schuldbewusster Blick ließ sie jedoch anders reagieren als geplant und zauberte sogar ein Lächeln auf ihr Gesicht. »Du hast es ja ganz schön eilig. Immerhin bist du sattelfest. Du solltest mal bei einem Snowmobil-Rennen mitmachen.«

»Dann wäre ich jetzt draußen. Dabei wollte ich doch nur …«

Jenny brachte ihn mit einer Handbewegung zum Schweigen und schaltete den Motor ihres Snowmobils aus. »Leise! Ich glaube, da kommt jemand!«

»Die Männer, die Charly beobachtet haben?«

»Keine Ahnung. Ein Snowmobil … nein, zwei Snowmobile.«

Jetzt waren die Motoren deutlich zu hören. Das Geräusch kam aus dem Wald, an dem Jenny und Mike entlanggefahren waren, und wurde ständig lauter. Wenig später tauchten zwei Snowmobile am Waldrand auf. Im Licht der Scheinwerfer erkannte Jenny zwei Männer in dicken Anoraks. Als sie merkten, dass sie nicht allein waren, blieben sie eine ganze Weile stehen und fuhren erst weiter, nachdem sie ihre Schals bis über die Nase gezogen hatten.

Um ihre Gesichter zu verbergen?

Weder die beiden Fremden noch Jenny und Mike konnten einer Begegnung jetzt noch entgehen. Es gab nur diesen einen Trail. Wenn die Männer zum Highway zurückfahren wollten, mussten sie über die Hügel fahren. Und wenn sie sich nicht verdächtig machen wollten, mussten sie anhalten und ein paar Worte mit Jenny und Mike wechseln, wie es in der Wildnis üblich war.

»Lass dir nichts anmerken«, sagte Jenny leise.

Die Männer fuhren in gemächlichem Tempo über die Hügel und hielten in einigem Abstand. Ein weiterer Trick, damit sich Jenny und Mike nicht ihre Gesichter einprägen konnten? Ihre Anoraks waren fest verschlossen und reichten so weit nach unten, dass man nicht erkennen konnte, ob sie Revolver hinter ihren Gürteln stecken hatten. Die Scheinwerfer ihrer Snowmobile blendeten, wahrscheinlich auch Absicht, falls es sich um die Männer handelte, die den alten Fallensteller beobachtet hatten.

Jenny sah lediglich, dass einer sehr groß war und einen Bart trug und der andere eher untersetzt war.

Der Untersetzte bemühte sich um ein freundliches Lächeln. »Hallo«, grüßte er, ohne sich vorzustellen. »Habt ihr Probleme?« Er blickte auf Mikes Snowmobil.

»Hab mich nur ein bisschen gedreht.«

»Du warst wohl zu schnell?« Jenny glaubte, einen leichten Akzent herauszuhören. »Die Dinger sind ganz schön eigenwillig, was? Von wegen, die lassen sich so einfach wie Motorräder lenken. Ehe du dichs versiehst, liegst du auf der Nase.« Er lächelte kaum sichtbar. »Seid ihr auf Urlaub in Alaska?«

»Er schon«, sagte Jenny. »Und Sie?«

Der Untersetzte lächelte schwach. »Wir sind auf Besuch bei meinem Schwager, und wie ich meine Schwägerin kenne, wartet sie bereits mit dem Essen auf uns. Wir haben uns verfahren, wissen Sie?« Seine Stimme klang dumpf durch den dicken Schal. »Hier sind wir doch richtig?«

»Wo wollen Sie denn hin?«

»Fairbanks«, sagte er nur.

»Immer geradeaus«, erwiderte Jenny bereitwillig. »Fahren Sie nur weiter, wenn Sie's so eilig haben. Wäre doch schade, wenn das Essen kalt würde.«

»Vielen Dank und schönen Urlaub noch«, wünschte der Untersetzte.

Sie warteten, bis die Männer hinter den Hügeln verschwunden waren, und wagten erst dann wieder miteinander zu sprechen. »Das war ziemlich riskant, so mit denen zu reden«, sagte Mike. »Wenn die tatsächlich Verbrecher sind, hätten sie auch anders reagieren können. Urlauber waren das nicht.«

»Vielleicht bilden wir uns auch alles nur ein.«

»Und Leon? Der hat die Revolver gesehen.«

»Viele Menschen in Alaska tragen Waffen.«

Sie fuhren weiter nach Süden. Über ihnen wölbte sich ein inzwischen fast klarer Himmel, der erst jenseits der Wälder und der Bergriesen der Alaska Range mit der Unendlichkeit verschmolz. Der Mond und die Sterne leuchteten heller als sonst, zumindest kam es Jenny so vor, und der Wind brachte immer kältere Luft aus Norden mit. Die Scheinwerfer ihrer Snowmobile warfen helle Lichtkegel in den Schnee. Die Motoren dröhnten eintönig vor sich hin. Nur wenn sie über eine Bodenwelle fuhren, änderte sich die Tonart.

Mike hatte seine Lektion gelernt und fuhr jetzt langsamer. Selbst auf offener Strecke, wo der Trail breit genug war und es kaum Hindernisse gab, behielt er sein Tempo bei. Einmal drehte er sich um, und sie beobachtete im Scheinwerferlicht, wie er lächelte. Ein gutes Zeichen, wie sie glaubte, das ihr Hoffnung für künftige Ausflüge gab, denn sie hatte keine Lust, ständig mit ihm aneinanderzugeraten. Wenn sie an einige City Slickers der vergangenen Monate dachte, egal, ob weiblich oder männlich, erschauerte sie noch heute. Manche Städter legten ihre Arroganz niemals ab, wussten alles besser und hatten immer was zu meckern, der Albtraum jedes Lodge-Betreibers.

Sie erreichten die heimatliche Lodge, ohne den verdächtigen Männern noch einmal zu begegnen. Die Huskys begrüßten sie mit dem üblichen Jaulkonzert, konnten wahrscheinlich nicht verstehen, dass Jenny an diesem Morgen mit dem Snowmobil losgezogen war. Sie glaubte, schon öfter beobachtet zu haben, wie Ruby ihre Maschine keines Blickes gewürdigt und sich mit Abscheu von ihr abgewandt hatte. Tatsächlich waren auch viele Zweibeiner in Alaska der Meinung, Huskys wären zuverlässiger als Snowmobile, die viel Benzin fraßen und teure Ersatzteile brauchten, wenn sie liegen blieben.

»Schön ruhig, Ruby«, rief Jenny ihrem Leithund zu, »ich stelle das Ding gleich in die Ecke und bringe euch euer Fressen. Dad und die Coopers bleiben sicher noch länger bei den heißen Quellen. Und sei nett zu Mike, hörst du?«

Sie stellten die Snowmobile ab und wollten gerade zu den Hunden gehen, als Jenny einen fremden Wagen neben dem Haus stehen sah. Als der Fahrer die Tür öffnete und die Innenbeleuchtung sein Gesicht erhellte, erschrak sie.

»Brian! Was machst du denn hier?«

Ihr Ex-Freund stieg aus und nahm einen Blumenstrauß von der Rückbank. »Ich wollte mich bei dir entschuldigen, Jenny«, sagte er mit Unschuldsmiene.

»Diesmal wirklich. Ich weiß, ich hab mich danebenbenommen, aber es wird nicht wieder vorkommen, das verspreche ich dir. Lass uns noch mal von vorn beginnen, okay?«

»Nein, das ist nicht okay«, erwiderte Jenny bestimmt. Sie hielt Mike mit einer Hand auf und ging allein auf Brian zu. »Zwischen uns ist es aus. Was muss ich denn noch tun, damit du mir endlich glaubst? Es wäre auch vorbei, wenn du dich nicht danebenbenommen hättest. Eine Weile hat es keiner von uns gemerkt, aber wir waren nie ein Paar. Das mit uns funktioniert nicht, das hab ich dir doch schon oft genug gesagt. Fahr nach Hause, Brian!«

»Du weist mich zurück?«

Jenny spürte förmlich, dass es nicht bei einem Rededuell bleiben würde, gab sich aber alle Mühe, den Ärger im Keim zu ersticken. »Wir passen nicht zusammen, Brian, das ist doch nicht bös gemeint. Fahr nach Hause, und ich tue einfach so, als wärst du nie hier gewesen, okay?«

Sie hätte ihm liebend gern noch gesagt, dass er mit seinem Macho-Gehabe nie eine ernsthafte Freundin finden würde, höchstens einen One-Night-Stand wie mit Karen, aber sie unterdrückte ihren Ärger und beherrschte sich. Sie wollte ihn nicht provozieren.

Ohne Erfolg.

»Das würde dir so passen, was? Und wer ist diese halbe Portion hinter dir? Hast ja nicht lange gebraucht, um dir einen neuen Lover zu angeln.« Er funkelte Mike an. »Hat dich wahrscheinlich gleich an sich rangelassen, nur um mir eins auszuwischen. Bei mir hat sie wochenlang rumgezickt, und als es endlich so weit war, benahm sie sich wie eine ordinäre …« Er gebrauchte ein gängiges Schimpfwort und wollte noch mehr sagen, aber da war Mike schon neben ihm und fauchte ihn wütend an: »Noch ein Wort und es setzt was!«

Brian lachte schadenfroh. »Und mit diesem Schwächling kriechst du in die Kiste? Weiß der müde Penner überhaupt, wie es geht?« Er warf den Blumenstrauß in den Schnee und kehrte kopfschüttelnd zu seinem Wagen zurück.

»Lass sie bloß in Ruhe!«, rief Mike ihm hinterher. Ihm war anzusehen, wie sehr er sich beherrschen musste, um ihren Ex-Freund nicht gewaltsam anzugehen. Er hob drohend eine Faust und rief: »Lass dich hier nie wieder blicken!«

Brian stieg ein und startete den Motor, aber anstatt zu wenden, drückte er das Gaspedal durch. Mit durchdrehenden Reifen raste sein Wagen auf Mike zu. Jenny schrie vor Angst und blieb in ihrer Panik wie erstarrt stehen. Mike sprang zur Seite, war aber nicht schnell genug und wurde vom rechten Kotflügel gestreift. Er stürzte fluchend zu Boden und brachte sich in Sicherheit.

Brian wendete inzwischen und raste mit aufgeblendeten Scheinwerfern zur Straße zurück. Das Motorengeräusch seines Wagens verklang in der Ferne.

»Mike!«, rief Jenny entsetzt. Sie lief zu ihm und ging neben ihm in die Knie. »Er hat dich erwischt, oder? Am Oberschenkel. Ist es schlimm, Mike?«

Er rieb sich die Stelle und biss die Zähne zusammen. »Halb so schlimm«, erwiderte er. »Ein blauer Fleck, weiter nichts.« Er wollte aufstehen, spürte wohl heftigen Schmerz und sank zurück. »Tut aber verflucht weh.« Er versuchte es erneut, diesmal mit ihrer Hilfe, und richtete sich stöhnend auf.

Jenny hatte beide Arme um seine Hüfte gelegt und hielt ihn fest, spürte ihn so nahe, dass sie seinen Herzschlag zu hören glaubte. Er fühlte sich trotz seines gefütterten Skianzugs warm an und schien ihre Berührung zu erwidern, zuerst nur zögernd und dann fester, als würde er nach einem Rettungsring greifen und nicht wissen, ob der ihn tragen würde.

Immer noch von Schmerzen geplagt, fasste er sie mit beiden Händen an den Schultern, und obwohl sie wusste, dass er sich nur an ihr festhielt, stieg ihr die Röte ins Gesicht. So standen sie sekundenlang, bis das ungeduldige Jaulen der Huskys sie aufschreckte und Jenny daran erinnerte, dass sie auf ihr Fressen warteten.

Sie schien aus einem Sekundenschlaf zu erwachen, einem kurzen, aber intensiven Traum, und löste sich rasch von ihm. »Komm, ich helfe dir«, sagte sie und wollte ihn stützen, aber er winkte ab und erwiderte: »Es geht schon.«

Sie gingen ins Haus, und Jenny führte ihn zu der

braunen Ledercouch vor dem Bücherregal. »Das haben wir gleich«, sagte sie geschäftig, »ich bringe dir Salbe, ein Handtuch und zwei Schmerztabletten. Schmier etwas Salbe auf die Stelle und leg das Handtuch drüber, sonst müssen wir deine Hose waschen.« Sie brachte ihm die Sachen und fragte: »Caffè Latte oder Kakao?«

»Ihr habt Caffè Latte?«, wunderte er sich.

»Wir leben schließlich nicht hinterm Mond, und diese modernen Kaffeeautomaten waren irgendwann mal im Sonderangebot. Du kannst aber auch einen gewöhnlichen Kaffee bekommen. Ich dachte nur, in L. A. trinkt man Latte.«

Er grinste. »Wie ich dich kenne, nimmst du Kakao. Ich trink auch einen.«

»Und ein Stück Apfelkuchen?«

»He ... du redest schon wie meine Mutter.«

»Ich will nur dein Bestes«, ahmte sie eine besorgte Mutter nach und ging zur Tür. »Oder willst du lieber ein Sandwich? Der Kühlschrank ist randvoll.«

»Wenn schon, denn schon. Apfelkuchen«, sagte er.

»Aber vorher füttere ich noch schnell die Huskys«, sagte Jenny. »Wie ich dich kenne, willst du sowieso niemand in deiner Nähe haben, wenn du dich verarztest, und wenn ich Ruby warten lasse, bekomme ich Ärger.«

»Deinen Huskys geht's nicht schlecht.«

»Sie arbeiten auch hart.«

Jenny ging mit den Eimern nach draußen und musste sich zwingen, den Hunden die gleiche Zeit wie sonst einzuräumen. Ohne Streicheleinheiten ging es bei ihnen nicht, vor allem Ruby wäre sofort beleidigt, wenn sie ihm nicht die nötige Aufmerksamkeit schenkte. Während sie seinen Hals tätschelte, spürte sie noch immer Mike, wie er sie in den Armen hielt, auch wenn die Berührung wahrscheinlich keine Bedeutung für ihn gehabt hatte. Oder doch?

»Mike ist gar nicht so übel«, sagte sie zu Ruby, der sich aber nicht stören ließ und in aller Ruhe weiterfraß. »Er kommt aus L. A., ein City Slicker, wie er im Buche steht, und er hält sich für den Größten, aber das tun die meisten Männer, und er kann wenigstens dabei lachen. Gestern Abend hätte ich ihn am liebsten an die Wand geklatscht, so arrogant war er. Er hätte euch beinahe mit dem Snowmobil über den Haufen gefahren. Und heute Morgen wollte er den Rennfahrer spielen und landete voll auf der Nase. Aber ich sage dir, je länger er bei uns ist, desto normaler wird er, und als er mich vorhin in den Armen hielt ... als wir uns aneinander festhielten, das war ein ganz besonderes Gefühl.« Sie lächelte. »Das bleibt aber unter uns, Ruby, verstanden?«

Sie kehrte mit den leeren Eimern ins Haus zurück. Mike hatte sich inzwischen verarztet und in eine Wolldecke gehüllt. Er blätterte in einem Bildband über das Iditarod-Rennen. »Da geht's ja tatsächlich zu wie beim Super Bowl«, staunte er. »Willst du wirklich zehn oder elf Tage durch die Wildnis rasen?«

»Vielleicht sogar noch länger«, klärte Jenny ihn auf,

»das kommt darauf an, wie gut meine Huskys in Form sind. Der letzte Sieger hat es sogar in neun Tagen geschafft, aber ich werde wohl elf brauchen. Beim Iditarod hast du schon gewonnen, wenn du ins Ziel kommst. So wie beim New York Marathon.«

Sie sah ihn eines der Fotos bestaunen. Es zeigte Susan Butcher, die viermalige Gewinnerin des Iditarod. Sie starb nach ihren Erfolgen an Leukämie und wurde immer noch als Legende verehrt. »Vier Siege in fünf Jahren … wow! Das muss ihr erst mal jemand nachmachen. Vielleicht du?«

»So erfolgreich wie Susan wird wohl niemand mehr sein.«

Sie ließ Mike weiterblättern und nutzte die Zeit, um Kakao zu kochen und für jeden ein Stück Apfelkuchen abzuschneiden. Als sie alles auf den Couchtisch stellte, sah sich Mike gerade das Foto eines strahlenden Siegers an, wie er in Nome über die Ziellinie fuhr. »Ich sollte im März wiederkommen und dich anfeuern. Ich wollte immer mal einem Champion zujubeln.«

»Und ich würde gern mal sehen, wie du auf einem Surfboard durch die Wellen schießt. Gibt's in Kalifornien so was wie ein Iditarod für Surfer?«

»Auf Hawaii. Die Weltmeisterschaften.«

»Und?«

»Dafür muss ich noch ein paar Jahre üben. Aber ich wäre trotzdem froh, wenn du mich besuchen kämst. Ich reserviere dir auch einen Platz am Strand. Wer so sportlich ist wie du, kann auch mit den Surfern in Malibu mithalten.«

»Meinst du?«

»Ganz sicher.«

Sie aßen eine Weile schweigend und wussten nicht, was sie sagen sollten. Dennoch empfand Jenny die Situation nicht als peinlich. Sie fühlte sich wohl in der Nähe des Jungen, selbst wenn sie beide schwiegen. Auch ohne den Mund zu öffnen, konnte man etwas sagen, durch einen Blick oder eine Bewegung, eine freundliche Geste, und bei ihm war es vor allem der sanfte Ausdruck in seinen Augen, der ihr sagte, dass ihre Begegnung nicht zufällig war.

»Da kommen Dad und deine Eltern«, sagte sie, als der Suburban vor dem Eingang parkte und die Scheinwerfer des Wagens erloschen. Sie stand auf und ging zur Tür, traurig darüber, dass ihre Zweisamkeit gestört wurde, seltsamerweise aber auch dankbar, nicht mehr mit ihm allein sein zu müssen.

7

Mikes Eltern waren begeistert von den Chena Hot Springs und berichteten freudestrahlend von ihrem Bad in den dampfenden Pools. Zu ihrer Erleichterung bemerkte Jenny, dass der Ausflug und das heiße Bad auch ihrem Vater gutgetan hatten. Er wirkte befreiter und gelöster, was aber auch daran liegen mochte, dass er unterwegs von Ellen angehalten worden war. Nicht wegen zu schnellen Fahrens, wie er Jenny in der Küche verriet. »Okay, okay«, kapitulierte er vor ihren Fragen, »ich hab sie zum Essen eingeladen. In die Stadt.«

»Ein richtiges Date?«, staunte sie. »Mit allem Drum und Dran?«

»Keine Ahnung, was du damit meinst. Und jetzt löchre mich nicht wie ein Highschool-Girl, das mit ihrer Freundin über ihren neuen Lover spricht. Wir sind zwei erwachsene Menschen, die sich sympathisch finden und zum Essen verabredet haben. Du tust beinahe so, als hätte ich ihr einen Antrag gemacht.«

Jenny kicherte leise. »Was nicht ist, kann ja noch werden.«

Beim Abendessen drehte sich jedoch alles um die

seltsame Begegnung, die Jenny und Mike auf dem Trail hatten. Als die Sprache auf die beiden Fremden kam, horchte vor allem John Cooper auf. »Sie hatten Revolver dabei?«

»Sagt Leon«, erwiderte Jenny. »Wir haben sie nicht gesehen, dazu waren ihre Anoraks zu lang. Nicht mal ihre Gesichter konnten wir erkennen. Sie hatten ihre Schals hochgeschoben, als hätten sie tatsächlich etwas zu verbergen.«

»Oder ihnen war zu kalt«, gab Jennys Vater zu bedenken.

»Die wollten nicht gesehen werden«, sagte Mike. »Die trauten sich nicht mal, direkt neben uns anzuhalten.«

Jenny ließ die Hand mit der Gabel sinken. »Keine Ahnung, ob sie was zu verbergen hatten. Uns haben sie erzählt, dass sie Verwandte in Fairbanks besuchen. Ganz koscher kamen sie mir nicht vor, aber was heißt das schon?«

»Könnt ihr sie nicht etwas genauer beschreiben?«

»Es waren zwei Weiße«, begann Jenny. »Um die dreißig. Der, der mit uns redete, war untersetzt und sprach wie jemand aus den Südstaaten. Texas oder Alabama, ihr wisst doch, wie langsam die reden. Der andere war groß und schlank und sagte überhaupt nichts. Vielleicht sind es nur harmlose Urlauber, aber Leon ist ein verlässlicher Mann, der irrt sich nicht so leicht. Sie waren mit Magnums bewaffnet. Solche Revolver haben die meisten Musher nur während eines Rennens dabei.«

»Ich werde mal mit Ellen reden«, sagte Jennys Vater. Er blickte die Coopers an. »Der Polizistin, die wir unterwegs getroffen haben. Hier treiben sich in letzter Zeit einige Wilderer rum, denen wollen die State Troopers schon lange an den Kragen. Sogar in die Naturschutzgebiete wagen die sich rein.« Er spürte die Besorgnis bei Mikes Mutter und fügte rasch hinzu: »Aber Wilderer töten keine Menschen. Die wollen lediglich ein paar Keulen einfrieren und Geschäfte mit dem Verkauf von Frischfleisch machen.«

John beugte sich nach vorn und schien etwas sagen zu wollen, zuckte aber lediglich die Achseln und blickte auf seinen Teller. Anscheinend nur, um etwas zu tun, griff er nach seinem Kaffeebecher und nahm einen kräftigen Schluck.

Jenny blickte ihn forschend an. Sie hatte den Eindruck, dass er ihnen irgendetwas verheimlichte. Möglicherweise war er nicht nur in Alaska, um über die eindrucksvollen Naturschutzgebicte zu berichten. Sie verwarf den Gedanken aber gleich wieder. John Cooper war kein Sensationsjournalist.

Nach dem Essen gingen John und seine Frau auf ihr Zimmer, und Jenny half ihrem Vater beim Abwasch. Mike blieb sitzen und wandte sich seinem Smartphone zu. Keine Spiele-App, wie sie bemerkte, sondern ein Artikel über das Leben der Fallensteller in Alaska.

»Kommst du gut mit Mike aus?«, fragte ihr Vater in der Küche.

»Anfangs gar nicht«, antwortete sie. »Da dachte ich, er sei einer dieser arroganten City Slicker, die alles besser wissen. Wir können froh sein, dass er sein Snowmobil nicht zu Schrott gefahren hat. Aber auf dem Rückweg ging es besser. Ich glaube, die Tour und der Besuch bei Charly haben ihm gefallen. Wenn ich's mir recht überlege, ist er sogar ziemlich nett. Okay, er gibt manchmal etwas an und hält uns alle für Hinterwäldler, und Kalifornien ist der Mittelpunkt der Erde für ihn, aber ich komme mit ihm zurecht.«

»Und? Das ist alles?«

»Reicht das nicht?«

Jenny wollte ihren Vater nicht beunruhigen und verschwieg ihm die Begegnung mit Brian. Ihr Ex-Freund würde sowieso nicht wiederkommen. Er hatte sich zweimal eine deftige Abfuhr geholt und hatte sicher keine Lust, noch einmal davongejagt zu werden. Jenny hatte schon viel über rachsüchtige Ex-Lover und Stalker gehört, sich aber nie vorstellen können, dass jemand tatsächlich so weit gehen könnte. Einem Typen wie Brian ging es doch nicht um Liebe, der wollte nur seine Macht demonstrieren.

Seit der Ankunft der Coopers war so viel auf Jenny eingestürzt, dass sie nur schwer in den Schlaf fand. Die Explosion an der Tankstelle, die Begegnung mit Brian und die unbekannten Männer auf dem Trail drängten sich immer wieder in ihre Gedanken und Träume.

Ihr Gesicht zeigte nur dann ein Lächeln, wenn sie an Mike dachte, den jungen Mann, der sie nach seiner Ankunft kaum beschäftigt hatte, aber seit ihrem gemeinsamen Ausflug bisher unbekannte Gefühle in ihr auslöste. Es waren nicht die berühmten Schmetterlinge im Bauch, eher die Sehnsucht nach dieser wunderbaren Zufriedenheit, die sie gespürt hatte. Dieser warme Schauer, der über ihren Rücken gelaufen war, als er seine Hände auf ihre Schultern gelegt hatte.

Wie war so etwas möglich? Er hatte sich doch nur auf sie gestützt, um nicht das Gleichgewicht zu verlieren. Was hatte das alles zu bedeuten?

Sie schreckte aus dem Schlaf und rieb sich verwundert die Augen. Auf der Digitaluhr ihres Radioweckers war es kurz nach Mitternacht. Sie schwang die Beine aus dem Bett und starrte in die Dunkelheit. Ein Wirrwarr von Bildern und Gefühlen war durch ihren Traum gegeistert und hatte eine seltene Unruhe in ihr ausgelöst.

Sie ging ins Bad, wusch sich das Gesicht mit kaltem Wasser und blickte sich im Spiegel an. Ich sah schon wesentlich frischer aus, dachte sie. Ob die Cheerleader, die bei den jungen Männern besonders hoch im Kurs standen, um diese Zeit besser aussahen? Wohl kaum. Mit teurer Kosmetik ließ sich viel machen, nur hatte sie nie viel von diesen Maskeraden gehalten und ihr Makeup immer sehr dezent gehalten.

Sie kehrte in ihr Zimmer zurück und blickte aus dem Fenster. Der Mond und die Sterne leuchteten hell am samtschwarzen Himmel, und über den Bäumen flackerte grünes Nordlicht. Die Huskys schliefen ruhig. Vom Highway drang das Röhren eines Trucks herüber, ein seltenes Geräusch in dieser Gegend und um diese Zeit. In weiter Ferne heulte ein Wolf.

In der Gewissheit, so schnell nicht mehr einschlafen zu können, schlüpfte sie in ihren Morgenmantel und ging in die Küche. Mit einem Glas kalter Milch kehrte sie ins Wohnzimmer zurück und blieb im Dunkeln am Fenster stehen.

Der Anblick des nächtlichen Himmels beruhigte sie. Hier draußen wirkte er wesentlich größer und weiter als über der Stadt, wo die vielen Straßenlampen den ganzen Zauber vertrieben. Das Nordlicht, nach dem Glauben der Inuit und Indianer von den Geistern gesandt, war stärker geworden und leuchtete jetzt auch in mehreren Rot- und Gelbtönen. Ein einzigartiges Schauspiel und für viele Winterurlauber der Hauptgrund für ihr Kommen. Manche Hotels boten sogar an, ihre Gäste zu wecken, wenn das Nordlicht flackerte.

»So was siehst du bei uns nicht«, erklang eine Stimme hinter ihr. »In L. A. siehst du die meiste Zeit überhaupt nichts, weil der Smog die Sicht verdeckt.«

Sie drehte sich um und sah Mike im Dunkeln stehen. Das Mondlicht, das zum Fenster hereinfiel, erhellte nur sein Gesicht. Er hatte sich eine Trainingshose übergezogen und trug ein weißes T-Shirt ohne Aufdruck. Er war barfuß.

»Mike! Kannst du auch nicht schlafen?«

»Ich gehe zu Hause immer später ins Bett«, antwortete er, »oder sehe mir noch was im Fernsehen an. Hier hab ich nicht mal Lust auf ein Computerspiel. Weiß auch nicht, woran das liegt. Mir geht wohl zu viel im Kopf herum.«

»Denkst du über die beiden Fremden nach?«

»Die auch.«

»Willst du immer noch nach Hawaii?«

Er kam ein paar Schritte näher. »Irgendwann schon. Die Nordküste von Oahu ist das Mekka für uns Surfer. Da gibt es zehn Meter hohe Wellen, die findest du sonst nur in Australien.« Er blickte eine Weile aus dem Fenster und beobachtete das Flackern des Nordlichts. »Aber hier ist es auch ganz schön. Verdammt kalt, aber die bunten Lichter machen alles wett. Und mit dem Snowmobil durch den Schnee zu rasen, ist fast so schön wie Surfen.«

»Wenn man nicht auf die Nase fällt.« Sie lächelte. »Auch eine Milch?«

»Kalte Milch? Warum nicht?«

Sie holte ihm ein Glas und reichte es ihm. In seinen Augen war wieder dieser verträumte Ausdruck, der sie schon vor einigen Stunden verwirrt hatte und auch jetzt aus dem Gleichgewicht brachte. Sie spürte, wie ihr das Blut ins Gesicht stieg. Zum Glück lag ihr Gesicht im

Dunkeln, und er bemerkte es wahrscheinlich gar nicht. Sie trank einen Schluck und raffte sich zu einer Frage auf, die sie aus unerklärlichen Gründen schon länger beschäftigte.

»Hast du eigentlich jemand in L. A.? Eine Freundin, meine ich?«

»Nicht direkt«, antwortete er nach einigem Überlegen.

»Und indirekt?«

Er druckste ein wenig herum. »Na ja, als Lifeguard hast du eigentlich immer die freie Auswahl. Aus irgendeinem Grund meinen viele Mädchen, du wärst was Besonderes, nur weil du in einer roten Badehose rumrennst und Touristen aus dem Meer rettest. Aber die Beach Girls werden langweilig nach einiger Zeit. Die meisten haben nur Kosmetik und Shopping im Kopf. Am liebsten hätten sie einen Superstar, der sie auf den roten Teppich führt.«

»Und du hast nie …« Sie wusste nicht, wie sie sich ausdrücken sollte.

»Einige dieser Beach Girls waren sehr hübsch«, wich er aus, »aber was Festes hatte ich nie mit denen. Der Chef sieht es nicht gerne, wenn wir was mit den Mädels anfangen. Das würde uns von unserer eigentlichen Aufgabe ablenken. Und damit hat er sicher recht. Du glaubst nicht, was am Strand alles passiert. Vor zwei Wochen wurde ein Junge von seinem eigenen Surfbrett getroffen und trieb bewusstlos in den Wellen. Wir mussten ihn zu zweit rausholen. Und vor einem halben Jahr wurde jemand von einem Hai gebissen. Zum Glück hat er überlebt. Wir haben ihn noch rechtzeitig an Land geschafft.«

»Klingt aufregend.«

»Aber es gibt auch langweilige Tage, an denen überhaupt nichts passiert und ich froh bin, wenn ich endlich wieder nach Hause gehen kann.«

»Und auf der Highschool? Hattest du da eine feste Freundin?«

»Warum willst du das unbedingt wissen?«

»Keine Ahnung. Vielleicht bin ich neugierig.«

Er wusste nicht, was er erwidern sollte, und blickte in eine andere Richtung. Nach einer Weile sagte er: »Ich ging ein paar Wochen mit einer Cheerleaderin. Sie war das hübscheste Mädchen der ganzen Truppe, und alle Jungen beneideten mich. Wir unternahmen viel zusammen. Sie ging gern schwimmen und lernte gerade segeln. Doch kurz vor dem Abschlussball spannte der Quarterback des Football-Teams sie mir aus, und alle lachten plötzlich über mich. Sie hatte mich an der Nase herumgeführt. Ich ging dann mit ihrer stärksten Rivalin zum Ball, aber auch das dauerte nicht lange.«

»Du solltest dich von Cheerleadern fernhalten.«

»So weit bin ich inzwischen auch.«

»Ich war nie Cheerleader«, sagte sie.

Sie schwiegen eine Weile, tranken Milch und blickten aus dem Fenster. Das Nordlicht leuchtete inzwischen in allen Farben und wanderte wie ein unruhiger Regenbogen über den Himmel. Jenny war den Anblick seit vielen Jahren gewohnt, war aber immer wieder beeindruckt von dem fantasievollen Farbenspiel. Als öffnete sich der Himmel für einen Blick in eine fremde Welt.

»Wusstest du, dass die Inuit glauben, im Nordlicht würden sich die Geister der Verstorbenen zeigen?«, fragte sie. »Immer wenn es am Himmel flackert, muss ich an meine Mutter denken. Sie war keine große Tänzerin, aber den Anblick der tanzenden Geister wird sie sich wohl kaum entgehen lassen.« Sie blickte auf die verwaschenen Farben am Himmel und stellte sich vor, wie ihre Mutter mit einem Becher Kakao auf einer Wolke saß und den Tanzenden zusah. Auch sie hatte gerne Kakao getrunken, mit Milch, aber ohne Sahne. »Lebst du noch bei deinen Eltern?«, fragte sie nach einer Weile. »Oder verdient man als Lifeguard so viel, dass man sich ein eigenes Apartment leisten kann?«

Mike lachte. »Mein Verdienst reicht nicht mal für eine Besenkammer.«

»Und wie willst du das ändern?«

»Den Job als Lifeguard kann ich sowieso nicht ewig machen«, sagte Mike. Es klang mehr, als spräche er zu sich selbst. »Älter als fünfunddreißig darfst du nicht sein, wenn du einen Vollzeitjob als Lifeguard willst, aber die meisten machen schon vorher schlapp. Ich dachte, ich mache das zwei, drei Jahre und suche mir dann was anderes. Irgendwas, was mehr einbringt.«

»Hast du schon irgendeine Idee?«

»Na ja ...« Er zögerte.

»Irgendwas Sportliches?«

»Als Junge wollte ich Ranger in einem Nationalpark werden. Am liebsten am Grand Canyon. Der Job könnte mir auch heute noch gefallen, aber ...«

»Aber?«

»Nichts aber.«

Sie spürte, dass er ihr auswich. Aus irgendeinem Grund wollte er ihr nicht verraten, welchen Beruf er ergreifen wollte. War ihm die Antwort peinlich? Wollte er Hollywoodstar werden? Oder Footballer?

Wieder breitete sich Stille zwischen ihnen aus. Sie hatten ihre Milch getrunken, und Jenny hätte die Pause nützen können, um die leeren Gläser in die Küche zu tragen, doch sie ahnte, dass noch etwas kommen würde, und wartete geduldig. Sie wollte ihn nicht drängen. Wenn er seine beruflichen Pläne für sich behalten wollte, bitte sehr. So neugierig war sie nun auch wieder nicht.

Aber sie sah ihm an, dass er noch etwas sagen wollte. Was war bloß mit ihm los? Hatte er Angst, dass sie sich über seine Pläne amüsieren würde? Hatte er sich schon anderswo spöttische Reaktionen damit eingehandelt? War seine Entscheidung so lächerlich, dass man sie nicht ernst nehmen konnte?

»Na ja«, begann er, »ich dachte, vielleicht hast du etwas Talent von deinem Vater geerbt, und ... ich hab eine Geschichte geschrieben. Einen Kurzkrimi.«

Ihre Augen wurden groß. Sie hätte eher etwas Sportliches vermutet. Surflehrer oder Animateur in einem Hotel oder Captain auf einem Segelschiff.

»Du willst Krimiautor werden?«

»Irgendwas mit Schreiben, meinetwegen auch in einer Redaktion.«

»Dann müsstest du aber das College nachholen.«

»Nicht unbedingt. Hauptsache, man ist gut.«

»Aber du weißt nicht, ob du gut bist.« Sie stellte die leeren Gläser auf den Tisch. »Weiß dein Vater davon? Hast du ihn die Geschichte lesen lassen?«

Mike schien die Unterhaltung peinlich zu sein. »Von der Geschichte weiß er nichts. Über das, was ich nach meiner Zeit als Lifeguard machen könnte, haben wir natürlich gesprochen, aber als die Sprache auf einen Job wie seinen kam, hat er nur gelacht. So was sollte ich mir nicht antun. Wie er mich kennen würde, hätte ich mit Schreiben sowieso nichts im Sinn. Ich wäre eher der praktische Typ. Handwerker, das wäre ein Job, der zu mir passen würde.«

»Dann kennt dich dein Vater nicht wirklich, oder?«

Mike blickte wieder aus dem Fenster, als fände auch er Trost in den verwaschenen Farben des Nordlichts. Er zupfte an seinem Ärmel herum. »Wie denn? Er ist selten zu Hause. Er kann nichts dafür, das ist halt sein

Job, und wenn es in ein interessantes Land geht und es der Job erlaubt, nimmt er uns manchmal auch mit. Ist schon okay so. Und meine Mutter arbeitet in einer großen Werbeagentur, die ist heilfroh, dass ich überhaupt einen Job habe.«

Jenny wartete, bis er sie anblickte. »Hast du die Geschichte dabei?«

»Die hab ich immer bei mir.«

»Darf ich sie mal lesen?«

Er wirkte nicht besonders glücklich. »Ich überleg's mir, okay?«

8

Es dauerte lange, bis Jenny wieder einschlief. Zu verwundert war sie über Mike und sein heimliches Hobby. Surfen passte zu ihm, eigentlich jede Sportart, wenn sie nicht gerade im Schnee stattfand, auch irgendwas mit Booten oder Autos oder ein Handwerk. Junge Männer wie er schraubten und bastelten gern, hieß es doch immer, oder spielten auf ihren Computern herum.

Aber Krimiautor? Das war beinahe so abwegig, als wäre er als Kunstmaler oder Balletttänzer unterwegs. Oder war sie nur den gängigen Klischees aufgesessen? Dass ein sportlicher Beach Boy aus Kalifornien nur Schwimmen, Surfen, schnelle Autos und heiße Girls im Kopf haben konnte? In seinen Augen war keine Spur von der Begeisterung zu sehen gewesen, die er an den Tag legte, wenn er über seine Abenteuer in Malibu sprach, eher eine Verträumtheit, wie man sie bei einem wortkargen Jungen vermutet hätte. Einem stillen Typ mit Nickelbrille, der einen Roman nach dem anderen verschlang.

Sie war zu müde, um weiter darüber nachzudenken,

und schlief ein. Erstaunlicherweise träumte sie nicht. Dennoch wachte sie um kurz nach fünf Uhr erneut auf. Sie rieb sich erschrocken die Augen. Ein unnatürliches Geräusch? Das Heulen eines Wolfes? Das ängstliche Jaulen eines Huskys? Ihr sechster Sinn, den sie während ihrer langen Fahrten durch die Wildnis entwickelt hatte, schlug Alarm und trieb sie aus dem Bett. Sie lief zum Fenster und blickte auf die Huskys, die zwischen den Bäumen vor ihren Hütten schliefen.

Auf den ersten Blick war nichts Verdächtiges zu sehen. Alle Huskys schienen friedlich zu schlafen. Nicht mal ein Knurren oder Jaulen war zu hören. Sie öffnete ihr Fenster einen Spalt und streckte trotz der arktischen Kälte den Kopf hinaus. Der böige Wind ließ sie für einen kurzen Moment die Augen schließen. Als sie wieder klar sehen konnte, glaubte sie einen Schatten zu erkennen, der sich geisterhaft an den Hunden vorbeibewegte. Einen Wimpernschlag später verschmolz er mit der Dunkelheit, und nur das ängstliche Jaulen einiger Huskys verriet, dass sich dort tatsächlich etwas gerührt hatte.

Sie zögerte nicht lange, zog ihren Schneeanzug und die Stiefel an und stieg so leise wie möglich ins Parterre hinab. Nur vorsichtig, damit der Wind nicht zu stark in den Wohnraum fuhr, öffnete sie die Haustür. »Ruby!«, rief sie mit gedämpfter Stimme. »Alles in Ordnung bei euch?« Sie hatte das Außenlicht nicht eingeschaltet, doch der Mond und die Sterne waren hell genug, und ihr Licht drang sogar zwischen die Bäume. »Seid ihr auch wirklich okay, Ruby?«

Ihr war gar nicht bewusst, in welche Gefahr sie sich gebracht hatte, denn falls sich ein gefährlicher Verbrecher bei den Hunden herumtrieb, bot sie eine viel zu leicht erkennbare Angriffsfläche. Aber daran dachte sie nicht, eher an ein wildes Tier, vielleicht einen Luchs oder einen Kojoten, der in den Futtertrögen der Hunde nach Resten suchte, obwohl er doch wissen musste, dass Huskys nichts übrig ließen. »Ruby?«, rief sie noch mal. »Bist du wach, Ruby?«

Sie erreichte die Huskys und sah, dass Ruby und auch einige der anderen Hunde aufgestanden waren. Ob sie ebenfalls etwas Ungewöhnliches bemerkt hatten oder ihretwegen aus dem Schlaf geschreckt waren, ließ sich nicht erkennen. Sie beugte sich zu Ruby hinab und kraulte ihn zwischen den Ohren. »Sicher wieder ein Vierbeiner, der nach Nahrung sucht«, beruhigte sie ihn und sich selbst. »Wäre nicht das erste Mal, dass so was passiert, oder?«

Sie kehrte ins Haus zurück und legte sich wieder hin. Glücklicherweise schlief sie noch mal ein und wachte erst um sieben wieder auf, als bereits der verlockende Duft von gebratenem Speck durch das Haus zog. Sie duschte gründlich, zog sich an und begrüßte ihren Vater in der Küche. »Guten Morgen, Dad. Ich dachte, heute Morgen wäre ich mit Frühstück machen dran.« Sie schnappte sich einen Speckstreifen und schob ihn sich genussvoll in den Mund. »Aber du kannst das sowieso besser. Ich gehe zu den Huskys.«

»War heute Nacht irgendwas Besonderes?«, fragte er.

Sie griff nach ihrem Anorak. »Die Hunde waren etwas unruhig. Wahrscheinlich ein Kojote, der es auf ihre Futterreste abgesehen hatte. Die Biester werden immer dreister.« Sie nahm die Futtereimer und ging nach draußen.

»Da bin ich schon wieder«, begrüßte sie die Huskys.

Ruby und seine Freunde blickten ihr erwartungsvoll entgegen und machten sich sofort über ihr Fressen her. Wenn sie im Training waren, hatten sie besonders großen Hunger und bekamen manchmal sogar drei Mahlzeiten am Tag, darunter auch Kraftfutter, das sie widerstandsfähiger machen sollte.

»Heute müsst ihr euch ein wenig gedulden«, sagte sie zu Ruby. »Ich bringe John zu seinem Mietwagen und hab keine Ahnung, wann ich zurück sein werde. Ihr seid doch nicht böse, wenn ich mich noch mit Karen zum Mittagessen treffe? Spätestens heute Nachmittag drehen wir noch ein paar Runden.«

Sie ging von einer Hütte zur anderen und überprüfte die Ketten. Von den Bäumen gefallene Äste oder Zweige räumte sie aus dem Weg. Sie hatte für jeden Husky ein freundliches Wort übrig und versprach ihnen, auf der nächsten Tour noch einige Hunde mehr mitzunehmen. Beim Iditarod würde sie mit mindestens zehn Hunden an den Start gehen müssen, auch weil man immer damit rechnen musste, dass sich ein Hund unterwegs verletzte oder krank wurde. Während des Rennens wachten Tierärzte streng darüber, dass die Musher nur gesunde Hunde einsetzten. »Und dass ihr euch benehmt, solange ich weg bin! Dass mir keine Klagen kommen. Zeigt unseren Gästen aus L. A., wie pflegeleicht ihr seid. Die haben schon genug Probleme mit der Kälte hier.«

Sie wandte sich ab und entdeckte einige Fußspuren zwischen den Bäumen. Da es dort etwas düsterer war, zog sie ihre Taschenlampe aus der Anoraktasche und richtete den Lichtkegel darauf. Die Abdrücke von Wanderstiefeln, wie sie jeder Zweite in der Wildnis trug. Sie ging in die Hocke und untersuchte die Spuren näher, zog einen Handschuh aus und fuhr mit zwei Fingern vorsichtig über den Abdruck. Auch dort war der Schnee vereist oder verkrustet. Es ließ sich aber unmöglich sagen, ob jemand die Spuren vor zwei, drei Tagen oder letzte Nacht im Schnee hinterlassen hatte. Es sei denn, man war ein erfahrener Jäger und Spurenleser wie der alte Charly Merrick.

Achselzuckend kehrte sie ins Haus zurück. Wahrscheinlich machte sie sich unnötige Gedanken, denn warum sollte sich ein Fremder zwischen ihre Hunde wagen, wo doch jeder in Alaska wusste, dass mit aufgebrachten Huskys nicht zu spaßen war? Wollte sich jemand an den Hunden vergreifen? Das konnte sie nicht glauben, auch wenn Sven Arnesen, ein eingewanderter Norweger und damals ein erbitterter Rivale ihrer Mutter während des Trainings, vor keiner Schweinerei zurückschreckte. Er nahm schon zum dritten Mal am Iditarod teil, hatte die Top Ten bisher jedes Mal knapp verpasst und war angeblich aus Norwegen geflohen, nachdem er dort den Husky eines Rivalen geschlagen hatte. Aber das waren Gerüchte, die niemand beweisen konnte.

Zum Frühstück gab es Rühreier mit Speck und frische Biskuits und natürlich Kaffee und Kakao. Alle genossen schweigend ihre Mahlzeit. Erst beim zweiten Becher Kaffee fragte Jennys Vater: »Und was steht heute auf dem Programm? Ich weiß bereits, dass Jenny und John in die Stadt fahren und sie ihn beim Mietwagenverleih absetzt.« Er blickte John Cooper an. »Fliegen Sie heute schon in eines der Naturschutzgebiete? Das Wetter sieht gut aus, und Sie haben heute Mittag sicher erstklassige Sicht. Würde sich lohnen.«

»Sie haben recht«, erwiderte John immer noch kauend. »Ein Kollege vom *News-Miner* wollte mir die Stadt zeigen, und mittags wollen wir tatsächlich einen Orientierungsflug unternehmen. Ich schätze, er hat einen Termin mit Dick Clarkson ausgemacht.« Er blickte seine Frau und seinen Sohn an. »Heute muss ich allein fliegen, aber auf einen der nächsten Flüge nehme ich euch gern mit. Vielleicht in die Brooks Range, dort soll es besonders schön sein.« Er wandte sich an Jennys Vater. »Ich nehme an, Sie waren schon mal dort.«

Randy Sheldon nickte. »Ein paarmal. Die Inuit im Gates of the Arctic National Park veranstalten ein jährliches Hundeschlittenrennen, an dem haben meine Frau und auch Jenny schon teilgenommen. Die Gegend ist einmalig. Im Winter sollte man sich warm anziehen, es wird dort erbärmlich kalt, aber das Zittern lohnt sich. Die Ausblicke sind großartig. Schneebedeckte Berge, die sich wie gewaltige Pyramiden aus dem Land erheben. Zerfurchte Täler, in denen im Sommer die Karibus weiden. Inuit, die wie früher auf die Jagd gehen. Ich empfehle allen unseren Gästen, dort mindestens einen Tag zu verbringen. Geübte Wanderer kampieren dort sogar.« Er trank lächelnd von seinem Kaffee. »Nur im Sommer natürlich. Die Kälte ist schon sehr extrem.«

»Inuit?«, wunderte sich Mike. »Eskimos?«

»So nannte man sie früher. ›Rohfleischesser‹, ein abfälliges Indianerwort. Heute will es keiner mehr hören. ›Inuit‹ bedeutet ›Menschen‹. Das klingt besser, stimmt's? Die meisten Inuit sind in diesem Punkt sehr empfindlich.«

»Ich dachte, die leben an der Küste und auf dem Eis.«

Jennys Vater wischte sich den Mund mit der Serviette ab. »Es gibt auch Inland-Inuit, etwa die Nunamiut in der Brooks Range. Sie sind ein Ableger der Inupiat an der Küste. Klingt alles ein bisschen kompliziert, selbst für viele Inuit. Ich interessiere mich schon seit einigen Jahren für Inuit und Indianer.«

»Dad wollte mal Professor werden«, sagte Jenny.

Alle lachten, auch Mike, der aber gleich wieder ernst wurde und den Blickkontakt mit Jenny vermied, gerade so, als hätte sie ihn beleidigt oder etwas gesagt, das ihm nicht gefiel. Als er merkte, wie sie ihn erstaunt anblickte, griff er rasch nach seinem Kakaobecher und versteckte sich dahinter. Jenny versuchte vergeblich, seine Aufmerksamkeit auf sich zu lenken.

Was war plötzlich in ihn gefahren? War sie ihm zu dicht auf die Pelle gerückt? Bereute er schon, ihr von seinem Hobby erzählt zu haben? Hatte er Angst, dass sie vor versammelter Mannschaft verriet, dass er einen Krimi geschrieben hatte? Oder bildete sie sich sein seltsames Verhalten nur ein?

»Und was haben Sie heute vor?«, fragte Jennys Vater.

Sarah Cooper hatte sich bisher wenig zu Wort gemeldet. Sie war eine sehr ruhige Frau, auch wenn sie in einer Werbeagentur arbeitete, und überließ ihrem Mann die Bühne. Selbst in ihrer Freizeitkleidung strahlte sie zeitlose Eleganz aus. »Ehrlich gesagt, würde ich mein Glück gerne mal auf einem Snowmobil versuchen, aber ich habe noch nie auf solch einer Maschine gesessen. Mit einem Jetski kann ich umgehen, aber mit so einem Ding durch den Schnee zu rasen …«

»… ist was ganz anderes«, ergänzte Jennys Vater. »Aber ich mache Ihnen einen Vorschlag: Zwei meiner Nachbarn und ich wollen heute Morgen mein Snowmobil bergen. Ich hatte vor zwei Tagen einen Unfall. Nichts Besonderes, aber allein kriege ich die Maschine nicht von dem Hang hoch. Warum fahren Sie nicht mit uns? Meine Nachbarn haben bestimmt nichts dagegen.«

»Darf ich auch mit?«, fragte Mike.

Die Frage versetzte Jenny einen Stich. Sie hatte fest damit gerechnet, dass Mike mit seinem Vater und ihr nach Fairbanks kommen würde, und ihn Karen sogar schon angekündigt. »Der ist gar nicht so arrogant, wie ich dachte«, hatte sie gesagt. »Klar, er kommt aus Kalifornien und meint, L.A. wäre der Mittelpunkt der Welt, aber da hatten wir schon ganz andere Typen in der Lodge. Und hässlich ist er auch nicht gerade.« Es fiel Jenny schwer, ihre Enttäuschung zu verbergen. Nach ihrem nächtlichen Zusammentreffen im Wohnzimmer spürte sie eine gewisse Verbundenheit mit Mike, nicht nur wegen des kleinen Geheimnisses, das sie teilten. Sie mochte ihn, sie mochte ihn tatsächlich.

Ihr Vater war genauso erstaunt wie sie. »Ich dachte, du wolltest mit Jenny und deinem Vater in die Stadt fahren.« Er wechselte einen raschen Blick mit seiner Tochter und sah ihre Enttäuschung. »Klar, natürlich kannst du mitkommen.«

Jenny half ihrem Vater beim Abräumen, war aber so in Gedanken versunken, dass sie einen Löffel fallen ließ. Ihre Augen waren feucht. Beinahe wütend wehrte sie sich gegen das miese Gefühl, das Mikes seltsames Verhalten bei ihr ausgelöst hatte. Nun fang bloß nicht an zu heulen, rief sie sich in Gedanken zur Ordnung, vor ein paar Tagen hast du noch genervt die Augen verdreht, wenn von ihm die Rede war. Lohnt sich doch gar nicht. Oder war die Sache mit Brian dir nicht Lektion genug? Okay, Mike hat sich für dich eingesetzt und wollte sich sogar für dich prügeln, aber deswegen muss er noch lange nicht in dich verliebt sein. Und überhaupt, in ein paar Tagen ist er sowieso wieder weg.

»Ist was mit Mike?«, fragte ihr Vater sie in der Küche.

»Weil er mit dir fahren will?« Sie versuchte sich betont gleichgültig zu geben. »Nein, er will nur Snowmobil fahren.« Sie lächelte kurz. »Oder er hat Angst, dass ich ihn zum Shopping in irgendeine Mall schleife. Nein, heute hast du ihn am Hals. Pass auf, dass er sein Snowmobil nicht zu Schrott fährt.«

Nach dem Abwasch ging sie in ihr Zimmer und zog sich um: Jeans, Pullover, die leichten Stiefel. Im Bad wusch sie sich die Tränen aus den Augen. Dass sie überhaupt wegen eines Jungen weinte, machte sie wütend. Sie drückte sich den kalten Waschlappen ins Gesicht und fluchte leise vor sich hin, als sie sich abtrocknete und etwas Make-up auflegte, um nicht schon am Morgen erschöpft und müde auszusehen. Ist sowieso besser, wenn ich allein mit Karen quatsche, redete sie sich ein, da würde er nur stören.

Mikes Vater wartete schon, als sie den Wohnraum betrat. Auch er war leger gekleidet und hatte seine Fototasche umhängen. »Können wir los?«, fragte er.

»Bin schon unterwegs«, antwortete sie.

Sie schlüpfte in ihren Anorak und stülpte sich die Wollmütze über die Haare. »Bis später«, rief sie ihrem Vater zu. »Ich werde so gegen zwei zurück sein und dann gleich mit den Hunden losziehen.« Sie winkte Sarah und Mike zu, ohne den Jungen länger anzublicken, und stieg in den Suburban.

Auf dem Highway hatte sie das Gefühl, wieder freier atmen zu können. Um die Stille zu überbrücken, die sich zwischen Mikes Vater und ihr einstellte, schaltete sie das Radio ein. Die Wetterfee in den Nachrichten sprach von klarem Himmel, warnte aber vor einer Kaltfront aus der Brooks Range, die eisige Kälte ins zentrale Alaska bringen würde. »Also holt eure dicken Anoraks aus dem Schrank und macht euch auf einiges gefasst«, sagte sie und gab an den Nachrichtensprecher zurück, der auf die Explosion an der Tankstelle zu sprechen kam, die nach der Ankunft der Coopers stattgefunden hatte. »Gerade kommt noch eine Meldung herein: Die Konzernleitung von Alaska Oil beklagt sich darüber, dass die Ermittlungen im Falle mehrerer Anschläge auf ihre Tankstellen nicht mit dem nötigen Ernst vorangetrieben würden. ›Muss es erst Tote geben?‹, fragt Peter Dixon, der verantwortliche PR-Manager des Konzerns. ›Wir betrachten diese Anschläge als terroristischen Akt und hoffen auf baldige Ergebnisse, denn so kann es nicht weitergehen.‹«

»Das waren radikale Umweltschützer«, kommentierte Jenny die Meldung, »von denen soll's ein paar in

Alaska geben. Greenpeace würde so was nicht machen. Aber bisher hat es wohl noch kein Bekennerschreiben gegeben.«

John blickte nachdenklich in die Dunkelheit. Die Lichtkegel der Scheinwerfer tasteten sich über den festen Schnee. »Zurzeit wird überall nach Öl gebohrt«, erwiderte er. »Wir wollen unabhängig von den Ölvorkommen im Nahen Osten werden, und selbst wir in Kalifornien haben davon gehört, dass sich die Konzerne in den Naturschutzgebieten umsehen. Ich nehme mal an, die Regierung sieht das nicht mehr so eng, wenn es von Vorteil für uns ist.«

»Das schreibt der *News-Miner* auch«, erinnerte sich Jenny, »aber beweisen kann niemand etwas. Wenn es stimmt, gehen die Konzerne sehr geschickt vor.« Sie wandte den Kopf. »Glauben Sie wirklich, die Regierung würde so was durchgehen lassen? Die Konzerne sollen sogar neue Pipelines planen.«

»Wer weiß das schon?« John blickte in den rechten Seitenspiegel. »Ich schreibe hauptsächlich für Reisemagazine und schlage mich auch in meinen Artikeln für Tageszeitungen selten mit Politik herum, aber von den Kollegen weiß ich, dass es eine Menge Dinge zwischen Himmel und Erde gibt, die uns Sorgen bereiten sollten. Aber lassen Sie sich davon nicht die Laune verderben.«

Jenny hatte erneut das Gefühl, dass Mikes Vater ihr etwas verheimlichte, ging aber nicht darauf ein. Sie hatte gemerkt, dass er auffällig oft in den Seitenspiegel blickte, und tat es ihm nach. Im linken Seitenspiegel sah sie das Lichterpaar eines größeren Fahrzeugs, wahrscheinlich eines Pick-up-Trucks.

»Sieht fast so aus, als würde uns jemand verfolgen«, sagte John.

Sie dachte an ihren Ex-Freund, sagte aber nichts. Brian fuhr einen kleineren Wagen, konnte sich aber natürlich einen Pick-up geliehen haben. In Alaska fuhr jeder Zweite einen solchen Kleinlaster. Aber war Brian wirklich so besessen von ihr? Und woher sollte er wissen, dass sie an diesem Morgen nach Fairbanks fuhr? Nein, es war nicht Brian. Er hatte seine Abreibung bekommen und würde sicher einige Zeit damit beschäftigt sein, seine Wunden zu lecken.

Der Pick-up kam näher, doch in dem trüben Halbdunkel und bei den aufgeblendeten Scheinwerfern war nicht zu sehen, wer am Steuer saß. Nicht einmal das Fabrikat oder die Farbe des Wagens waren zu erkennen. Heutzutage sahen selbst die Pick-ups alle gleich aus. Ein robuster Wagen, so viel stand fest.

»Fahren Sie langsamer«, forderte John sie auf. Er hielt den Blick auf den Spiegel gerichtet. »Wenn er nichts Übles im Schilde führt, überholt er uns.«

Jenny ging mit der Geschwindigkeit herunter. Die Straße verlief hier schnurgerade und führte durch eine menschenleere Gegend. Zu beiden Seiten erstreckte sich dichter Wald. Der Dreiviertelmond stand hoch über den Bäumen und verbreitete trübes Licht. In den

Lichtkegeln ihrer Scheinwerfer sah sie ein Erdhörnchen zwischen die Bäume huschen.

Der Pick-up holte auf. Seine Scheinwerfer wurden immer größer in ihrem Rückspiegel, waren schon bedrohlich nahe. Das Dröhnen des Motors klang laut in ihren Ohren. Wie ein riesiges Geschoss rauschte der Kleinlaster heran.

Sie drehte sich entsetzt um. »Der will uns nicht überholen«, rief sie, »der will uns rammen!« In letzter Sekunde drückte sie das Gaspedal durch und entging der Stoßstange ihres Verfolgers. Der Suburban geriet ins Schleudern und driftete in die Spur zurück. »Was will dieser Kerl von uns?«

John sagte gar nichts, drehte sich nur um und versuchte, das Gesicht des Verfolgers zu erkennen. Vergeblich. Er hatte das Fernlicht eingeschaltet, und die Scheinwerfer seines Pick-ups blendeten so stark, dass man nur Licht sah.

Jenny blinzelte aus zusammengekniffenen Augen in den Spiegel und sah mit Schrecken, wie der Pick-up wieder aufholte. Unter seinen großen Rädern wirbelte Schnee auf und zerstob in einem treibenden Schleier. Sein Motor röhrte wie bei einem startenden Buschflugzeug. »Festhalten!«, rief sie noch, bevor der Wagen sie rammte und ihr Suburban aus der Spur gehoben wurde.

Ihr Wagen schlitterte quer über die Straße und wieder zurück, wurde erneut von dem Pick-up gerammt und von der Straße gedrängt. Zum Glück gab es auf diesem Abschnitt keinen Straßengraben. Ihr Wagen grub sich wie ein Schneepflug in den Tiefschnee und blieb in einer aufwallenden Schneewolke stehen. Die Erschütterung war so gering, dass sich nicht einmal die Airbags öffneten. Nur der Schreck ließ sie wie versteinert in ihren Sitzen verharren.

9

Jenny rührte sich zuerst und blickte Mikes Vater an. Sie waren beide unverletzt. Als sie vorsichtig ihren Körper abtastete, konnte sie keine schmerzhafte Stelle entdecken. Mehr als ein paar blaue Flecken würde sie nicht davontragen.

Auch John atmete erleichtert auf. »Das war verdammt knapp!«

»Konnten Sie was sehen?«

Er bewegte sich vorsichtig und griff sich an den Nacken. »In dem Pick-up saßen zwei Männer … glaube ich jedenfalls. Und das Nummernschild begann mit … mit einem F, wenn ich mich nicht irre. Mit einem F oder einem E.«

»Zwei Männer? Ein großer und ein untersetzter?«

»Die beiden Wilderer?«

»Wenn es Wilderer sind«, sagte Jenny.

John lockerte seinen Sicherheitsgurt. »Wenn sie dir was antun wollten, hätten sie es schon auf dem Trail getan. Ich glaube eher, das war gegen mich gerichtet. Anscheinend hat jemand was dagegen, dass ich in Alaska recherchiere.«

»Aber beweisen können wir nichts.« Jenny kramte ihr Smartphone hervor und rief Ellens Nummer auf. »Mal sehen, was die State Troopers dazu sagen. Wir sind früh dran, und es dauert bestimmt nicht lange.«

Ellen Jemison war mit ihrem Streifenwagen am Stadtrand von Fairbanks und versprach, in einer Viertelstunde bei ihnen zu sein. Mikes Vater nützte die Zeit, um seinen Kollegen beim *News-Miner* anzurufen und ihm zu sagen, dass es etwas später werden könnte. Jenny stieg aus und betrachtete das Heck des Wagens. Die Stoßstange hatte eine leichte Delle, mehr war nicht zu sehen.

Sie kehrte in den Wagen zurück und startete den Motor, der während des Unfalls ausgegangen war. Nur so konnte sie die Heizung auf vollen Touren laufen lassen. Aus Angst, irgendwelche Spuren zu verwischen, verzichtete sie darauf, den Wagen aus dem Tiefschnee zu steuern. Das Radio lief wieder, es spielte einen nervigen Hit, den sie sofort leiser stellte. Nach einer Weile schaltete sie das Radio ganz aus. »Manchmal läuft einfach nur Mist«, schimpfte sie.

John war nachdenklich geworden und schien seine Umgebung ausgeblendet zu haben. Nach einigem Nachdenken sagte er: »Tut mir leid, Jenny. Ich hätte dir und deinem Vater schon früher sagen sollen, warum ich auch hier bin. Ich hatte gehofft, dass man mir nicht auf die Schliche kommen würde. Nicht mal meine Familie weiß von dem Auftrag der *Los Angeles Times*. Wenn dieses Manöver tatsächlich mir gegolten haben sollte, sind diese Bombenleger noch gefährlicher, als ich dachte. Das Schlimme ist, sie wollen wahrscheinlich dasselbe wie die meisten von uns, nämlich dass die Natur von Alaska erhalten bleibt.«

»Ich verstehe das nicht«, erwiderte Jenny. Sie wunderte sich noch immer, dass der Unfall so glimpflich verlaufen war und sie keinerlei Schmerzen spürte. »Die Männer, die uns von der Straße gedrängt haben, sind also militante Umweltschützer und haben was gegen Sie, obwohl Sie das Vorgehen von Alaska Oil in Ihren Artikeln kritisieren wollen. Anscheinend wollen die es dem Ölkonzern auf andere Weise heimzahlen und haben Angst, dass sie dabei ebenfalls schlecht wegkommen. Warum wollen diese Leute unbedingt Gewalt anwenden? Warum lassen sie Bomben hochgehen und gefährden damit unschuldige Menschen?«

»Darauf weiß ich auch keine Antwort. Vielleicht weil ihnen alles andere zu lange dauert. Oder weil sie Krawall wollen und militant sind. Es gibt viele Gründe.«

In der Ferne tauchte ein Streifenwagen der Alaska State Troopers auf. Nur die Warnlichter waren eingeschaltet. Jenny blendete die Scheinwerfer ihres Suburbans auf und drückte auf die Hupe. Nachdem Ellen Jemison am Straßenrand geparkt hatte, stiegen sie beide aus und gingen ihr entgegen. »Sie erinnern sich bestimmt an John Cooper«, sagte Jenny zu Ellen.

Ellen nickte ihm zu. »Mister Cooper.«

»Wir wurden von zwei Männern in einem Pick-up gerammt und von der Straße gedrängt«, fuhr Jenny fort. »Zum Glück liegt so viel Schnee, sonst wären wir vielleicht gegen einen Baum gekracht. John ist Journalist und schreibt für eine Reisezeitschrift und für die *Los Angeles Times* ... er glaubt, dass man ihm einen Denkzettel erteilen wollte, aber das erzählt er Ihnen am besten selbst.«

John berichtete, was geschehen war, und Jenny erzählte von ihrer Begegnung mit den beiden Männern auf dem Trail und dass ein alter Indianer gesehen hatte, dass sie Magnums im Gürtel trugen. »Keine Ahnung, ob es dieselben Männer waren. Auf dem Trail waren sie wie Terroristen vermummt.«

Ellen hörte aufmerksam zu. »So sehen hier viele Menschen im Winter aus«, sagte sie, »und auch das Tragen von Waffen ist legal. Wenn überhaupt, können Sie Anzeige gegen unbekannt erstatten, gegen die Männer, die Sie von der Straße gedrängt haben. Ein dunkler Pick-up? Mit einem Nummernschild, das mit F oder E beginnt? Das ist nicht viel, aber ich gebe es weiter. Auch der Task Force, die sich mit den Brandanschlägen gegen Alaska Oil beschäftigt. Ob was dabei herauskommt, kann ich nicht sagen. Wohl eher nicht.«

»Sie machen uns ja nicht gerade Mut«, erwiderte John. »Aber ich dachte mir schon, dass Sie wenig unternehmen können. Ist ja auch nicht wirklich was passiert. Nicht mal der Wagen hat was abbekommen. Und was die geplanten Ölbohrungen betrifft, gegen die diese Brandstifter vorgehen wollen, ist wohl eher die Polizei gefragt. Oder das FBI. Ich kämpfe auf beiden Seiten. Gegen Alaska Oil, das einige Naturschutzgebiete zurückstufen will, und gegen die Bombenleger, die mit ihren gewaltsamen Aktionen gegen das Gesetz verstoßen.«

Ellen steckte ihren Notizblock weg. »Wie gesagt, ich gebe die Meldung weiter, und wir gehen der Sache mit dem Pick-up natürlich nach. Es soll niemand sagen, die State Troopers unternähmen nichts, um die Ordnung in diesem Land aufrechtzuerhalten.« Sie deutete auf den Suburban im Schnee. »Brauchen Sie Hilfe? Wenn Sie wollen, rufe ich einen Abschleppwagen.«

»Kein Problem … und einen schönen Gruß von meinem Dad.« Sie lächelte verschmitzt. »Ich soll Sie grüßen, falls ich Sie sehe.« Das war schamlos gelogen, aber vielleicht half es, Ellen und ihren Vater zu verkuppeln. Ihr gefiel dieser Gedanke, weil eine neue Liebe viele Probleme lösen würde. Sie hatte keine Lust, ihren Vater noch einmal bei Nacht und Nebel vom Chatanika River zurückzuholen. Es war höchste Zeit für ihn, seine Trauer zu überwinden.

Ganz würde ihm das natürlich nie gelingen, so, wie auch sie den viel zu frühen Tod ihrer Mutter stets beweinen würde. Aber sie ahnte auch, dass ihrer Mom am meisten daran gelegen wäre, ihre Familie wieder im Lot zu sehen. Ihr Verlust durfte nicht das Ende aller Fröhlichkeit sein. Sie mussten wieder lachen dürfen, und ihrem Vater musste es gestattet sein, sich in eine andere Frau zu verlieben und vielleicht sogar ein neues Leben mit ihr zu beginnen. Ihre Mutter würde sich sicherlich darüber freuen, wenn ihr Mann und ihre Tochter glücklich wären.

Nachdem Ellen gegangen war, steuerte Jenny den Suburban aus dem Tiefschnee heraus. Im Geländegang war das überhaupt kein Problem. Der Wagen landete auf der Straße, und sie fuhren weiter nach Westen. Im Osten zog bereits die Helligkeit des kurzen Tages herauf, als sie den Stadtrand von Fairbanks erreichten, und orangefarbenes Licht ließ die Berggipfel der fernen Alaska Range leuchten. Ein Panorama, wie es sich jeder Fotograf erträumte, und tatsächlich bat John sie anzuhalten und schoss mehrere Fotos von der dramatischen Berglandschaft. »Eigentlich mache ich nur Reportagefotos, Menschengruppen, Köpfe und so was. Die Doppelseiten überlasse ich den Profis, aber weiß ich, ob die so einen Himmel erwischen? Einfach großartig.«

Jenny beobachtete, wie Mikes Vater die Kamera aufs Stativ schraubte und die leuchtenden Berge ablichtete. Sogar den Gipfel des Mount McKinley, der die meiste Zeit des Jahres in Wolken oder Nebel verborgen lag, konnte man sehen. Ein einzigartiger Anblick, beinahe so magisch wie das nächtliche Nordlicht. Als ob ein gewaltiges Feuer den sonst so trüben Himmel erhellte.

In Fairbanks hielt Jenny vor dem Redaktionsgebäude des *News-Miner* nördlich der Cushman Street Bridge. John Cooper verabschiedete sich und versprach, zum Abendessen in der Lodge zu sein. Jenny winkte ihm zu und fuhr weiter zum Großmarkt, arbeitete die Einkaufsliste ab, die sie zusammen mit ihrem Vater erstellt hatte, und ertappte sich dabei, wie sie sich ständig umblickte. Brian war alles zuzutrauen, und sie hatte sich vorgenommen, sofort laut zu schreien, falls er noch einmal in ihrer Nähe auftauchte. Ein Ratschlag, den man gefährdeten Frauen gab, die nachts allein unterwegs waren, wie sie aus Fernsehkrimis wusste. Ein schriller Hilferuf, zur rechten Zeit ausgestoßen, hatte schon manchen Stalker oder Dieb von einem Überfall abgehalten.

Doch Brian hatte wohl genug von ihr und ließ sich nicht blicken. Sie konnte in aller Seelenruhe einkaufen und die Tüten und Schachteln in ihren Wagen laden. Hinter einem SUV mit zwei quatschenden Frauen fuhr sie vom Parkplatz. Eine der beiden Frauen zog eine Colaflasche aus einer Plastiktüte und trank einen kräftigen Schluck, fuchtelte dabei wild mit den Armen herum.

Jenny musste lachen. Sicher waren es beste Freundinnen. Ob Karen und sie genauso albern aussahen, wenn sie sich über Männer unterhielten oder über andere lästerten? Sie hätte gern gehört, was die beiden miteinander zu bereden hatten.

Endlich erreichte sie die Ausfahrt und fuhr auf die Straße. Der Tag war heller als sonst, aber auch kälter, und von den Dächern einiger Gebäude hingen Eiszapfen. Das trübe Licht der Straßenlampen verblasste gegen die grellen Scheinwerfer der Autos, die sich auch an diesem Montag durch Fairbanks schoben. Die Heizung lief auf Hochtouren. Sie hatte die Nachrichten eingeschaltet und wartete auf Neuigkeiten über Alaska Oil, aber es kam nichts. Natürlich würde ein Konzern wie Alaska Oil nicht unnötig darauf aufmerksam machen, was sie in den Naturschutzgebieten planten. Bisher waren nur Gerüchte an die Öffentlichkeit gedrungen, und schon die hatten für genug Ärger gesorgt. Was würde erst passieren, wenn sie dort tatsächlich nach Öl bohrten?

Jenny parkte vor dem Italiener, in dem sie sich mit Karen verabredet hatte, und traf sie vor dem Eingang. Sie bekamen einen Vierertisch am Fenster. Beide bestellten Wasser und Spaghetti mit Tomatensoße und Hackbällchen.

»Nun erzähl schon«, drängte Karen. Ihre Haarsträhne war diesmal grün, und an ihrer gelben Jacke hing ein Schmetterling aus Emaille. In einem Vertrieb für trendige Mode durfte man sich einiges erlauben. »Ich sehe dir doch an, dass du Neuigkeiten hast. Lass mich raten …« Ihre Augen leuchteten. »Der Typ aus L.A. ist der Wahnsinn, und du bist über beide Ohren in ihn verliebt!«

Jenny schoss das Blut ins Gesicht.

»Hey«, triumphierte Karen. »Ich hab recht, nicht wahr?«

»Unsinn!«, beeilte sich Jenny zu sagen. »Ich kenne ihn doch kaum. Okay, Mike sieht recht annehmbar aus und ganz so arrogant wie die anderen Städter, die bisher bei uns gewohnt haben, ist er nicht, aber er kommt aus Kalifornien, und die Leute dort glauben sowieso, Kalifornien wäre der Mittelpunkt der Erde. Stell dir vor, er arbeitet als Lifeguard am Strand von Malibu. So wie die Typen in Baywatch.«

»Baywatch? Ist das nicht diese alte Serie, in der alle Typen …«

»… in kurzen Badehosen rumlaufen? Ganz recht, und es ist gut möglich, dass er seine dabeihat. Ich werde es wohl herausfinden, wenn ich mit ihm zu den heißen Quellen fahre. Aber das hat nichts zu bedeuten. Ich bin schließlich zu allen Gästen freundlich. Außerdem hab ich im Moment ganz andere Sorgen. Stell dir vor, heute früh haben uns zwei Typen im Pick-up vom Highway gedrängt.«

Jenny berichtete von ihrem Unfall, ihrer Begegnung mit den beiden Männern auf dem Trail und von dem Verdacht, den John Cooper geäußert hatte, dass die Schurken es auf ihn abgesehen hatten. Und während sie verzweifelt versuchte, Spaghetti um ihre Gabel zu wickeln, erzählte sie von ihrem zweiten Zusammenstoß mit Brian und Mikes Versuch, ihr beizustehen.

»Der Held auf dem weißen Pferd«, flüsterte Karen ergriffen.

»Blödsinn! Das hätte doch jeder für mich getan.«

»Hast du eine Ahnung«, widersprach Karen und verschluckte sich beinahe an einer Nudel. »Du weißt ganz genau, dass es eine Heldentat war. Du bist in deinen Traumprinzen verliebt.«

»Denkst du.«

»Das sehe ich dir doch an«, sagte Karen.

Jenny kapitulierte. »Ehrlich?«

»Ganz ehrlich. Aber denk dran, dass er wieder nach Hause muss.«

Jenny wollte nicht daran denken, zumindest jetzt nicht, und nahm rasch einen Schluck von ihrem Wasser. »Was macht eigentlich dein Georgie-Boy?«

»Das Model? Vergiss ihn.«

»Wie bitte? Willst du damit sagen …«

»Er ist schon wieder out«, fiel ihr Karen ins Wort, »so mega-out wie die Mode vom letzten Herbst. Stell dir vor, er hat mich sitzen lassen … wegen einer fünfzehnjährigen Möchtegernbraut aus Beverly Hills. Eine von diesen reichen Töchtern, die den ganzen Tag über den Rodeo Drive schlendern, beim Friseur oder der Maniküre sitzen und sich beim Caffè Latte ihre Bettgeschichten erzählen.«

»Fünfzehn?«, hakte Jenny nach.

»So sieht sie jedenfalls aus. Kein Wunder, wenn man den ganzen Tag nichts zu tun hat. Wahrscheinlich ist sie achtzehn oder neunzehn, vielleicht sogar zwanzig, was macht das schon für einen Unterschied? Tatsache ist, dass sich unser guter Georgie-Boy mit einer schlappen SMS von mir verabschiedet hat und sich seitdem mit diesem Wunderkind in den Klatschblättern zeigt.«

»Und du spuckst Gift und Galle?«

»Sehe ich vielleicht so aus?« Sie tupfte sich Soßenreste von den Lippen und griff nach ihrem Wasserglas. Ein breites Grinsen huschte über ihr Gesicht. »Nein, meine Liebe, ich hab noch nie wegen eines Typen geweint, und erschlagen hab ich auch noch keinen. Obwohl ich vollkommen verstehen würde, wenn du Brian zur Hölle schicken würdest.«

»Du hast einen Neuen.«

Karen zog die Augenbrauen hoch. »Woher weißt du das?«

»Hab ich geraten.«

Karen stellte das Wasserglas auf den Tisch, ohne getrunken zu haben. »Du hast recht. Und was für einen! Hab ihn in einer Sushi-Bar kennengelernt. Tomio.« Sie ließ den Namen so bedeutungsvoll klingen, als müsste man ihn kennen. »Ein Japaner. Ist aber hier geboren und spricht nur Amerikanisch.«

»Der Sushi-Chef höchstpersönlich?«

»Einer seiner Gehilfen. Ein cooler Typ.« Sie zog ihr Smartphone aus der Tasche und zeigte ihr ein Selfie mit dem Japaner und sich in der Sushi-Bar. Beide strahlten vor Glück. »Japaner sind echt cool«, fuhr sie fort, »die bringt so schnell nichts aus der Ruhe, und beim Sex haben sie Sachen drauf …«

Jenny hob abwehrend die Hände. »So genau will ich's gar nicht wissen, Karen. Soll das heißen, du bekommst jetzt immer Rabatt in der Sushi-Bar?«

»Und kleine Schweinereien, die nicht auf der Karte stehen.«

Jenny mochte Sushi, auch wenn sie selten Gelegenheit bekam, die kleinen Häppchen mit rohem Fisch zu essen. Im letzten Highschool-Jahr waren sie öfter in der Sushi-Bar gewesen. »Wow! Dann treffen wir uns nächstes Mal dort.« Sie verzog den Mund. »Vorausgesetzt, Tomio ist dann noch aktuell.«

»Tomio würde niemals per SMS Schluss machen.«

»Und woher willst du das wissen?«

»Weibliche Intuition.«

Sie bestellten beide Kaffee, um sich noch ein bisschen länger zu unterhalten, und Jenny blieb gar nichts anderes übrig, als sich weitere Lobeshymnen über Tomio anzuhören. »Schon, wie er den Thunfisch schneidet, so sanft und behutsam, als würde er jemand mit seinem Messer rasieren. Und wenn er Gurken hackt, siehst du seine Hände kaum, so schnell geht das. So schnell kann es nicht mal meine Oma, und die ist eine Superköchin.«

Manchmal beneidete Jenny ihre Freundin. Karen lebte völlig unbeschwert in den Tag hinein, wechselte die Männer wie ihre Klamotten und fühlte sich nicht mal schlecht dabei. Ihre Begeisterung, wenn sie einen neuen Typen kennenlernte, war jedes Mal groß, obwohl sie meist schon vor der ersten gemeinsamen Nacht zu wissen schien, dass die Beziehung nicht lange halten würde. Sie war einfach nicht der Typ für eine dauerhafte Bindung und sparte sich auf diese Weise wahrscheinlich eine Menge Ärger, während Jenny schon jetzt ins Grübeln geriet, wenn sie nur an Mike dachte. Dabei hatte er noch mit keinem Wort erwähnt, dass er sie wirklich mochte. Nur vielleicht angedeutet.

Sie blickte aus dem Fenster und sah einen Pick-up vorbeifahren. »Hey!«, rief sie so laut, dass sogar die Leute am Nebentisch zusammenzuckten. »Das sind die Typen, die uns von der Straße gedrängt haben!« Sie rannte aus dem Restaurant und suchte nach dem Pick-up, aber der war längst verschwunden.

»Verdammt!«, fluchte sie und kehrte ins Lokal zurück.

10

Nachdem sich Jenny von ihrer Freundin verabschiedet hatte, setzte sie sich in ihren Suburban und wartete darauf, dass die Frontscheibe abtaute. Der Motor lief, und aus den Lüftungsklappen rauschte warme Luft durch den Wagen. Die Lichter der Stadt brachen sich auf der dünnen Eisschicht, die sich auf den Scheiben gebildet hatte. Der Motor war warm geblieben. Wie an vielen Parkplätzen in Fairbanks gab es auch hier Steckdosen, und wie fast jeder Wagen besaß ihr Suburban ein Anschlusskabel, über das man den Motor aufwärmen konnte. »Den Wagen an die Leine nehmen«, nannte man das.

Sie war nachdenklich geworden. Die Unbeschwertheit, die sie in der Gesellschaft ihrer Freundin empfunden hatte, war verflogen und einer düsteren Vorahnung gewichen. Vor wenigen Minuten hatte sie die beiden Männer vom Trail zum dritten Mal gesehen, so glaubte sie jedenfalls, zwei Männer mit schweren Revolvern, denen sie bisher nur ein einziges Vergehen nachweisen konnte: dass sie ihren Suburban von der Straße gedrängt hatten. Eine bloße Vermutung, würde ein Anwalt vor Gericht behaupten und ihren Verdacht in der Luft zerpflücken. Ebenso haltlos wie der Verdacht, sie könnten hinter den Tankstellenanschlägen stecken. Und doch machten sie ihr große Angst. Wenn sie tatsächlich militante Umweltschützer waren und auf die Idee kamen, noch schärfere Geschütze aufzufahren, würden sie wohl auch zu drastischeren Mitteln greifen, um einen Reporter der *Los Angeles Times* auf Abstand zu halten. Eigentlich paradox, wollten doch beide Seiten den Ölkonzern davon abbringen, in den Naturschutzgebieten nach Öl zu bohren.

Sie legte einen Gang ein und fuhr los. Der kurze Tag neigte sich bereits seinem Ende zu, und trübes Zwielicht hüllte die Stadt ein. Die Temperatur war um einige Grad gesunken, und man erkannte selbst aus dem Wagen, wie kalt es geworden war. Verharschter Schnee knirschte unter den Rädern ihres Suburban, und frostiger Nebel waberte zwischen den Häusern der Innenstadt.

Einer Eingebung folgend, fuhr Jenny in die gleiche Richtung wie die Männer in dem Pick-up. Obwohl die Rücklichter des Wagens längst nicht mehr zu sehen waren, hoffte sie die beiden irgendwo zu entdecken. Sie würde ihnen eine Weile folgen, um herauszufinden, ob sie irgendetwas im Schilde führten. Es lag ihr fern, Detektivin zu spielen. Dazu musste man ausgebildet sein und sich verteidigen können, und beides war nicht der Fall. Gegen die beiden Männer hätte sie keine Chance.

Sie wusste auch, dass die Polizei nichts unternehmen würde, solange kein begründeter Verdacht bestand. Sie würde Ellen Jemison anrufen, wenn sie tatsächlich etwas herausfand.

Dass sie auch von ihrer Neugier und ihrer Wut über das Manöver auf dem Highway getrieben wurde, hätte sie sich niemals eingestanden. Entsprechend ziellos irrte sie in der Stadt herum. Den verdächtigen Pick-up konnte sie nirgendwo entdecken. Als sie an dem verglasten Gebäude von Alaska Oil vorbeikam, sah sie protestierende Menschen vor dem Eingang stehen und ging vom Gas herunter. In der nächsten Querstraße fand sie einen Parkplatz und hielt an.

Alaska Oil war der einzige Konzern, der ein Büro in Fairbanks unterhielt, und deshalb die hauptsächliche Zielscheibe für Umweltschützer. Was nicht hieß, dass Multis wie Exxon oder Shell außen vor waren. Sie alle standen im Verdacht, die Naturschutzgebiete ins Visier genommen und dort auch schon heimliche Bohrungen durchgeführt zu haben. Erst an diesem Morgen war ein Bericht im *News-Miner* erschienen, der Grund dafür, dass ungefähr fünfzig Demonstranten vor dem Gebäude von Alaska Oil standen und Schilder mit Slogans wie »Lasst unsere Natur in Ruhe!«, »Finger weg von Alaska!« und »Ihr zerstört unsere Umwelt!« hochhielten. In Sprechchören forderten sie den Chef des Ölkonzerns auf, aus seinem Glaskasten zu kommen.

Unweit von ihnen parkte ein Lieferwagen von Channel 4, und eine Reporterin und ein Kameramann kamen über die verschneite Straße gerannt. Sie schienen es sehr eilig zu haben, und die Kamera lief bereits, während sie auf der Straße waren. Später stellte sich heraus, dass Alaska Oil sie angerufen und ihnen versichert hatte, ein Manager würde vor den Demonstranten sprechen. »Erst die Leute und dann auf die Eingangstür!«, rief die Reporterin.

Jenny blieb etwas abseits stehen und beobachtete die Szene. Vier Polizisten behielten die Protestler im Auge, wohl wissend, was sich auch aus einer friedlichen Demonstration entwickeln konnte. Wer bei diesen winterlichen Temperaturen im Freien demonstrierte, musste es schon sehr ernst meinen.

Einer der Demonstranten, eine junge Frau in einem altmodischen Parka, löste sich aus dem Protestzug und kam auf sie zu. »Hey, warum machst du nicht mit? Die Ölmafia hat es auf Alaska abgesehen. Sie wollen in den Naturschutzgebieten nach Öl bohren und eine neue Pipeline durch Alaska bauen. Haben sie mit der einen Pipeline nicht schon genug Unheil angerichtet?«

»Woher weißt du, dass sie das wollen?«, fragte Jenny.

Die Frau lachte abfällig. »Das liegt doch auf der Hand. Sie wollen unabhängig vom Nahen Osten werden und so viel Öl fördern, dass wir nicht mehr importieren müssen. Alaska Oil hat einen offiziellen Antrag gestellt, die Naturschutzgebiete herabzustufen, um leichter an die Genehmigungen zu kommen. Sie wollen unsere Natur zerstören. Die Pflanzen und die Tiere. Wenn wir nichts dagegen unternehmen, gehen wir bald zugrunde.«

»Und deshalb legt ihr Brandsätze und Bomben?«

»Wir doch nicht«, antwortete die junge Frau entrüstet. »Wir sind friedliche Menschen und nehmen nur unsere Rechte wahr. Mit Gewalt erreicht man nichts. Die Bombenleger sind gemeine Verbrecher, die Alaska Oil mit Gewalt dazu bringen wollen, ihre Politik zu ändern. Aber das funktioniert nicht. Im Gegenteil, die Manager des Konzerns werfen uns doch jetzt alle in einen Topf und behaupten, dass wir alle gegen das Gesetz verstoßen, aber das stimmt nicht.«

»Ich denke darüber nach«, wich Jenny aus.

»Warte nicht zu lange. Nur wenn wir zu Tausenden oder Zehntausenden auf die Straße gehen, nimmt uns Alaska Oil ernst und es ändert sich vielleicht was. Die Konzerne sind dabei, unser Land zu zerstören, und das dürfen wir uns auf keinen Fall gefallen lassen. Die Natur ist unser größtes Erbe!«

Die Frau reihte sich wieder in die Schar der Demonstranten ein. Jenny war ganz ihrer Meinung, marschierte aber ungern in der Masse mit, selbst wenn sie recht hatte, und vertraute lieber Journalisten wie John Cooper, die sich eingehend mit der Materie beschäftigt hatten und stichhaltige Argumente vorbringen konnten. Immerhin hatte sie eine Petition zum Schutz der Flora und Fauna in den Naturschutzgebieten unterschrieben.

Wie gut Channel 4 informiert war, zeigte sich, als ein Vertreter des Konzerns aus dem Gebäude trat und mit erhobenen Armen um Ruhe bat. »Seien Sie doch vernünftig, meine Damen und Herren, und hören Sie mir zu.« Er wartete eine Weile, bis etwas Ruhe eingekehrt war, und rief dann: »Mein Name ist Peter Cook, ich bin einer der verantwortlichen Manager von Alaska Oil. Ich darf Ihnen versichern, dass wir Ihren Protest sehr ernst nehmen. Auch wir lieben die Natur. Ich bin selbst hier in Fairbanks aufgewachsen und verbringe einen Großteil meiner knapp bemessenen Freizeit in der Natur beim Wandern oder Joggen. Ich weiß, wie gesegnet wir mit unserem eindrucksvollen Land sind.«

»Und warum zerstören Sie es dann?«, rief jemand, gefolgt von weiteren Rufen und wütenden Bemerkungen. »Warum wollen Sie es kaputt machen?«

Wieder musste der Manager um Ruhe bitten. Er trug einen langen Anorak über seinem dreiteiligen Anzug. »Wir wollen Alaska nicht kaputt machen, junger Mann. Nichts läge uns ferner. Nicht alle Konzerne sind so skrupellos, wie Sie denken. Natürlich bohren wir nach Öl. Wir wollen neue Quellen erschließen für den Fall, dass sich die Lage im Nahen Osten weiter destabilisiert. Wir sind viel zu abhängig von den Ländern dort. Aber wir tun das nur in den Gebieten, in denen Ölbohrungen gestattet sind, vor allem vor der Küste. Gerade auf die Offshore-Bohrungen setzen wir große Hoffnungen. Die Nationalparks und Naturschutzgebiete sind für uns tabu, dort würde uns die Regierung auch nicht erlauben zu bohren.«

»Und wenn die Regierung sie herabstuft?«, rief der junge Mann von vorhin. »Sie wissen doch, dass man schon einmal Naturschutzgebiete herabgestuft hat, um Ölbohrungen zu ermöglichen. Soweit ich informiert bin, geschieht das gerade wieder. Sie zerstören unsere Natur! Stoppt Alaska Oil!«

»Stoppt Alaska Oil! Stoppt Alaska Oil!«, fielen die anderen ein.

Der Manager ließ sie eine Weile protestieren und wartete, bis die TV-Reporterin unruhig wurde. »Meine Damen und Herren«, meldete er sich dann, »hören Sie mir bitte zu! Ich verstehe Ihre Besorgnis, und ich möchte Ihnen noch einmal versichern, dass wir uns wie immer streng an die Gesetze halten werden. Alles, was wir tun, geschieht im Interesse unseres Landes.«

Der junge Mann gab keine Ruhe. Auch er hatte gemerkt, dass er sich vor laufender Kamera präsentieren konnte. »Meines Wissens haben Sie schon den offiziellen Antrag gestellt, einige unserer größten Naturschutzgebiete herabzustufen. Ihnen den Schutz zu nehmen, hieße doch, diese Natur aufzugeben.«

»Da sind Sie falsch informiert«, beteuerte der Manager. Er war ein erprobter Redner und ein geschickter Taktierer. »Wir haben mit der Regierung gesprochen, das ist richtig. Vor allem aber darüber, wie wir die Natur am besten schützen und wie wir der Gewalt begegnen können, die von einem Teil der Umweltschützer ausgeht.« Er hob die Hände und erstickte den aufbrandenden Protest bereits im Keim. »Ich weiß, ich weiß … nicht von Ihnen. Sie machen lediglich von Ihrem Recht der freien Meinungsäußerung Gebrauch … das hoffe ich zumindest. Aber es gibt andere, die Brandsätze und Bomben zünden, und die begehen ein Verbrechen, auch wenn die Brände und Explosionen bisher nur wenig Schaden anrichten konnten. Helfen Sie uns, diese bösen Kräfte im Zaum zu halten! Wir ziehen doch letztlich alle am selben Strang. Wir wollen ein wirtschaftlich starkes Alaska, das uns und unsere Besucher auch in Zukunft mit seiner wilden Natur begeistert.«

Nachdem er noch einmal in die Kamera gelächelt hatte, ging er in das Gebäude zurück, und die automatische Tür blieb so lange offen, dass Jenny erkennen konnte, wie er auf zwei Männer zuging. Einer war John Cooper und der andere wahrscheinlich der Reporter des *News-Miner*. Anscheinend hatten sie den Manager zu einem Interview überredet, oder noch besser, vielleicht ließ man sie sogar zu Clarence Murdock III. vor, dem obersten Chef des Konzerns. Und sie hatte geglaubt, er würde nur über die Schönheit der Natur berichten. John Cooper war anscheinend gewiefter, als sie gedacht hatten.

Jenny hatte genug gesehen und fuhr weiter. Sie hatte die beiden Männer im Pick-up schon beinahe vergessen und war mit ihren Gedanken längst wieder bei Mike und seiner seltsamen Reaktion an diesem Morgen. Ging er ihr aus dem Weg, um ihr nicht seine Geschichte zeigen zu müssen? Hatte er Angst, sich vor ihr lächerlich zu machen? Oder sich in sie zu verlieben? Sie blieb vor einer roten Ampel stehen und schlug wütend auf das Lenkrad. Jetzt bilde dir bloß nichts ein, ermahnte sie sich, du kennst ihn doch erst seit zwei Tagen.

Vor ihr fuhr der Pick-up mit den beiden Männern vorbei. Oder bildete sie sich das nur ein? Ein dunkler Pick-up und im Fahrerhaus waren zwei Gestalten zu erkennen. Ob es sich um zwei Männer handelte, konnte sie nicht mit Bestimmtheit sagen, dazu war es zu dunkel, und der Augenblick, in dem die Lichtkegel ihrer Scheinwerfer das Fahrerfenster streiften, war zu kurz. Auch das Nummernschild konnte sie nicht erkennen. Ein E oder F? Vielleicht …

Sie wartete, bis die Ampel auf Grün sprang, und folgte dem Pick-up. Soweit sie erkennen konnte, fuhr er über den Steese Highway nach Süden, eine breite Ausfallstraße, die sich beinahe schnurgerade durch die Stadt zog. Inmitten der zahlreichen Fahrzeuge glaubte sie seine Umrisse deutlich erkennen zu können. Sie beschleunigte und sah ihn auf den Parkplatz eines großen Drugstores abbiegen und anhalten. Eine Frau mit langen Haaren und ein ungefähr sechsjähriger Junge stiegen aus und verschwanden in dem Drugstore.

Als Detektivin taugte sie anscheinend nicht viel. Sie hatte sich schon so in ihre Aufgabe verrannt, dass sie eine junge Mutter und ihren Sohn mit zwei ausgewachsenen Männern verwechselte. Das passierte nur einer blutigen Anfängerin. Leise fluchend fuhr sie an dem Pick-up vorbei zur nächsten Kreuzung, wendete und kehrte nach Norden zurück. Es wurde höchste Zeit, dass sie endlich nach Hause fuhr und noch einen kleinen Ausflug mit den Huskys unternahm, sonst reagierten sie noch beleidigt und machten ihr das Leben schwer.

Um sich bei ihnen einzuschmeicheln, beschloss sie, ein paar Säcke von dem besonders leckeren Trockenfutter zu kaufen, und bog in eine der nächsten Seitenstraßen ab, in der eines der großen Futtermittelgeschäfte lag. Sie kannte einen der Angestellten und hoffte, einen Rabatt herauszuschlagen.

Der Laden lag etwas versteckt in einem Industrieviertel. Eine Abkürzung führte über eine schmale Schotterstraße, die unterhalb einer steilen Böschung an etlichen Lagerhallen vorbeiführte und mit zahlreichen Schlaglöchern übersät war. Über den Einfahrten zu den Lagerhallen hingen die Firmenschilder einer Elektronikfirma, eines Ersatzteillagers für japanische Autos, einer Großhandelskette, und am Ende der Straße ragte eine Lagerhalle von Alaska Oil empor. Wie jeder wusste, standen dort etliche Fahrzeuge und schweres Gerät, die man für Ölbohrungen brauchte, eigentlich ein idealer Ort für einen weiteren Anschlag, und als hätte sie mit diesem Gedanken eine versteckte Zündung ausgelöst, schoss plötzlich ein Flammenblitz aus der Lagerhalle und etliche Fenster gingen klirrend zu Bruch. Vor Schreck trat sie das Gaspedal bis zum Anschlag durch und fuhr in den Tiefschnee auf der Böschung. Im Schein der Flammen, die aus der Lagerhalle emporzüngelten, stieg sie aus und griff zum Handy. Sie erreichte Ellen Jemison sofort. »Ellen … Trooper Jemison …«, keuchte sie in ihrer Aufregung, »die Lagerhalle von Alaska Oil … ein Anschlag … hier brennt es … holen Sie die Feuerwehr … schnell … kommen Sie …«

Sie ließ ihr Smartphone fallen und stützte sich mit beiden Händen auf die Kühlerhaube des Suburban. Ihr war nichts passiert, und doch bekam sie kaum Luft, als hätten ihr unsichtbare Hände die Kehle zugedrückt. Sie sank langsam auf die Knie, drehte sich um und lehnte sich mit dem Rücken gegen das Fahrerhaus. Vergeblich versuchte sie ihr Smartphone aufzuheben. Es lag nur zwei Schritte von ihr entfernt im Schnee, doch sie fühlte sich wie gelähmt. Stöhnend schloss sie die Augen. Oh Mann, seufzte sie in Gedanken, warum nur muss ich immer in der Nähe sein, wenn gerade eine Bombe hochgeht?

Es schien eine Ewigkeit zu dauern, bis endlich die Sirenen erklangen und die Troopers, die örtliche Polizei, die Feuerwehr und ein Krankenwagen über die schmale Straße heranrasten. Während die Feuerwehr und einige Polizisten darangingen, die Lagerhalle zu sichern und das Feuer zu löschen, kam Ellen auf Jenny zu und beugte sich besorgt zu ihr hinunter. »Ist alles in Ordnung, Jenny?«

»Mir ist nichts passiert«, erwiderte Jenny. »Ich hab den Karren mal wieder in den Tiefschnee gesetzt, das ist alles. Tut mir leid, wenn … wenn ich heute nur Mist baue.« Sie ließ sich von Ellen aufhelfen, erzählte ihr von den beiden Männern im Pick-up-Truck, die sie zu sehen geglaubt hatte, und dass ein großer Feuerblitz aus der Halle geschossen war und ihr Angst eingejagt hatte.

»Ich gebe das alles an meine Vorgesetzten weiter«, erwiderte Ellen. »Kann dennoch sein, dass die Bosse noch ein paar Fragen haben.« Sie lächelte aufmunternd. »Aber zuerst bringe ich dich mal zum Doc. Auch wenn du keine Schmerzen verspürst, soll er dich vorsichtshalber gründlich untersuchen. Du machst vielleicht Sachen.«

Der Notarzt war ein junger Mann, der recht schweigsam war und sehr konzentriert arbeitete. Er suchte nach möglichen Verletzungen, horchte sie ab, leuchtete ihr in die Augen, ließ sogar ein EKG machen und unterschrieb dann irgendein Formular. »Alles okay«, sagte er, »aber ich nehme an, Ihnen steckt noch der Schreck in den Gliedern. Ruhen Sie sich besser ein wenig aus.«

Ellen hörte mit und nahm sich ihrer an. »Ich fahre dich nach Hause, Jenny. Deinen Wagen kann einer der anderen Trooper nehmen und dann mit mir zurückfahren.« Sie rief einen der jungen Polizisten herbei und teilte ihm mit, was sie vorhatte. »Wir fahren zur Wilderness Lodge, ungefähr zehn Meilen vor den Chena Hot Springs. Bringen Sie den Suburban hin und warten Sie dort auf mich.«

»Geht klar, Kollegin.« Er salutierte kurz. »Ich kenne die Lodge.«

Jenny fühlte sich wieder einigermaßen gut und wäre lieber selbst gefahren, wusste jedoch, dass Ellen das niemals zulassen würde, und stieg zu ihr in den Streifenwagen. Der aufgeklappte Computer ragte in den Beifahrersitz hinein, bot ihr aber genug Platz, um sich anzuschnallen. Sie rutschte ein wenig mit dem Sitz nach hinten. Sie war noch nie in einem Polizeiwagen gefahren, und es dauerte eine Weile, bis sie einigermaßen bequem saß. Durch die Frontscheibe beobachtete sie, wie die Feuerwehr das Feuer langsam unter Kontrolle bekam. Auch diese Explosion schien nicht so stark gewesen zu sein, dass eine ernsthafte Gefahr für die umliegenden Wohnhäuser bestand. Wie groß der Materialschaden war, wusste sie jedoch nicht. Sicher ging der in die Hunderttausende.

»Alles okay?«, fragte Ellen zum wiederholten Male, als sie in den Wagen stieg. Sie zog den Computer etwas näher zu sich heran, startete den Motor und fuhr mit ihr zur Hauptstraße zurück. Sie schaltete die Warnlichter aus. »Dann wird's wohl höchste Zeit, dass ich dich zu deinem Dad zurückbringe.«

»Das ist sehr nett von Ihnen, Trooper.«

»Ellen«, verbesserte sie.

»Stimmt es eigentlich, dass Polizisten immer Donuts essen?«

»Und ob«, antwortete Ellen. »Willst du einen? Liegt hinter dir.«

Jenny beugte sich nach hinten, nahm einen Schoko-Donut aus der Schachtel und biss genussvoll hinein. »Die Polizei, dein Freund und Helfer«, sagte sie mit vollem Mund. Ihre Augen glänzten. »Genau den hab ich gebraucht.«

»Und wo der herkommt, sind mehr. Lass es dir schmecken!«

11

Sie erreichten die Lodge am frühen Abend. Jennys Vater, der ebenfalls schon zu Hause war, stand neben dem jungen Trooper, der den Suburban gebracht hatte, und lief ihr besorgt entgegen. »Jenny! Geht es dir gut? Der Trooper erzählte mir gerade, dass du in der Nähe warst, als ein Brandsatz in einer Lagerhalle von Alaska Oil hochging. Du bist doch nicht etwa verletzt, oder, mein Schatz?«

»Ihr ist nichts passiert«, beruhigte ihn Ellen, »ich wollte lediglich auf Nummer sicher gehen und dachte mir, es wäre besser, sie persönlich herzubringen. Ein bisschen mitgenommen ist sie noch, aber das ist ganz normal, wenn man gerade gesehen hat, wie ein Gebäude in die Luft geflogen ist.«

»Und du hast nichts abbekommen?«, vergewisserte sich Jennys Vater noch mal. Er fasste sie an den Oberarmen und musterte sie von oben bis unten, um auch wirklich keine mögliche Verletzung zu übersehen. »Mein Gott! Wenn das so weitergeht, traut man sich bald nirgendwo mehr hinzugehen.«

Ellen schob ihren Uniformhut in den Nacken. Die

Kälte schien ihr nichts auszumachen. »Umwelt-Aktivisten, die haben es nicht auf Menschen abgesehen. Ich bin sicher, die Kollegen machen sie bald dingfest. Wie ich höre, wird sich auch das FBI einschalten. Du brauchst dir keine Sorgen zu machen.«

»Die mache ich mir aber«, widersprach Randy. »Jenny war schon zweimal in der Nähe, als so ein Brandsatz hochging. Ein paar Schritte näher und ihr wäre vielleicht doch was passiert.« Er wandte sich an seine Tochter. »Was wolltest du überhaupt da?«

Jenny löste sich langsam von ihm. »Ich hab fünf Säcke von dem guten Futter gekauft«, sagte sie, »ich wollte den Huskys was Gutes tun. Aber ich bin okay, Dad. Nicht mal einen Kratzer hab ich abbekommen.« Sie wandte sich an Ellen und den jungen Trooper. »Wie wär's mit einem heißen Kaffee?«

»Geht leider nicht«, bedauerte Ellen. Ihr Lächeln galt allein Jennys Vater. »Nach so einem Anschlag wie heute Nachmittag dauert unser Arbeitstag länger. In ein paar Tagen habe ich wieder mehr Zeit, da komme ich gern auf das Angebot zurück. Nicht nur wegen des Apfelkuchens. Ich hoffe, ihr hebt mir ein Stück auf.«

»Wenn nicht, backe ich einen neuen«, versprach Randy.

Die beiden Trooper verabschiedeten sich und stiegen in den Streifenwagen. Jenny und ihr Vater winkten ihnen nach und warteten noch, bis sie hinter den

Bäumen verschwunden waren. Gemeinsam zogen sie die Säcke mit dem Hundefutter aus dem Suburban und trugen sie ins Haus. Im Schuppen wäre es viel zu kalt gewesen. Neben der Küche gab es einen Lagerraum mit zahlreichen Regalen, zwei Kühlschränken und einer großen Gefriertruhe. Wenn die Lodge ausgebucht war, vor allem im Sommer, brauchten sie genug Platz für Lebensmittel und Getränke. Eine Ecke war für das Hundefutter reserviert.

»Ich kümmere mich am besten gleich um die Hunde«, sagte Jenny, nachdem sie den letzten Sack ins Haus getragen hatten. »Eigentlich wollte ich noch eine Runde mit den Huskys drehen, aber es ist ein wenig spät geworden und ich muss mich, ehrlich gesagt, auch erst mal von meinem Schrecken erholen.«

»Ein weiser Entschluss«, lobte ihr Vater. »Sarah und Mike sind im Wohnzimmer und haben sicher nichts dagegen, dass wir es heute Abend etwas langsamer angehen lassen. Lass dir Zeit mit den Hunden. Es gibt Steaks mit Kartoffeln und grünen Bohnen, und ich will noch einen Pudding aufsetzen.«

»Schokolade oder Vanille?«

»Schokolade mit Vanillesoße.«

»Genau nach meinem Geschmack«, freute sich Jenny. »Aber zuerst bringe ich den Hunden ihr Futter, sonst bekomme ich noch Ärger mit Ruby. Wenn wir Gäste haben, ist er immer besonders eifersüchtig. Ein sensibler Bursche.«

»Mike auch. Er wirkt ziemlich geknickt. Warum eigentlich?«

»Keine Ahnung. Seit heute Morgen lässt er mich links liegen.« Sie errötete leicht. »Nicht, dass ich was von ihm wollte, aber er tut fast so, als hätte ich ihn tödlich beleidigt, sonst wäre er doch mit uns nach Fairbanks gefahren.«

»Er ist in dich verliebt.«

»Und deshalb geht er mir aus dem Weg? Das verstehe ich nicht.«

Ihr Vater wusste es anscheinend besser. »Gerade Typen wie er, die sich sehr selbstbewusst geben, sind in Wirklichkeit zurückhaltend und schüchtern. Hast du irgendwas gesagt, was ihn verärgert haben könnte?«

»Nicht dass ich wüsste.« Dass Mike sich heimlich als Krimiautor versuchte, hatte sie versprochen, nicht zu verraten. »Ist doch sowieso egal. In ein paar Tagen oder Wochen fliegt er nach L. A. zurück und ich sehe ihn nie wieder.«

»Wer weiß?«, überlegte er grinsend. »Manchmal geschehen Wunder.«

Aber nicht bei uns in Alaska, hätte sie am liebsten geantwortet, ließ es aber. Sie ging ins Wohnzimmer und sah Mike und seine Mutter auf der Ledercouch sitzen. Sie blätterte in einer Zeitschrift, er starrte auf sein Smartphone und spielte mit bunten Smileys herum. Im Kamin prasselte ein Feuer.

»Guten Abend allerseits«, grüßte sie betont freundlich. »Wie war's?«

»Wundervoll«, sagte Mikes Mutter begeistert. Sie trug einen bequemen Hausanzug. »Ich wusste gar nicht, dass Snowmobil-Fahren solchen Spaß macht. Mike fährt schon wie ein Profi. Haben Sie meinen Mann gut abgeliefert?«

Sie zögerte. »Nun ja, einmal sind wir im Schnee neben der Straße gelandet, aber uns ist nichts passiert. Das erzählt er Ihnen am besten selbst. Er wollte zum Abendessen wieder hier sein.« Sie bemerkte, dass Mike nicht einmal mit der Wimper zuckte und unablässig auf sein Smartphone starrte. Allerdings bewegten sich seine Daumen nicht mehr. »Ich muss noch mal zu den Hunden raus. Die wären beleidigt, wenn wir vor ihnen essen würden.«

»Wir haben keine Eile«, sagte Sarah.

Jenny ging in den Lagerraum zurück und füllte frisches Futter in die Eimer. Mit den beiden Eimern überraschte sie die Huskys. »Da staunt ihr, was? Heute gibt's das neue Spezialfutter, von dem ich euch schon erzählt habe. Das schmeckt besonders lecker. Ihr sollt mal sehen, wie kräftig und ausdauernd ihr dadurch werdet.« Sie begrüßte Ruby herzlich und tätschelte liebevoll seinen Hals, bevor sie seine Futternäpfe füllte. »Leider können wir heute nicht mehr auf Tour gehen. Ich weiß, wie gerne ihr lauft, aber es ist spät geworden und Dad wartet schon mit dem Essen.« Sie erzählte ihnen von dem Unfall am Morgen und dem Brandanschlag auf das Lagerhaus. »Ich hätte lieber einen ruhigeren Tag verbracht, aber morgen früh ziehen wir zusammen los. Und weil das Iditarod immer näher rückt, spanne ich morgen auch vier Hunde mehr vor den Schlitten. Was sagt ihr dazu?«

Sie war schon dabei, die Futternäpfe der anderen Huskys zu füllen, und nicht nur Ruby steckte bereits mit der Schnauze im Fressen, ihre Worte ließen sie jedoch aufhorchen. »Captain! Elvis! Groucho! Hannibal! Ihr dürft morgen auch mit. Wollen doch mal sehen, ob wir auch mit einem großen Gespann zurechtkommen.« Sie ging zu den genannten Hunden und nahm jeden Einzelnen in den Arm. »Ich bin sicher, ihr seid schon so weit. Hab ich recht, Hannibal?«

Nicht nur Hannibal jaulte begeistert. Natürlich hatte er kein Wort verstanden, aber ihr Tonfall verriet, dass sie es gut mit ihnen meinte. Die Huskys, die am nächsten Morgen zu Hause bleiben sollten, protestierten knurrend und bellend, beruhigten sich aber, als Jenny sagte: »Und ich bin sicher, Dad schnappt sich den zweiten Schlitten und dreht auch mit euch eine Runde.«

Jenny wartete, bis die Huskys gefressen hatten und sich in den Schnee vor ihren Hütten rollten. Dort schliefen sie selbst in einem Blizzard am liebsten. »So, und jetzt schlaft schön. Ich möchte, dass ihr morgen früh in Top-Form seid. Könnte sein, dass Mike mitkommt, und dann müssen wir ein paarmal anhalten und ihm zeigen, wie man einen Schlitten steuert, aber das glaube ich nicht. Keine Ahnung, was er hat, aber er benimmt sich genauso wie an dem Tag, als er ankam. Starrt die ganze Zeit auf sein Smartphone und spielt mit irgendwelchen Smileys rum. Wahrscheinlich eines dieser doofen Spiele.«

Diesmal ahnten die Huskys nicht mal, was sie sagte, und blickten sie entsprechend ratlos an. Ruby legte den Kopf schief und jaulte verhalten, als wollte er sagen: Was interessiert uns dein Liebesleben? Gib uns lieber noch was von dem leckeren Futter, oder bist du etwa verknallt in diesen blonden Zweibeiner? Hast du nicht gesehen, wie viel Angst der vor uns hatte?

»Mike ist netter, als ihr denkt«, glaubte sie, den Jungen verteidigen zu müssen. »Er ist zurzeit ein wenig seltsam, aber das ändert sich bestimmt wieder. So kann es zumindest nicht weitergehen. Er kann doch nicht ständig mit dieser Leidensmiene rumsitzen. Es hat bestimmt was mit seiner Geschichte zu tun. Euch kann ich's ja verraten, denn ihr erzählt es bestimmt nicht weiter. In seiner Freizeit schreibt er Kriminalgeschichten. Das heißt, er hat erst mal eine geschrieben, traut sich aber nicht, sie irgendwem zu zeigen. Wahrscheinlich hat er Angst, dass ihn die Mädels in Malibu auslachen. Wenn sie das tun, sind sie selbst schuld. Ich finde jedenfalls toll, dass er schreibt.«

Die meisten Huskys hatten sich bereits in den Schnee gerollt, und nur noch Ruby und zwei, drei andere blinzelten ihr zu. Der eisige Abendwind fuhr über sie hinweg und bewegte ihr weiches Fell. Vereinzelte Schneeflocken tanzten in der Luft und glitzerten wie Diamanten im silbernen Mondlicht.

»Ich muss jetzt gehen«, verabschiedete sie sich von den Hunden, »das Abendessen ist bestimmt schon fertig.« Sie ging zum Haus und sah, wie ein Jeep neben dem Schuppen parkte. Der Mietwagen, den Mikes Vater sich geliehen hatte. Er stieg aus, die Fototasche über der Schulter, und begrüßte sie aufgeregt. »Ich hab's schon gehört. Du hast gesehen, wie der Brandsatz in der Lagerhalle explodiert ist, nicht wahr? Du musst mir unbedingt erzählen, was du beobachtet hast.« Er stieg die Stufen zur Lodge empor. »Ich habe auch Neuigkeiten. Erzähle ich alles beim Abendessen. Ich bin doch nicht zu spät?«

»Gerade rechtzeitig. Es gibt Elchsteaks.«

»Genau das, was ich jetzt brauche.«

Die Elchsteaks schmeckten köstlich. Zart und würzig, wie man sie nur in der Wildnis bekam. Jennys Vater bezog sein Fleisch direkt von einem befreundeten Jäger, der jedes Jahr einen Elch für sie schoss. Dazu gab es Bier, Cola und Wasser. Vor allem die Coopers lobten das schmackhafte Festmahl.

»Nun erzähl schon«, drängte Sarah ihren Mann.

John spülte einen Bissen mit Wasser hinunter und blickte ernst in die Runde. »Dass uns heute Morgen jemand von der Straße gedrängt hat, brauche ich wohl nicht mehr zu erwähnen. Zwei Männer in einem Pick-up-Truck. Dieselben Kerle, denen Jenny und Mike auf dem Trail begegnet sind. Sie haben uns gerammt, doch zum Glück hat Jenny den Suburban in den Tiefschnee gefahren.«

»Davon weiß ich ja gar nichts«, sagte Jennys Vater.

»Ich wollte dich nicht beunruhigen, Dad«, sagte sie, »und es ist ja auch nichts passiert. Ellen hat den Unfall aufgenommen und unsere Aussagen an ihre Vorgesetzten weitergegeben.« Sie sah die Besorgnis in den Augen ihres Vaters, entschloss sich aber dennoch weiterzureden. »Später hab ich die Männer in der Stadt gesehen, kurz bevor der Brandsatz in der Lagerhalle explodierte.«

»Es ist wirklich nichts passiert«, bestätigte John, »die Stoßstange hat nur eine leichte Delle abbekommen. Man wollte mir wohl einen Denkzettel verpassen. Es tut mir leid, dass ich Jenny in Gefahr gebracht habe. Ich hätte natürlich sagen müssen, dass ich auch für die *L. A. Times* schreibe und vor allem wegen dieser Ölgeschichte hier bin. Die Story für das Reisemagazin schreibe ich nebenbei. Aber ich wollte Sie und meine Familie nicht erschrecken. Ein Fehler, wie ich nun leider erkennen muss. Wenn Sie wollen, ziehe ich in ein Hotel in der Stadt um, dann können meine Frau und Mike hier ungestört Ferien machen.«

»Wir bleiben zusammen!«, entschied Sarah Cooper, die wohl einiges gewohnt war. »Du arbeitest schließlich nicht zum ersten Mal an einer brisanten Story, und wenn ich mich nicht täusche, berichten auch die anderen Medien über die Proteste und Anschläge. Wir sind hier nicht im Nahen Osten, und die Polizei wird bestimmt alles daransetzen, die Täter zu fassen.« Sie trank einen Schluck von ihrem Wasser. »Die Bombenleger haben sicher genug mit sich selbst zu tun.«

»Unseretwegen können Sie gern bleiben«, sagte auch Jennys Vater. »Ich möchte lediglich, dass Sie uns nicht unnötig in Gefahr bringen. Dass die Ölfirmen in den Naturschutzgebieten bohren wollen, ahnen hier alle, und ich kenne keinen, der sich dafür aussprechen würde. Wir wollen das Gleiche wie die Umweltschützer, und zusammen mit ihnen sind wir gegen militante Verbrecher, die ihren Protest mit Brandsätzen und Bomben kundtun. Um die wird sich die Polizei kümmern. Alles andere muss wohl die Politik regeln.«

John freute sich, immer noch willkommen zu sein. »In meinen Artikeln geht es mir weniger darum, die Verbrecher zu bekämpfen. Ich will die Gefahren aufzeigen, die unserer Natur drohen, wenn sie rücksichtslos ausgebeutet wird. Den Ölkonzernen gefällt das natürlich nicht. Der Kollege vom *News-Miner* und ich haben heute Mittag den Manager von Alaska Oil interviewt, der beteuerte ein paarmal, wie rücksichtsvoll sein Konzern mit der Umwelt umginge und dass er die Proteste nicht verstehen könne. Doch gegen militante Umweltschützer, die Bomben legen und damit Menschenleben gefährden, sind beide Seiten.«

»Haben Sie auch mit der Polizei gesprochen?«, fragte Randy. »Hat sie schon irgendeine Spur? Weiß man bereits, wer dafür verantwortlich ist?«

John nickte. »Ich war kurz nach Jenny an der Lagerhalle und konnte mit dem Polizeichef reden. Sie haben den Pick-up in einer Seitenstraße gefunden. Die beiden Männer hatten ihn bei einem Gebrauchtwagenhändler gestohlen, ein beliebter Trick, weil das am wenigsten auffällt. Jetzt ist man dabei, die Spuren auszuwerten. Man war zuversichtlich, schon bald die Identität der beiden Männer klären zu können. Es wird gemunkelt, dass es sich bei einem der beiden um Phil Harris handelt, einen gewaltbereiten Aktivisten, der vor zwei Jahren in Anchorage aktiv war und bei Exxon eine Fensterscheibe zerschoss. Er musste ein paar Monate ins Gefängnis, und der Kollege vom *News-Miner* berichtete, dass man ihn schon vor ein paar Tagen in Fairbanks gesehen habe.«

»Wenn man ihn hier erwischt und ihm die Beteiligung an den Anschlägen nachweisen kann, muss er noch länger ins Gefängnis. Dann kann er sich auf ein paar Jahre einstellen. Ich würde zu gern wissen, was in einem solchen Menschen vorgeht. Ihm muss doch klar sein, dass er auf diese Weise nichts erreicht.«

Mike hatte während der letzten halben Stunde überhaupt nichts gesagt. Sein Interesse schien allein seinem Smartphone zu gehören, das er ständig in beiden Händen hielt und mit den Daumen irgendwelche Seiten bewegte. Nur einmal riskierte er einen Blick auf Jenny, und ihre Blicke kreuzten sich. Ein Augenblick, der beiden die Röte ins Gesicht trieb. Aber er widmete sich sofort wieder seinem Smartphone, schien die Welt um sich herum völlig auszublenden.

Auch um ihre eigene Verlegenheit zu überspielen, räumte sie den Tisch ab und brachte die Schüsseln mit dem Pudding und der Vanillesoße herein. Eine willkommene Gelegenheit, das Thema zu wechseln und sich über belanglosere Dinge als die Verbrechen militanter Umweltschützer zu unterhalten. Ihr Vater sorgte für frischen Kaffee und Kakao. Außer Mike strahlten sie alle.

»Pudding!«, freute sich Sarah. »Wie lange habe ich keinen Pudding mehr gegessen. Bei meinen Eltern kommt jedes Wochenende was Süßes auf den Tisch, deshalb gibt's bei uns auch keine Schwiegermutter-Probleme.« Sie lächelte. »Ganz im Gegenteil, John lobt meine Mutter in den höchsten Tönen.«

»Meine Frau liebte Pudding«, sagte Jennys Vater mehr zu sich selbst.

»Und was steht morgen auf dem Programm?«, fragte Jenny rasch. Sie wollte unbedingt einen Gefühlsausbruch ihres Vaters verhindern. Er war auf dem besten Weg, wieder ein unbeschwertes Leben zu führen, und durfte auf keinen Fall einen Rückfall erleiden. »Das Wetter soll so bleiben.«

»Wahrscheinlich fliegen wir zu den Yukon Flats«, antwortete John. »Dick Clarkson, der Pilot, will mir zeigen, welche Teile der Wildnis dort besonders gefährdet sind. Und übermorgen, hat er mir angekündigt, will er mit uns allen in den Gates of the Arctic National Park fliegen. Ich habe euch ja versprochen, euch auf einen der Flüge mitzunehmen, und der ist sicher am spektakulärsten.« Er blickte Jenny und ihren Vater an. »Sie sind auch eingeladen.«

Randy kratzte sein Puddingschälchen aus. »Jenny kommt sicher gern mit. Ich werde mich inzwischen um die Lodge kümmern und eine Runde mit den Hunden drehen. Heute muss ich den Schuppen reparieren. Da haben sich während des letzten Sturms einige Bretter gelöst. Sie können gern unseren Wagen nehmen, Sarah. Vielleicht wollen Sie noch mal zu den Hot Springs.«

»Eine gute Idee. Vielen Dank.«

»Ich komme auch mit«, sagte Mike schnell.

»Unsinn!«, widersprach seine Mutter. »Seit wann willst du dich mit deiner Mutter langweilen? Warum unternimmst du nicht was mit Jenny?« Sie wandte sich an Jenny, die nicht wusste, wie sie reagieren sollte. »Vielleicht bringt sie dir bei, wie man einen Hundeschlitten lenkt, das wäre doch was.«

»Kein Problem«, sagte Jenny. »Morgen steht die große Tour auf dem Programm. Ich muss für das Rennen trainieren. Aber er kann gern mitkommen.«

»Da hörst du's, Mike.«

»Ich weiß nicht, Mom.«

»Natürlich fährt er mit«, antwortete Sarah für ihren Sohn. Wahrscheinlich hatte sie gemerkt, dass ihn irgendetwas bedrückte. »Die Snowmobil-Tour hat dir doch auch Spaß gemacht.« Sie nickte zuversichtlich. »Er kommt mit.«

12

Der Morgen war bitterkalt. Jenny trug bereits ihren Schneeanzug und hatte ihre Kapuze über die Mütze gestülpt, als sie um kurz vor sieben die Hunde fütterte. Auch diesmal bekamen sie das neue Spezialfutter, um für einen langen Tag in der Wildnis gerüstet zu sein. Schneeflocken wirbelten durch die Luft.

Die Huskys zerrten bereits ungeduldig an ihren Ketten und verschlangen ihr Frühstück in Windeseile. Sie konnten es kaum noch abwarten, endlich im großen Gespann auf den Trail zu gehen. Mit elf Hunden vor dem Schlitten waren sie noch kraftvoller und schneller und konnten noch besser zeigen, was in ihnen steckte. Lediglich Ruby wirkte einigermaßen gelassen.

»Immer schön langsam«, beruhigte Jenny ihre Hunde, »wir haben noch ein bisschen Zeit. Zuerst muss ich frühstücken und Proviant einpacken … und ein paar Leckerlis für euch.« Sie kraulte ihren Leithund liebevoll zwischen den Ohren. »Mike kommt auch mit. Er ist nicht gerade bester Laune, aber den kriegen wir schon hin. Beißt ihm nicht gleich in den Hintern, sonst gibt's Ärger. Das gilt besonders für dich, Johnny, hörst du?«

Auf dem Rückweg ins Haus begegnete sie John Cooper. Er musste früh los und begnügte sich mit einem Sandwich, das er auf der Fahrt nach Fairbanks essen würde. Auch eine Thermosflasche mit heißem Tee hatte Jennys Vater ihm mitgegeben. »Viel Erfolg!«, wünschte sie ihm. »Passen Sie gut auf sich auf!«

In der Küche bereitete Randy das Frühstück vor. Omelett mit Schinken und Tomaten, dazu Toast und Marmelade. Es duftete nach frischem Kakao. Als sie hereinkam, stand er vor dem Toaster und lächelte still vor sich hin.

»Hey, Dad«, grüßte sie ihn. »Was ist denn mit dir los?«

»Was soll denn mit mir los sein?«

»Du siehst so … so zufrieden aus.« Sie musste grinsen. »Lass mich raten: Du hast Ellen zum Mittagessen eingeladen. Ihr beide ganz allein im Haus.«

Ihr Vater errötete wie ein Schuljunge und starrte lieber auf den Toaster, als sich umzudrehen. »Und wenn schon«, erwiderte er, »ich hab schließlich auch ein Privatleben.« Es klang fast ein wenig trotzig, als hätte er sich endlich etwas zugestanden, was er schon lange verdient hatte. »Aber so weit, dass wir eine sturmfreie Bude bräuchten, sind wir noch lange nicht. Wir finden einander sympathisch, das ist alles.« Er nahm lächelnd die Toastscheiben aus dem Toaster und steckte zwei weitere hinein. »Hilfst du mir beim Reintragen?«

»Sicher, Dad. Ich freue mich für dich.«

Mike und seine Mutter warteten schon im Wohnzimmer, als sie die Kannen mit dem Kaffee und dem Kakao auf den Tisch stellte. »Guten Morgen«, begrüßte sie die beiden, »heute gibt es Dads berühmtes Schinkenomelett und Toast mit selbst gemachter Marmelade.« Sie verriet ihnen nicht, dass die Marmelade noch aus dem Vorrat ihrer verstorbenen Mutter stammte. »Sie sollten mal im Sommer kommen. Hier gibt es die besten Heidelbeeren und Himbeeren.«

Mike war ein wenig aufgetaut und blickte manchmal sogar in ihre Richtung, hielt aber immer noch sein Smartphone in der Hand und schaute auch mehrmals darauf. Wenigstens spielte er nicht mehr. Während des Frühstücks steckte er es weg und konzentrierte sich auf sein Essen. Zuerst schien er keinen großen Hunger zu haben und stocherte ein wenig lustlos in dem Omelett herum, dann merkte er, wie gut es schmeckte, und aß gleich zwei Portionen.

An der Unterhaltung, die sich um die landschaftlichen Schönheiten Alaskas drehte, beteiligte er sich jedoch kaum. Er schien mit seinen Gedanken ganz woanders zu sein, wahrscheinlich in Kalifornien, vermutete Jenny. Als seine Mutter das milde Wetter in Los Angeles erwähnte, blickte er von seinem Omelett auf und wollte sogar etwas sagen, verzichtete aber dann darauf.

Nachdem sie den Tisch abgeräumt hatten und Jenny einige Sandwiches mit Schinken und Käse eingepackt hatte, scheuchte ihr Vater sie aus der Küche. »Mach lieber, dass ihr auf den Trail kommt. Die Huskys sind schon ganz ungeduldig.« Er deutete aus dem Fenster. »Die Arbeit in der Küche schaffe ich schon allein. Du weißt doch, ich bin der beste Hausmann nördlich von Kanada. Heute Abend gibt's Lachsteaks. Ich taue den großen Burschen auf, den wir im letzten Herbst im Chena gefangen haben, der reicht für uns alle.«

»Und für Ellen heute Mittag«, flüsterte Jenny verschwörerisch.

»Ellen bekommt ein Elchsteak. Das hat sie sich gewünscht.«

»Und Apfelkuchen.«

»Und Apfelkuchen«, bestätigte er.

Mike hatte schon seinen Schneeanzug übergestreift und war bereit, als sie mit dem Proviantbeutel aus der Vorratskammer kam. »Es wird Zeit«, sagte sie zu ihm. Sie wünschte seiner Mutter viel Spaß im Wasser der heißen Quellen und ging nach draußen, kümmerte sich nicht um sein Zögern und hielt unbeirrt auf die Hunde zu. Ihm blieb nichts anderes übrig, als ihr zu folgen.

»Hey, Ruby«, rief sie ihrem Leithund zu, »jetzt ist es endlich so weit. Wir gehen auf große Tour. Und ihr ...« Sie wandte sich an die Huskys, die zu Hause bleiben mussten. »... ärgert euch nicht. Wie ich Dad kenne, dreht er heute Nachmittag ein paar Runden mit euch. Ihr werdet auch euren Spaß haben.«

Die Huskys zeigten sich begeistert und machten einen solchen Lärm, dass Mike vor Schreck ein paar

Schritte zurückwich. Er hatte immer noch Angst vor den Hunden, so, wie viele Gäste, die in der Wilderness Lodge übernachteten.

»Müssen die sich so aufführen?«, fragte er.

»Die freuen sich doch nur«, sagte Jenny, »du brauchst wirklich keine Angst zu haben.« Sie beugte sich zu Ruby hinab und tätschelte ihn liebvoll. »Ruby hab ich dir ja schon vorgestellt. Er ist mein Leithund. Ohne ihn bräuchte ich beim Iditarod gar nicht erst anzutreten. Komm schon, er hat es besonders gern, wenn man ihn zwischen den Ohren krault. Stimmt's, Ruby? Du hast doch nichts dagegen, wenn Mike dich streichelt? … Nein, du bist ein braver Junge.«

Mike zierte sich immer noch, hatte aber wohl auch keine Lust, sich vor ihr zu blamieren, und ging zögernd vor dem aufgeregten Ruby in die Hocke. »Immer mit der Ruhe, Ruby!«, sagte sie zu ihrem Leithund. Sie nahm Mikes rechte Hand und führte sie langsam zum Kopf des Hundes. »Keine Angst! Ruby ist nicht empfindlich. Du kannst ihn ruhig etwas fester liebkosen. So ungefähr.« Sie machte es ihm vor, und er versuchte es ebenfalls, streichelte ihn zuerst nur zögerlich und dann immer mutiger. Ruby schien das zu gefallen. Er brummte zufrieden, war aber auch ungeduldig. Er wollte wohl, dass es endlich losging.

»Okay«, sagte sie zufrieden, »seine Kollegen stelle ich dir unterwegs vor. Wenn wir sie nicht bald anspannen, sind sie noch beleidigt. Du kannst mir dabei helfen.« Sie führte ihn zum Schlitten, auf dessen Ladefläche bereits die Geschirre, das Führungsseil und die Schneeschuhe lagen. Auch den Schlittensack hatte ihr Vater bereits befestigt und Wolldecken bereitgelegt. »Komm, ich zeig's dir. Es ist besser, wenn du dich auf einer langen Tour auskennst.«

»Aber ich komme bestimmt nicht mehr hierher.«

»Wer weiß?«, sagte sie.

Sie befestigte die lange Führungsleine am Schlitten und breitete sie auf dem Schnee aus. Die Huskys quittierten die Vorbereitungen mit immer lauter werdendem Jaulen und Gebell. Sie wussten genau, dass es bald losging.

»Und jetzt die Huskys«, fuhr sie fort. Sie legte Ruby das Geschirr an und ließ Mike die Riemen verschließen. »Sie dürfen nicht zu fest, aber auch nicht zu locker sitzen.« Nach ihrem Leithund kamen die anderen Hunde dran. Sie waren kaum noch zu halten und waren so begierig darauf, auf den Trail zu gehen, dass sie jeden Einzelnen mit zwei Händen am Geschirr packen und an die Verbindungsleine schließen musste. Ruby vorn und seine Artgenossen links und rechts der Führungsleine bildeten das elf Hunde starke Gespann.

Jenny sah, dass sie die Hunde nicht länger halten konnte, und bat Mike, sich auf die Ladefläche zu setzen. »Wickle dich in die Wolldecken und halte dich gut fest! Wie man ein Gespann lenkt, zeige ich dir unterwegs.« Sie half ihm auf den Schlitten und zeigte ihm, wie man sich am besten festhielt. »So ist es gut.« Sie stellte sich auf die Kufen, winkte ihrem Vater zu, der am Küchenfenster stand, und trieb die Hunde an: »Heya! Heya! Vorwärts!«

Die Huskys legten sich in die Geschirre und rannten los. Am Schuppen vorbei ging es auf den Trail und über die Hügel hinter dem Haus nach Norden. Über ihnen wölbte sich der endlose Himmel, so dunkel und schwarz, dass der Mond und die Sterne besonders hervortraten und verführerisch glänzten. Eisiger Wind rauschte in den Baumkronen und wirbelte Schnee auf. In dünnen Schleiern wirbelte er über den verharschten Schnee, senkte sich langsam und wehte mit dem nächsten Windstoß davon. Es war immer noch bitterkalt. Tanzende Eiskristalle funkelten im Lichtschein ihrer Stirnlampe.

Jenny hatte ihren Schal bis unter die Nase gezogen und die Kapuze fest verschlossen. Wie alle Musher wusste sie, wie schnell man Erfrierungen erleiden konnte. Sie beklagte sich nicht über die Kälte, genoss sie in gewisser Weise sogar. Die niedrigen Temperaturen waren ein Teil des Abenteuers, das den hohen Norden so reizvoll machte. »Alles okay, Mike?«, rief sie nach vorn. »Zieh dir den Schal über die Nase! Und lieber eine Decke mehr als zu wenig. Im Wald wird es besser, da halten die Bäume den eisigen Wind ab.«

Mike brummte etwas, das sie nicht verstand. Er schien nicht gerade begeistert von der Idee, den ganzen Tag in der Kälte zu verbringen. Sie konnte ihn verstehen. Aus Los Angeles war er nur mildes Wetter gewohnt, abgesehen von einigen kühlen Tagen im Winter. Den Anorak brauchte er wahrscheinlich nur, wenn sie in die Nationalparks in den Bergen fuhren. Und das dann bloß für ein, zwei Tage.

»Was ist los mit euch, Ruby?«, feuerte sie ihr Gespann an. »Seid ihr schon müde? Ich denke, ihr seid heute zu elft. Zeigt endlich mal, was ihr draufhabt.«

Ihr Leithund fühlte sich herausgefordert und zog stärker an. Allein mit seiner Körpersprache bedeutete er seinen Artgenossen, sich ebenfalls anzustrengen und ihrer Herrin zu zeigen, wie gut sie in Form waren. Jenny lächelte still in sich hinein. Es war ein Vergnügen, den Hunden beim Laufen zuzusehen, wie kraftvoll sie sich in ihre Geschirre stemmten und wie eindrucksvoll sich ihre Muskeln spannten, wenn sie sich vom Boden abstießen. Beinahe so elegant und fließend wie bei Rennpferden waren ihre Bewegungen, besonders bei Ruby, der für sie der perfekte Leithund war, stark, ausdauernd und intelligent.

Im lichten Wald jenseits der Hügel hielt sie an. Die Huskys waren so überrascht, plötzlich anhalten zu müssen, dass sie ineinanderliefen und sich zum Teil in den Leinen verhedderten. »Whoaa! Whoaa!«, rief Jenny noch mal. »Wir legen eine kurze Pause ein. Ich will Mike zeigen, wie man ein Gespann lenkt.« Sie wandte sich an den Jungen. »Was ist? Worauf wartest du noch?«

»Muss das sein?«, murrte Mike. Er schälte sich widerwillig aus den Decken und kam zu ihr. »Das brauche ich doch mein ganzes Leben nicht mehr.«

»Aber es macht Spaß«, konterte sie fröhlich. »Wenn ich mal in Kalifornien aufkreuze, kannst du mir ja Surfen beibringen, das würde mir auch Spaß machen, selbst wenn ich in Alaska nichts mit einem Surfbrett anfangen kann.«

Er blickte sie aus großen Augen an. »Du würdest nach L.A. kommen?«

»Warum denn nicht?«

Er strahlte für einen kurzen Moment. »He, das wäre ja … das wäre …« Er wusste nicht, was er sonst noch sagen sollte, und schwieg. Seine Freude schwand, und er schien wieder so grimmig wie zuvor. »Was soll ich tun?«

»Zuerst einmal sollst du unsere Huskys begrüßen. Ruby kennst du ja schon. Hinter ihm laufen Johnny und Nugget, zwei jugendliche Draufgänger und meine besten Sprinter. Atlas hält am meisten aus, und Jade ist eine ausdauernde Lady. Captain, Elvis, Groucho und Hannibal sind heute zum ersten Mal wieder dabei. Captain setzt gerne seinen eigenen Kopf durch. Elvis jault lauter als Elvis Presley. Groucho hat mein Dad nach einem Schauspieler aus den 1930er-Jahren benannt: Groucho Marx, ein witziger Typ, soweit ich weiß. Und Hannibal hat immer Hunger … wie Hannibal Lecter, der Kannibale aus dem Horrorfilm. Waldo und Yukon sind meine Starken, besonders in den Bergen. Jeder Husky hat seinen eigenen Charakter, und als Musher sollte man wissen, mit was für einem Typ man es zu tun hat. Wie wär's, wenn du sie begrüßt?«

Mike wusste nicht, wie er auf sich aufmerksam machen sollte, fand die Begrüßung wahrscheinlich albern und winkte den Hunden nur zu. »Alles klar?«

»Okay«, fuhr Jenny mit der Lehrstunde fort, »wie du siehst, gibt es bei einem Hundeschlitten keine Zügel. Die meisten Schlittenhunde verstehen Kommandos. ›Gee!‹ heißt rechts und ›Haw!‹ links. ›Whoaa!‹, ruft man, wenn sie anhalten sollen, und mit ›Heya!‹ oder ›Vorwärts!‹ treibt man sie an. Am besten lenkst du als Musher aber, indem du dein Körpergewicht auf den Kufen verlagerst. Wenn du stocksteif stehen bleibst, wirst du bald im Schnee liegen. Bleib locker in den Knien, nur dann bleibst du auf dem Schlitten, wenn es über eine Bodenwelle oder ein anderes Hindernis geht. So weit alles klar?«

»Ähnlich wie beim Surfen, da musst du auch locker bleiben.«

»Meinst du, das kriegst du hin?«

Sie schien seinen Ehrgeiz geweckt zu haben. »Warum denn nicht? So schwierig hört es sich nun auch nicht an. Das kriege ich locker hin, wetten?«

»Lieber nicht, aber du kannst es gern versuchen. Steig auf!«

Er stieg auf die Kufen und hielt sich mit beiden Händen an der Haltestange fest, wie er es bei Jenny gesehen hatte. Sie stellte sich zu ihm auf die linke Kufe und sagte: »Zuerst zusammen und dann versuchst du's allein, okay?«

»Geht klar. Vorwärts! Heya! Heya!«

Die Hunde zogen so plötzlich an, dass Mike im hohen Bogen von den Kufen geschleudert wurde und in einer Schneewehe am Wegesrand landete. »Whoaa!«, hielt sie den Schlitten an. Sie unterdrückte mühsam ein Lachen.

Mike rappelte sich auf und schimpfte: »Das haben sie extra gemacht, die elenden Köter! Und du wusstest ganz genau, was passieren würde, stimmt's?«

»Ich wusste gar nichts«, schwindelte sie. »Und wenn du noch einmal ›Köter‹ zu meinen Huskys sagst, werfe ich dich den Wölfen zum Fraß vor!« Sie wartete geduldig, bis er den Schnee von seinem Skianzug geklopft hatte und leise schimpfend auf die Kufen stieg. »Gut festhalten! Du schaffst das schon.«

Er blickte sie vorwurfsvoll an und rief erneut: »Vorwärts! Heya! Heya!«

Diesmal ließ er sich nicht überraschen. Er ging sogar in die Knie, als sie gleich nach dem Start über eine Bodenwelle fuhren, und verlagerte geschickt sein Gewicht, um den schwankenden Schlitten wieder unter Kontrolle zu bringen. Jenny sah ihm an, wie er immer mehr Spaß am Lenken gewann und sich über den kraftvollen Einsatz der Huskys zu freuen schien. »Sehr gut«, lobte sie ihn, »und jetzt halte an. Es wird Zeit, dass du's mal allein versuchst.«

»Whoaa! Whoaa!«, rief Mike laut und war ganz erstaunt, als die Hunde seinem Befehl gehorchten und sofort stehen blieben. »Hey, das macht Spaß.«

Jenny stieg vom Schlitten und rief ihren Huskys zu: »Jetzt fährt Mike allein, hört ihr? Seid brav und benehmt euch, er macht das zum ersten Mal.«

»Okay.« Mike konnte es gar nicht mehr erwarten. »Vorwärts! Los!«

Sie blickte ihm zufrieden nach. Er lernte schnell und fuhr für einen Anfänger sehr sicher. Sein Surftraining schien ihm tatsächlich zu helfen. Obwohl sie noch nie auf einem Surfbrett gestanden hatte, ahnte sie, dass die richtige Balance dort ebenfalls eine große Rolle spielte. Überhaupt taten sich Sportler leichter. Allerdings führte ihre Erfahrung manchmal auch zu Selbstüberschätzung und Arroganz, dann trauten sie sich mehr zu, als sie bewältigen konnten, und bauten oft Unfälle. »Nur bis zur nächsten Biegung!«, rief sie Mike nach.

Doch der hörte sie schon längst nicht mehr. Oder wollte sie nicht hören. Er trieb die Huskys mit lauten »Heya! Heya!«-Rufen an, stand locker wie ein erfahrener Musher auf den Kufen und schien ihr beweisen zu wollen, dass er ein ebenso guter Musher war wie sie, und das schon auf seiner ersten Fahrt. Vor der Biegung fand er sogar die Zeit, sich nach ihr umzudrehen und ihr einen triumphierenden Blick zuzuwerfen, als wollte er sagen: Da staunst du, was? Einem Surfer wie mir bringst du nichts mehr bei.

»Bleib stehen, Mike! Da kommen ein paar gemeine Kurven!«, warnte sie, wohl wissend, dass selbst erfahrene Musher auf diesem Teilstück oft in Schwierigkeiten gerieten, vor allem, wenn sie mit so vielen Hunden wie Mike unterwegs waren. Die Kurven sahen relativ einfach aus, waren aber meist so vereist, dass der Schlitten ins Schlingern geriet und gegen einen Baum zu krachen drohte. Wer nicht aufpasste, fand sich schneller auf dem eisigen Boden wieder als erwartet, und die Gefahr, sich zu verletzen, war extrem groß.

Jenny ahnte, dass etwas passieren würde, und rannte los. Sie machte sich schon jetzt Vorwürfe. Ich hätte ihn nicht allein fahren lassen dürfen, nicht vor diesen gefährlichen Kurven, das konnte nicht gutgehen. Auch wenn ein intelligenter Husky wie Ruby den Schlitten zog und auf diesem Teilstück automatisch etwas langsamer wurde, konnte er nicht verhindern, dass der Musher auf den Kufen das Gleichgewicht verlor und aufs blanke Eis geschleudert wurde. So mancher Musher hatte sich dort schon ein Bein oder einen Arm gebrochen.

Sie hatte die Biegung noch nicht einmal erreicht, als sie den Schrei hörte. Ein durchdringender Schrei, gefolgt von einem schmerzerfüllten Wimmern.

»Oh verdammt!«, hörte sie Mike wütend fluchen.

13

Mike war seitlich vom Schlitten gestürzt und mit voller Wucht auf dem vereisten Trail gelandet. Nur seinem gefütterten Skianzug hatte er zu verdanken, dass er sich nicht ernsthaft verletzt hatte. Er lag mit schmerzverzerrtem Gesicht auf dem Rücken und blickte wütend auf die Huskys, die sich in den Leinen verheddert hatten und in den Tiefschnee am Wegesrand gerannt waren.

»Ihr verdammten …« Er erinnerte sich wohl an Jennys Warnung und verschluckte den Rest. »Ist doch kein Wunder, wenn man auf dem Eis einen Unfall baut. Ich dachte, Ruby sei ein ganz Schlauer. Hat er nichts gemerkt?«

Jenny war ebenfalls aufgebracht. Als sie erkannte, dass Mike nicht ernsthaft verletzt war, verwandelte sich ihr anfängliches Mitgefühl in Wut. »Ich hab doch gesagt, du sollst an der Biegung anhalten!«, schimpfte sie. »War doch klar, dass du auf die Nase fällst, wenn du mit voller Power in die Kurve gehst. Den Hunden hätte sonst was passieren können! Sieh dir das an!« Sie lief auf die Huskys zu, die immer noch dabei waren, die Leinen zu entwirren, und half ihnen dabei. »Wir können froh sein, wenn sie sich nicht verletzt haben.«

»Ich hab dich nicht rufen hören. Warum hast du vorher nichts gesagt?«

Jenny wusste, dass er recht hatte, war aber viel zu stur, um klein beizugeben. Im Augenblick hatte sie sowieso nur Augen für ihre Hunde. Sie brauchte einige Zeit, um die Leinen zu ordnen und das Gespann und den Schlitten auf den Trail zurückzuziehen. Den Hunden war nichts passiert, lediglich die junge Jade war etwas erschrocken, erholte sich aber rasch wieder. Jaulend schüttelten sie den Schnee aus den Fellen, begierig darauf, endlich weiterzulaufen.

»Und jetzt setz dich auf den Schlitten und halt dich gut fest!«, rief Jenny dem Jungen zu. Sie dachte gar nicht daran, ihm aufzuhelfen. »Es wird höchste Zeit, dass wir in die Berge kommen. Auf dem Iditarod geht es über steile Pässe, und wir fahren hier nur im Flachland herum. Nun mach schon, Mike!«

»Immer mit der Ruhe, Sklaventreiberin«, erwiderte Mike. Er hatte sich vom Boden hochgestemmt und hielt sich den schmerzenden Rücken, als er zum Schlitten ging. »Ich kann schließlich nichts dafür, wenn du dir dein Training falsch einteilst. Dann solltest du eben keine Lodge-Gäste auf den Trail mitnehmen.«

»Ich wollte dir nur einen Gefallen tun.« Jenny sah sich langsam in die Defensive gedrängt. »Und jetzt sitz endlich auf, die Hunde sind schon ganz nervös.«

Mike wickelte sich in die Wolldecken und saß kaum auf der Ladefläche, als Jenny auch schon losfuhr und ihr Gespann ungeduldig anfeuerte. »Heya! Heya! Worauf wartet ihr? Vorwärts, sonst kommen wir nie in die Berge!«

Ruby schien sich über ihren Tonfall zu wundern und wandte den Kopf. Im nächsten Moment rannte er so plötzlich los, dass selbst die anderen Huskys erschraken und Jenny sie mit scharfen Kommandos zurechtweisen musste. Erst ganz allmählich wechselten sie wieder in den gewohnten Rhythmus, ein Verdienst von Ruby, der seine Artgenossen am besten kannte und genau wusste, wie er sie anpacken musste. Vor allem der übermütige Johnny erntete oft einen vorwurfsvollen Blick, wenn er zu schnell wurde und auf gleicher Höhe mit dem Leithund rannte. Die anderen Hunde trieb er allein durch seine Körpersprache an. Jeder Muskel, der sich unter seinem dunklen Fell bewegte, verriet seine wilde Entschlossenheit, diesmal besonders gut abzuschneiden.

»So ist es gut. Vorwärts! Lauft, lauft!«, feuerte Jenny sie an.

Gerade die Huskys, die an diesem Morgen zum Gespann gestoßen waren, gaben sich große Mühe, ihre Fähigkeit unter Beweis zu stellen. Sie wussten ganz genau, dass Jenny nur die besten Huskys auf den Iditarod Trail mitnehmen würde. Sie wollten ihr die Auswahl so schwer wie möglich machen und zeigten auf eindrucksvolle Weise, wie wenig ihnen die längere Pause ausgemacht hatte. Sie waren während der letzten Wochen nur ein paarmal gelaufen.

»Heya! Heya! Weiter so!«, rief Jenny.

Sie hatten den Wald durchquert und fuhren über einen Hügelkamm nach Norden. Auch dort war der Schnee verharscht oder vereist und der Trail so schmal, dass es nur eine erfahrene Musherin mit erstklassigen Hunden fertigbrachte, in der Spur zu bleiben. Jenseits der Hügel ging es in ein tief eingeschnittenes Tal mit verkrüppelten Fichten an den Hängen hinab. In Serpentinen und an einem schmalen Fluss entlang fuhren sie zum Chatanika River.

Das Mondlicht ließ den vereisten Fluss kalt und abweisend aussehen. Nur wer so oft an seinen Ufern war wie Jenny, wusste, welch romantisches Bild er im Sommer abgab, wenn die Hänge von bunten Wildblumen bedeckt waren. Jetzt war er gefroren, und aus dem Eis erhoben sich Eisschollen, die wie moderne Kunstwerke aus dem Fluss ragten. Der Trail führte am Fluss entlang.

Jenny ließ die Huskys inzwischen in dem stetigen Trott gehen, der auch auf dem Iditarod gefragt war. So kam man am schnellsten vorwärts, wenn man den ganzen Tag unterwegs war, ähnlich wie ein Marathonläufer, der sich seine Kräfte ebenfalls geschickt einteilen musste. Ihre Hunde beherrschten diesen Trott perfekt, ließen sich auch durch den vereisten Trail nicht abschrecken. Alle Hunde trugen *booties* über ihren Pfoten, feste

Überzieher, die sie gegen das Eis schützten und Verletzungen und Entzündungen verhinderten.

Im Lichtkegel ihrer Stirnlampe beobachtete sie Mike, der sich seit dem Unfall kein einziges Mal umgedreht hatte. Er war eingeschnappt, das schienen sogar die Huskys zu merken. Er ärgerte sich, weil er gerade dabei gewesen war, sein Können und seine Geschicklichkeit unter Beweis zu stellen, und im nächsten Moment wie ein Idiot auf dem Boden gelegen hatte, beschimpft von einem Mädchen, das er doch eigentlich beeindrucken wollte.

Ihr Ärger war inzwischen verraucht, und sie musste widerwillig zugeben, dass er recht hatte. Sie hätte ihm vor dem Start sagen müssen, wie glatt und gefährlich der Trail hinter der Biegung war. Sie hatte sich wie ein Highschool-Girl benommen, eine dieser Zicken, die sie so verabscheute. War es nicht Strafe genug, dass er vom Schlitten gefallen war? Musste sie ihn auch noch wie einen Blödmann behandeln?

Nun gib dir schon einen Ruck, sagte sie sich, als sie am Fluss entlangfuhren. Lass den armen Kerl nicht so hängen. Du hast dich auch ziemlich dämlich angestellt, als du zum ersten Mal ein Gespann gelenkt hast. Okay, er hält sich für den Größten und hat geglaubt, dass ihm nichts passiert, weil er ganz gut surfen kann, aber bis zur Biegung hat er sich doch wacker gehalten. Sei nicht zu streng mit ihm, behandle ihn als Gast.

»Hey, Mike!«, rief sie schuldbewusst. Er ließ nicht

erkennen, ob er sie gehört hatte. »Es tut mir leid! Ich war nicht nett zu dir. Ich hab dich beleidigt und die Klugscheißerin raushängen lassen ... das war falsch. Ich hab dir viel zu spät gesagt, wie gefährlich der Trail ist.«

Von ihm kam noch immer keine Reaktion. Er saß wie versteinert auf der Ladefläche und starrte in die Dunkelheit. Als würde er sie gar nicht hören.

»Es tut mir leid«, wiederholte sie. »Okay? Es tut mir leid, Mike.«

Diesmal drehte er sich zu ihr um, aber er sagte nichts und verriet nicht, ob er sie verstanden hatte. Für einen Moment blickte sie in seine geröteten Augen, dann drehte er sich wieder um, und ihr blieb nur der Blick auf seinen Hinterkopf und das leise Schluchzen, das sie über dem Scharren der Kufen zu hören glaubte. Was war bloß in ihn gefahren? Wie eine Statue saß er auf der Ladefläche, beide Hände um die Streben des Schlittens verkrampft. Ob er wirklich schluchzte oder nur wütend schnaubte, konnte sie nicht erkennen.

Sie folgte dem Fluss einige Meilen und bog dann auf einen Trail nach Nordwesten. Der geräumte Weg gehörte zum Trailnetz der White Mountains National Recreation Area, einem Erholungsgebiet in den Bergen, das besonders bei Mushern und Snowmobilern beliebt war. Unter der Woche war dort weniger los, und sie hatten freie Bahn. Einige der Trails waren sehr steil und anspruchsvoll und stellten auch für erfahrene Musher eine echte Herausforderung dar. Auf den Rastplätzen entlang der Trails konnte man sich stärken und in den Blockhütten, die man allerdings mieten musste, sogar übernachten.

Aber noch gönnte sich Jenny keine Pause. Sie trieb die Huskys unbarmherzig an, nahm vor allem anspruchsvolle Trails, um eine Etappe des Iditarod-Rennens zu simulieren, kämpfte sich durch die Ausläufer des Mount Prindle, die mit zahlreichen Hindernissen wie herumliegenden Felsbrocken aufwarteten, und fuhr erst gegen ein Uhr auf einen der Rastplätze. Hier gab es keine Hütte, aber der Platz bot einigermaßen Schutz vor dem Wind.

Jenny verankerte den Schlitten und brachte den Huskys einige Leckerlis, die sie für die Anstrengungen der letzten Stunden entschädigen sollten. Sie streichelte Ruby und klopfte ihm aufmunternd auf den Rücken. »Sehr gut, Ruby, das habt ihr gut gemacht. Wenn ihr die Form bis zum Iditarod haltet, sind wir ganz vorn mit dabei. Elvis, Groucho, Captain, Hannibal … auch ihr wart große Klasse. War gar nicht so einfach für euch, wieder im Gespann zu laufen, was? Kompliment.« Sie erhob sich lächelnd. »Aber glaubt nicht, dass ihr den ganzen Nachmittag faulenzen könnt. Sobald Mike und ich gegessen haben, geht es weiter. Bis zum Beaver Creek wollen wir heute schon kommen.«

Sie nahm den Vorratsbeutel mit den Sandwiches und der Thermosflasche aus dem Schlittensack und setzte sich zu Mike auf die Ladefläche. Sie hatte sich fest vorgenommen, sich nicht von ihm provozieren zu lassen und so freundlich zu sein wie zu allen Gästen ihrer Lodge. »Schinken-Käse«, sagte sie, als sie ihm sein Sandwich reichte. »Das nächste Mal gibt's meinen Spezial-Thunfischsalat, aber heute Morgen hatte ich wenig Zeit.«

Mike griff wortlos nach dem Sandwich und biss hinein. Es schmeckte ihm anscheinend. Auch als sie ihm einen Becher mit heißem Tee reichte, brummte er nur. Sie aßen schweigend, und jeder tat so, als wäre der andere gar nicht da, von ein paar schnellen und verlegenen Blicken abgesehen, bis er sich einen Ruck gab und sagte: »Okay, okay, ich hab auch Mist gebaut, tut mir leid. Ich dachte, ich müsste den tollen Kerl markieren, so, wie bei den Mädels in Kalifornien, die wollen alle einen Filmstar, und jeder muss so aussehen wie die Typen auf dem roten Teppich.«

»Die konnte ich noch nie leiden«, sagte Jenny rasch, »und ich erwarte auch nicht, dass du wie ein Iditarod-Champion durch die Gegend fährst. Ist alles Übungssache. Wenn du erst mal ein paar Wochen oder Monate hier bist, fährst du genauso gut wie ich. Vielleicht sogar noch besser. Du hast jedenfalls Talent, das hat man auf dem Trail gesehen. Das wird schon, Mr California.«

Sie hatte es als Scherz gemeint, doch Mike schien es persönlich zu nehmen und schmollte. Er kaute stillschweigend vor sich hin, spülte den letzten Bissen mit

Tee herunter und reichte den leeren Becher an Jenny zurück. Er errötete leicht, als sich ihre Hände berührten.

»Hab ich dich beleidigt, Mike?«, fragte sie.

Er blickte zum Himmel, an dem sich flackerndes Nordlicht zeigte, und überlegte eine Weile, bevor er antwortete. »Wegen … wegen gestern«, begann er schließlich, »und wegen heute Morgen.« Er wagte nicht, sie anzublicken. »Warum ich gestern nicht mitgefahren bin und mich so blöd benommen habe. Es war nicht gegen dich gerichtet, Jenny. Ich wollte dich nicht nerven … ehrlich nicht. Ich kam mir selbst dumm vor, weil ich plötzlich so komisch war.«

»Du bist mir keine Rechenschaft schuldig, Mike.«

»Ich will aber«, erwiderte er den Tränen nahe. »Ich will, dass du mich verstehst. Chrissie aus Pasadena hat mich angerufen. Das ist ein Vorort von L. A. Sie ist keines dieser Beach Girls, die den ganzen Tag am Strand abhängen und ihr Geld in Boutiquen ausgeben. Sie geht aufs College und will Lehrerin an der Highschool werden. Sie liegt mir schon seit einem halben Jahr in den Ohren, mich auch am College anzumelden. Das Geld wäre da, meine Eltern haben mir einen College Fund eingerichtet. Ich weiß, was du denkst, aber so ist es nicht. Ich bin ein paarmal mit ihr ausgegangen, mehr war nicht.«

»Du brauchst mir das nicht alles zu erzählen, Mike.«

Er ließ sich nicht beirren. »Ich will auch nichts von

ihr. Kann sein, dass sie sich mehr erhofft, sonst hätte sie wohl kaum bei mir angerufen, obwohl ich ihr mehrmals gesagt habe, dass ich nicht in sie verliebt bin. Ich bin …« Er blickte sie verstört an und drehte den Kopf gleich wieder zur Seite. »Ich bin in dich verliebt, Jenny. Aber … aber durch den verdammten Anruf ist mir klar geworden, dass ich in ein, zwei Wochen wieder nach L. A. zurückfliege, und dann sehen wir uns vielleicht nie wieder. Alaska liegt nicht gerade um die Ecke, und ich weiß auch gar nicht, ob ich hier leben könnte. Die Kälte, die Dunkelheit, der viele Schnee … so was bin ich nicht gewohnt. Ich hatte Angst, ich könnte mich zu sehr an dich gewöhnen, Jenny … deshalb bin ich auf Abstand gegangen. Ich wollte nicht, dass wir uns den Abschied zu schwer machen.«

Jenny blickte ihn lange an. Nur ganz allmählich sickerten seine Worte in ihr Bewusstsein. »Hast du eben gesagt, dass du in mich verliebt bist?«

»Ja … ja, ich hab mich in dich verknallt, verdammt.«

Sie legte eine Hand auf seine linke Schulter und beugte sich zu ihm hinüber, doch bevor ihre Lippen einander nahe kommen konnten, beobachtete sie aus den Augenwinkeln, wie ihre Huskys die Köpfe hoben und die Ohren aufstellten. Im gleichen Augenblick waren das Scharren von Kufen und Hecheln von Hunden zu hören. Ein Hundeschlitten näherte sich ihrem Lagerplatz. »Hey! Vorwärts! Lauft!«, hörte sie den Musher die Hunde anfeuern.

Als der Fremde sie vor ihrem Schlitten stehen sah, trat er auf die Bremse und rief: »Whoaa! Whoaa!« Seine Huskys gehorchten und blieben stehen. Der Musher ließ sie in ausreichender Entfernung von ihrem Gespann anhalten.

Jenny erkannte ihn sofort. »Greg Miller«, begrüßte sie ihn, »ich hätte mir ja denken können, dass du dich hier rumtreibst. Das ist Mike, er wohnt zurzeit bei uns und wollte mal sehen, was wir Musher den ganzen Tag so treiben.« Sie wandte sich an Mike. »Greg ist einer meiner Gegner beim nächsten Iditarod.«

»Hi«, begrüßte ihn Mike. Man sah ihm nicht an, ob er sich ärgerte oder froh darüber war, dass es nicht zum Kuss zwischen ihnen gekommen war.

»Und Ice-T ist auch dabei«, sagte Jenny. »Wie macht er sich denn? Glaubst du wirklich, er kann Candy ersetzen? Er sieht ein wenig müde aus. Vielleicht ist er doch nicht so schnell und ausdauernd, wie dein Großvater dachte.«

Greg grinste. »Schneller als Ruby ist er allemal.«

»Aber nur in deinen Träumen.«

»Wir können es gern ausprobieren. Kennst du den großen See ungefähr eine Meile von hier? Da wollte ich sowieso rüber. Wer zuerst am anderen Ufer ist? Wenn du verlierst, spendierst du mir einen Apple Pie, wie ich ihn mal in eurer Lodge bekommen habe. Wenn ich verliere … was willst du haben?«

»Ein Päckchen von dem guten Kakao.«

»Einverstanden.«

»Du wartest hier, Mike«, sagte Jenny. »Ich hoffe, du hast nichts dagegen. Es dauert nicht lange. In spätestens einer halben Stunde bin ich wieder hier.«

»Gibt es hier keine wilden Tiere?«

»Die Bären halten gerade Winterschlaf«, erklärte sie, »und alle anderen tun dir nichts. Die sind froh, wenn sie keinem Menschen in die Quere kommen. Selbst Wölfe greifen nur an, wenn sie keine andere Nahrung mehr finden, und dazu muss es schon sehr kalt sein. Hier bist du sicherer als in Los Angeles.«

»Okay, aber dann gewinne wenigstens.«

»Darauf kannst du dich verlassen.« Sie scheuchte ihre Huskys auf und zog den Anker aus dem Schnee. »Habt ihr gehört?«, rief sie ihnen zu. »Wir treten gegen Greg Miller und sein Gespann an. Über den großen See. Wer zuerst am anderen Ufer ist. Er hat Ice-T dabei, ihr wisst schon, den Leithund des alten Fallenstellers. Candy hat sich einen Vorderlauf gebrochen. Seid ihr bereit?«

Die Huskys erkannten wohl an ihrer dringlichen Stimme, um was es ging, und wirkten sehr konzentriert. Johnny und Nugget legten sich als Einzige mit den Hunden ihres Gegners an und hätten sich wohl auf sie gestürzt, wenn Jenny sie nicht zurückgehalten hätte. Auch Greg hatte elf Hunde angespannt.

Sie beruhigten sich erst, als Jenny sie zur Ordnung rief: »Johnny! Nugget! Benehmt euch! Zeigt lieber auf dem Trail, was ihr könnt!« Sie umklammerte die Haltestange und wandte sich an Mike. »Du gibst das Kommando, Mike.«

Mike hob einen Arm. »Auf die Plätze, fertig, los!«

Sein Arm sauste nach unten, und die beiden Gespanne rannten los. Als gelte es, einen neuen Rekord aufzustellen, stemmten sie sich in ihre Geschirre. Jaulend, knurrend und sogar bellend machten sie sich die Führung auf dem schmalen Trail streitig. Dort war nur Platz für ein Team, und Greg gewann.

Jenny machte sich nichts daraus und blieb in seinem Windschatten. Sie stand tief gebückt auf den Kufen, jederzeit bereit, über einem Hindernis abzufedern oder den ausladenden Ästen der Weißfichten auszuweichen. Zufrieden beobachtete sie, wie ernst ihre Huskys das Rennen nahmen und wie dicht sie Greg Miller auf den Fersen blieben. Der Indianer war ein erstklassiger Musher, der schon erfolgreich an einem Iditarod teilgenommen hatte, und es wurde schon jetzt deutlich, wie sehr Ice-T zu einem Teil seines Teams geworden war. Sein Leithund war ungewöhnlich stark und schnell auf kurzen Strecken, aber auch ausdauernd genug, um die langen und beschwerlichen Etappen bei einem Rennen wie dem Iditarod durchzustehen. »Nur nicht einschüchtern lassen, Ruby!«, rief sie. »Ice-T kocht auch nur mit Wasser.«

Sie brauchten keine fünf Minuten bis zum Seeufer. Der Trail führte durch eine breite Lücke in der Uferböschung und verlor sich auf dem festen Eis des Sees. Ungefähr eine Meile war es bis zum anderen Ufer, ein Sprintrennen, wie es in einigen Gegenden von Alaska und Kanada ausgetragen wurde. Ohne mit dem Tempo herunterzugehen, fegten beide auf den gefrorenen See.

Jenny wusste, dass sie sofort in Führung gehen musste, wenn sie eine Chance haben wollte, und feuerte ihre Hunde mit lauten Schreien an. »Heya! Heya! Beeil dich, Ruby! Vorwärts! Lasst euch nicht abhängen! Schneller!«

Die Huskys gaben alles. Froh darüber, endlich mal zeigen zu können, wie gut sie waren, flogen sie über das Eis. So entschlossen und rasant, dass ihre Pfoten kaum den Boden zu berühren schienen. Die Köpfe im eisigen Wind, fegten sie am Schlitten und Gespann des Indianers vorbei, überholten ihn und gingen in Führung. Hinter ihnen fluchte Greg Miller wie ein Bierkutscher.

»Weiter so, Ruby! Nur nicht nachlassen!«

Das andere Ufer des Sees kam rasch näher. Auch dort hatten die Ranger eine Bresche in die Uferböschung geschlagen, und gewonnen hatte, wer sein Gespann als Erster durch diese Öffnung trieb. Sie warf einen Blick zurück, sah den Indianer wieder näher kommen, feuerte die Hunde noch einmal an, appellierte an ihre Ehre und rief: »Wir schaffen es, Ruby! Wir schaffen es!«

Erleichtert fuhr sie als Erste über die Ziellinie. Sie

lenkte ihr Gespann auf den Trail und hielt unter den Bäumen am Ufer. Greg Miller fuhr direkt hinter ihr durch die Böschung. Sie wartete, bis Greg Miller gekommen war und neben ihr hielt. Er sah nicht besonders glücklich aus. »Bingo«, triumphierte sie.

14

Seit dem Beginn ihres Rennens war keine halbe Stunde vergangen und doch beschlich Jenny plötzlich ein mulmiges Gefühl. Ihre Unruhe lag nicht an dem Wolfsgeheul, das aus den Ausläufern der Berge zu ihr drang, und auch nicht an den dunklen Wolken, die mit dem Zwielicht am Himmel sichtbar wurden. Die Angst um Mike machte ihr zu schaffen. Wer mit der Wildnis nicht vertraut war, wurde nervös und tat oftmals etwas Unüberlegtes, wenn man ihn allein ließ, meilenweit von den nächsten Highways und Siedlungen entfernt.

Sie hätte es besser wissen müssen. Einer ihrer Gäste, ein junger Mann, war im letzten Winter mit dem Snowmobil vom Trail abgekommen und hatte in seiner Panik einfach Gas gegeben und war so lange ziellos durch die Wälder gefahren, bis kein Benzin mehr im Tank gewesen war. Sie hatten stundenlang nach ihm gesucht, bis sie den durchfrorenen Mann endlich aufgespürt hatten.

Mike war kein Feigling und gefährliche Situationen gewohnt, aber auch der junge Mann, den sie gesucht hatten, war sonst eigentlich recht cool gewesen. Wer nicht in Alaska oder Kanada aufgewachsen war, kannte die Wildnis, wenn überhaupt, nur aus Nationalparks wie Yosemite und fand sich in der grenzenlosen Weite eines unfassbar großen Landes wie Alaska nur schwer zurecht.

Die Wölfe heulten erneut. Sie ließ die Huskys noch schneller laufen, fuhr jetzt beinahe so schnell wie während des Rennens über den See. Der Lichtkegel ihrer Stirnlampe spiegelte sich auf dem Eis und ließ die aufgeworfenen Schollen abseits des Trails wie unheimliche Skulpturen erscheinen. In dem leichten Dunst, der über dem See lag, war das ferne Ufer nur schemenhaft zu erkennen. Die schlanken Bäume hoben sich dunkel gegen den Schnee ab. Bedrohlich nahe ragte der verschneite Gipfel des Mount Prindle aus dem Land.

Schon als sie das Ufer erreichte, rief sie Mikes Namen. Ihre Stimme hallte wie ein dumpfes Echo über den Schnee. Er antwortete nicht. »Mike!«, rief sie immer wieder. »Mike! Bist du okay?« Doch die einzige Antwort war das Rauschen des Windes, und als sie ihren Lagerplatz erreichte, war er tatsächlich verschwunden. »Whoaa!« Sie hielt den Schlitten an und verankerte ihn. »Ihr wartet hier«, rief sie, als sie von den Kufen stieg und den frischen Spuren des Jungen in den nahen Wald folgte. »Mike! Wo bist du? Sag doch was!«

Seine Spuren waren auch unter den Bäumen deutlich zu sehen. Man brauchte kein erfahrener Spurenleser zu sein, um zu erkennen, dass Mike überhastet in den Wald geflohen war. Sie blieb ruhig, hatte ihre Taschenlampe aus dem Anorak gezogen, um noch mehr Licht zu haben. »Mike!«, rief sie alle paar Schritte. »Hab keine Angst, Mike! Ich bin's. Die Wölfe tun dir nichts.«

Sie erreichte eine Stelle, an der anscheinend der Blitz eingeschlagen und mehrere Bäume gefällt hatte. Zwischen den Baumstämmen, die übereinander im Schnee lagen, sah sie den roten Skianzug des Jungen blitzen. Er kauerte wie jemand auf dem Boden, der eine Explosion oder Schüsse erwartet, und zuckte heftig zusammen, als Jenny ihm eine Hand auf die Schultern legte.

»Mike! Ich bin's, Jenny«, beruhigte sie ihn. Sie bemühte sich um einen möglichst normalen Tonfall, um nicht mitleidig zu erscheinen und ihm nicht das Gefühl zu geben, sich lächerlich gemacht zu haben. »So hab ich mich auch versteckt, als ich zum ersten Mal Wölfe gehört habe. Die klingen unheimlich, was? Aber sie sind nicht so nahe, wie du denkst. Die treiben sich in den Bergen rum. Nach Süden kommen sie nur, wenn sie in den Bergen keine Nahrung mehr finden, und dazu muss es noch gut zwanzig Grad kälter sein.«

Mike erwachte aus seiner Panik und stand auf. Etwas zu lässig klopfte er sich den Schnee von seinem Skianzug. »Ich wollte nur auf Nummer sicher gehen. Ich hab mal einen Film über Wölfe gesehen, da erzählte auch jemand, dass Wölfe den Menschen meist aus dem Weg gingen, aber es gäbe auch welche, die hätten Geschmack an Menschenfleisch gefunden und würden sofort angreifen.« Er blickte sich nervös um, verbarg seine Angst nur mühsam.

»Das ist doch reine Sensationsmache«, erwiderte sie. »Ich wette, der letzte Wolfsangriff auf einen Menschen ist Jahre her. Die meisten Leute sehen nicht mal welche. Wölfe wollen ihre Ruhe haben, so, wie wir Menschen auch. Es sei denn, du gerätst aus irgendeinem Grund zwischen eine Wölfin und ihre Jungen, aber da musst du schon großes Pech haben. Mach dir keine Sorgen, okay?«

Sie erreichten den Schlitten und fuhren weiter, Mike auf der Ladefläche und Jenny auf den Kufen. Der Trail durch die White Mountains war sehr anspruchsvoll und bot den Huskys ein perfektes Training. Sie fuhren in engen Serpentinen steile Abhänge hinauf, pirschten sich an den steilen Kalkwänden der Berge entlang, brausten über befestigte Wege, aber auch durch Tiefschnee, und meisterten Hindernisse wie Felsbrocken und herabgestürzte Äste. Einen entwurzelten Baum mussten sie mit vereinten Kräften vom Trail schaffen.

Mit Mike sprach sie wenig. Sie wollte ihm Zeit geben, sich von dem Schrecken zu erholen und neues Selbstbewusstsein zu tanken. Gerade junge Männer wie er, die in ihrem Job den Macho herauskehren konnten und von vielen Mädels bewundert wurden, taten sich schwer, einen Augenblick der Schwäche zuzugeben. Das hatte Jenny schon bei den Football- und Eishockey-Spielern auf der Highschool festgestellt. Ihr lag es fern, sich über seine Angst vor Wölfen lustig zu machen, sie hielt ihn weder für einen Schwächling noch für einen Supermacho. Ein City Slicker, noch dazu aus einer riesigen Metropole wie Los Angeles, brauchte sich für seine Angst vor Wölfen nicht zu schämen.

Sie hatte weniger seine Angst als sein schüchternes Lächeln und seinen zärtlichen Kuss im Sinn. Es war kein großartiger Kuss gewesen, keine Berührung, bei der man die berühmten Schmetterlinge im Bauch spürte, dazu waren ihre Lippen viel zu kalt und gefühllos gewesen, und in einen romantischen Liebesfilm hätte er bestimmt nicht gepasst, aber sie musste ständig lächeln, wenn sie daran dachte, und wenn sie sich vorstellte, wie es sein musste, wenn sie sich tatsächlich so stürmisch wie in einem Film küssen würden, schoss ihr das Blut ins Gesicht. »Vorwärts! Lauft, ihr Lieben!«, reagierte sie sich ab.

Eine Stunde später erreichten sie den Beaver Creek, einen in dieser Gegend noch schmalen Fluss, der sich durch ein Labyrinth von Schluchten und Tälern wand. Selbst gefroren wirkte er wild und unnahbar. Im letzten Sommer war sie auf einer mehrtägigen Wanderung mit Highschool-Freunden hier gewesen, und sie hatten einige Braunbären beim Fischen beobachtet. Ein überwältigender Anblick auch für jemand, der in Alaska aufgewachsen war.

Sie packte die Thermoskanne mit dem Tee und eine Dose mit Schokokeksen aus und reichte Mike beides. »Der Beaver Creek«, erklärte sie, »hier haben sie vor hundert Jahren etliche Goldminen entdeckt. Heute kommst du dem Gold nur noch mit großen Maschinen bei. Mit der Goldwaschpfanne holst du höchstens Staub für einen oder zwei Dollar heraus.«

Mike war sicher froh, dass sie seine überstürzte Flucht nicht mehr erwähnte, und war schon wieder recht selbstbewusst. Staunend blickte er sich in der weiten Schlucht um, die im mittäglichen Zwielicht noch geheimnisvoller und magischer wirkte. Das Krächzen eines Raubvogels tönte weit über den Fluss und brach sich an den hellen Kalksteinwänden, die den White Mountains ihren Namen gegeben hatten. Der frostige Wind schien lauter als sonst zu rauschen und raschelte in den Ästen der kahlen Laubbäume am Flussufer.

»Sehr cool«, staunte Mike, »noch besser als auf den Fotos, die ich mir im Netz angesehen habe.« Er blickte sich ehrfurchtsvoll in der Schlucht um und ließ seinen Blick über die schroffen Berghänge gleiten. »Eine wilde Gegend.«

»Dann warte mal, bis wir zu den Gates of the Arctic kommen, dem Nationalpark, zu dem uns dein Dad mitnehmen will. Da ist es richtig wild. Keine Bäume, nur verschneite Tundra, einsame Berge und ein paar Häuser. Ich habe mal bei einem Hundeschlittenrennen bei den Gates mitgemacht, vor zwei Jahren, als ich noch auf der Highschool war. So eine Kälte hatte ich noch nie erlebt.«

»Und es gibt keine Häuser?«

»Nur ein paar Hütten an dem Landestreifen, der dort als Flughafen herhalten muss. Nach dem Rennen saßen wir eine Stunde neben dem Ofen und tranken heißen Tee und Kakao, bis wir wieder einsatzbereit waren. Die Huskys lieben es dort.« Sie bückte sich und tätschelte ihren Leithund. »Stimmt's, Ruby? Wie ich dich kenne, würdest du dich auch am Nordpol wohlfühlen.«

Ruby jaulte leise, lehnte aber das Leckerli ab, das sie ihm hinhielt.

»Was ist denn in dich gefahren?«, wunderte sie sich. »Du frisst doch sonst alles. Bist du plötzlich wählerisch geworden, oder magst du nicht mehr?«

Der Husky wandte sich ab und ließ die Ohren hängen.

»Irgendwas hat er doch. Ich hab ihn doch nicht zu hart rangenommen? Dann ginge es den anderen Huskys doch erst recht schlecht.« Jenny war nervös geworden und ging neben ihrem Leithund in die Knie. Sie kraulte ihn vorsichtig zwischen den Ohren. »Was ist los mit dir, Ruby? Bist du okay?«

Der Husky bellte kurz und sprang auf, wollte ihr anscheinend sagen, dass er gesund und munter war und am liebsten sofort aufbrechen würde. Die anderen Hunde folgten seinem Beispiel. Johnny und Nugget jaulten ungeduldig.

»Na, wenn ihr meint. Aber diesmal fährt Mike. Seid nett zu ihm und rennt nicht so. Auf dem Rückweg können wir es etwas langsamer angehen lassen.«

Mike freute sich, wieder an der Reihe zu sein, und gab ihr die Thermoskanne und die Schachtel mit den Keksen zurück. Sie trank lediglich einen Schluck und ließ die Kekse unberührt. Nachdem sie beides im Vorratsbeutel verstaut hatte, wickelte sie sich in die Decken und setzte sich auf die Ladefläche. Fürs Iditarod würde sie einen leichten und kurzen Rennschlitten nehmen, aber auf den Trainingsläufen bevorzugte sie den größeren Transportschlitten.

Mike hielt sich äußerst wacker. Wohl auch, um zu zeigen, dass er kein Angsthase war, feuerte er die Huskys besonders lautstark an und trieb das Gespann auf den Trail aus der Schlucht. Er fuhr sehr konzentriert, ging rechtzeitig in die Knie, wenn sie auf eine Bodenwelle stießen, und verlagerte in den Kurven geschickt sein Gewicht. Er bewegte sich jedoch nicht gerade elegant und hätte selbst bei einem unbedeutenderen Rennen als dem Iditarod keine Chance gehabt. Aber das konnte man von einem Urlauber auch nicht erwarten. Sie würde sich auf einem Surfbrett sicher auch nicht besonders geschickt anstellen.

Jenny saß selten auf der Ladefläche, meist nur, wenn sie mit ihrem Vater unterwegs war und sich mit ihm abwechselte, aber es gefiel ihr. So konnte sie ihre Huskys in aller Ruhe bewundern, das kraftvolle Spiel ihrer Muskeln, die Entschlossenheit, wenn sie sich in ihre Geschirre stemmten, ihren eleganten Laufstil, wenn sie auf ebener Strecke durch einen Wald liefen. Und so erkannte sie auch sofort, dass Ruby plötzlich schwächer war und von den Huskys in seinem Rücken bedrängt wurde, weil er nicht mehr schnell genug war.

»Ruby! Was ist los mit dir?«, rief sie nach vorn.

Ihr Leithund gab sich alle Mühe, legte sich mit aller Kraft ins Geschirr und kam doch kaum vorwärts. Beinahe Hilfe suchend drehte er sich um und blickte sie aus wässrigen Augen an, als hätte bereits seine letzte Stunde geschlagen.

»Whoaa!«, reagierte sie sofort. »Halt an, Mike! Ruby ist krank.«

Sie hatten bereits die Stelle passiert, an der sie mittags gelagert hatten, und befanden sich auf einem der breiten Trails durch die National Recreation Area. »Whoaa!«, rief auch Mike und parkte den Schlitten am Wegesrand.

Jenny war bereits von der Ladefläche gesprungen. Sie eilte zu ihrem Leithund und sah, dass er sich übergeben hatte und mit der Schnauze flach auf dem Boden lag. »Das sieht nicht gut aus, Ruby«, sagte sie traurig. »Du hast dir den Magen verdorben. Aber du hast doch gar nichts anderes gefressen?«

»Was hat er denn?«, fragte Mike.

»Er muss irgendwas Verdorbenes erwischt haben«, antwortete sie. »Keine Ahnung, er hat das gleiche Futter wie alle anderen Hunde bekommen. Das Trockenfutter, zwei oder drei Leckerli aus Trockenfleisch. Es sei denn …«

»Irgendjemand hat ihn vergiftet.«

Jenny nickte besorgt. »Wäre nicht das erste Mal, dass irgendwelche Hundehasser einem Hund vergiftetes Futter zuwerfen. Aber woher sollen die wissen, dass er mein Leithund ist? Ich glaube, da steckt jemand anders dahinter.«

»Was machen wir jetzt?«

»Wir bringen ihn zum Tierarzt. Setz dich auf den Schlitten, du nimmst ihn auf den Schoß und redest ihm während der Fahrt gut zu. Ich kenne eine Abkürzung nach Chena Hot Springs, dort hat Doc Bannister seine Praxis.« Sie hakte den Leithund von der Führungsleine und reichte ihn Mike, der sich inzwischen in die Decken gerollt hatte und bereits auf der Ladefläche saß. Er benahm sich sehr ungelenk, als sie ihm den Husky auf den Schoß legte. »Keine Angst, der tut dir nichts. Der ist so krank, dass er nur noch schlafen will.«

Sie tätschelte ihn sanft und kehrte zu den anderen Hunden zurück. Neben Johnny und Nugget ging sie in die Knie. »Jetzt müsst ihr beide seinen Job übernehmen«, sagte sie zu ihnen. »Also reißt euch zusammen. Wir müssen Ruby so schnell wie möglich zum Doc bringen. Er hat sich den Magen verdorben, vielleicht noch schlimmer. Jetzt dürft ihr mal zeigen, was ihr könnt!«

Jenny stieg auf die Kufen und stieß einen lauten Anfeuerungsruf aus. »Vorwärts! Lauft, so schnell ihr könnt! Wir haben es eilig, okay? Vorwärts!«

Ihre Huskys schienen zu wissen, was von ihnen verlangt wurde, und rannten sofort los. Noch klappte das Zusammenspiel zwischen Johnny, Nugget und den anderen Huskys nicht, und der Schlitten geriet mächtig ins Schlingern. Jenny war darauf gefasst und brachte ihn durch eine geschickte Verlagerung ihres Körpergewichts wieder in die Spur. Erst jetzt merkte man, wie wichtig ein intelligenter Leithund war. Ohne Ruby fiel es den Hunden extrem schwer, einen gemeinsamen Rhythmus zu finden. Jenny hatte mehr zu tun, als ihr lieb war. Sie konnte von Glück sagen, dass die Strecke relativ eben war.

»Wie geht es Ruby?«, rief sie.

»Nicht gut«, antwortete Mike, »er ist sehr schwach.«

»Halt ihn gut fest, okay?«

Jenny nahm eine Abkürzung nach Chena Hot Springs. Sie hatte den Nachteil, dass der Trail zum Teil unbefestigt war und man sich sehr konzentrieren musste, wenn man nicht vom Weg abkommen und im Tiefschnee landen wollte. Doch die Huskys harmonierten inzwischen besser, und sie war erfahren genug, alle Tücken des schwierigen Trails zu meistern. Das letzte Teilstück war einfacher, führte direkt am Highway entlang zu den Hot Springs.

Im Haus des Tierarztes brannte Licht. Doc Bannister, ein bärtiger Mann in den Vierzigern, der einen unerschöpflichen Vorrat an gemusterten Pullovern besitzen musste und auch diesmal wieder einen trug, hatte sie kommen gehört und wartete vor der Tür. »Jenny! Das ist doch Ruby.« Er trat zur Seite und deutete ins Haus. »Bringen Sie ihn ins Behandlungszimmer, junger Mann.«

»Mike Cooper, einer unserer Gäste«, erklärte sie.

Mike legte den Husky vorsichtig auf den Behandlungstisch und überließ ihn dem Arzt. »Ruby hat sich unterwegs zwei Mal übergeben«, sagte er.

»War Blut dabei?«

»Nicht dass ich wüsste.«

»Wie lange ist er schon so schlapp?«

»Ungefähr seit drei Stunden«, erwiderte Jenny. »Wir waren auf Trainingsfahrt in den White Mountains, als er plötzlich schlappmachte. Dabei hab ich ihm das gleiche Futter wie allen anderen gegeben. Vielleicht war es ein Hundehasser.«

»Ja … die haben wir leider auch in Alaska.«

Doc Bannister untersuchte den Husky gründlich. Er horchte ihn ab, maß seine Temperatur und entnahm eine Blutprobe. »Könnte sein, dass ihn irgendjemand vergiften wollte«, sagte er, »aber keine Angst, es sieht nicht so aus.«

»Wird er denn wieder gesund?«

»Ich tue, was ich kann, Jenny. Wenn das Blut okay ist, können wir von verdorbenem Fleisch ausgehen, und dann dauert es nur zwei, drei Tage, bis er wieder der Alte ist. Ich werde ihn sicherheitshalber hierbehalten und an den Tropf hängen. Er darf auf keinen Fall dehydrieren. Sobald das schlechte Futter verdaut und ausgeschieden ist, kommt er wieder auf die Beine, Jenny.«

»Okay, Doc. Vielen Dank. Machen Sie ihn wieder gesund, okay?«

Jenny liebkoste ihren Leithund noch einmal und redete ihm gut zu. Dann verließen Jenny und Mike das Haus und blieben eine Weile neben dem Schlitten stehen. Über dem Hotel und den anderen Gebäuden von Chena Hot Springs leuchtete grünes Nordlicht. Vom heißen Wasser der Quellen stieg dichter Dampf auf.

Sie küsste ihn auf die Wange. »Danke, dass du mir geholfen hast, Mike.«

15

In der Küche lagen schon die Lachssteaks bereit, als Jenny und Mike die Lodge betraten. Jenny hatte ihren Vater aus Chena Hot Springs angerufen und ihm erzählt, dass sie Ruby beim Tierarzt zurücklassen musste, und er war entsprechend aufgeregt. »Wie geht es Ruby? Es ist doch nichts Ernstes, oder?«

Jenny berichtete ihm, was Doc Bannister gesagt hatte, und schnappte sich dann gleich die Futtereimer, die ihr Vater bereits gefüllt hatte. »Lass uns später ausführlicher darüber reden, Dad«, sagte sie müde, »ich will erst mal die Hunde füttern.«

Allein ging sie zu den Huskys, die sich an diesem Abend gar nicht so recht über ihr Futter freuen konnten. Sie hatten natürlich gemerkt, dass Ruby beim Tierarzt geblieben war, und spürten, dass er ernsthaft erkrankt war. Ohne ihren Anführer fühlten sie sich unsicher und orientierungslos.

Johnny und Nugget, die ihn auf der Rückfahrt vertreten hatten, bekamen ihr Futter zuerst. Sie waren besonders hungrig und freuten sich über die extragroße Portion, die sie für ihren Einsatz bekamen. Dass Jenny sie zwischen den Ohren kraulte, wie sie es sonst nur bei Ruby tat, schien ihnen nicht weiter wichtig zu sein. Sie waren jung und vor allem am schmackhaften Futter interessiert.

»Das habt ihr gut gemacht«, lobte Jenny die beiden Hunde. »Wenn ihr so weitermacht, tretet ihr in Rubys Fußstapfen.« Sie übertrieb gern und wusste ja, dass sich die Hunde vor allem an ihrem Tonfall orientierten. »Das gilt auch für euch«, schloss sie die anderen Hunde des Gespanns mit ein. »Ihr habt gezeigt, was in euch steckt, und alles getan, um Ruby so schnell wie möglich zum Doc zu bringen. Er wird bestimmt bald wieder gesund. In zwei, drei Tagen ist er wieder hier, dann feiern wir ein großes Willkommensfest.«

Sie ging mit den leeren Eimern ins Haus zurück, zog ihren Anorak, die Handschutze und die Wollmütze aus und wusch sich gründlich die Hände, bevor sie sich zu den anderen an den Tisch setzte. »Sarah ... John«, begrüßte sie die Coopers, »ich hoffe, Sie hatten einen schönen Tag. Wie war's in den heißen Quellen? Und der Flug zu den Flats? Eine tolle Gegend, nicht wahr?«

John nickte dankbar, als Jennys Vater ihm die Platte mit den Lachssteaks reichte, und nahm sich eins. »Sehr eindrucksvoll. Ich hätte nicht gedacht, dass das Gebiet so groß ist, und den Yukon hatte ich auch nicht so breit in Erinnerung. Wir haben einen Fallensteller besucht. Einen dieser Oldtimer, die von der Zivilisation nichts wissen wollen. Er hat sich wohl gefreut, wieder mal mit jemandem reden zu können, und hat mir eine Menge erzählt. Ich wusste gar nicht, dass es so viele interessante Tiere in den Yukon Flats gibt.« Er nahm sich eine gebackene Kartoffel und füllte sie mit Sour Creme und Speckstreuseln. »Er erinnerte sich auch daran, vor einigen Wochen drei Männer durch sein Fernglas beobachtet zu haben. Sie hatten Vermessungsinstrumente und andere Geräte dabei, und er war ziemlich sicher, dass sie im Auftrag eines Ölkonzerns unterwegs waren. Er sagte, er wäre beim Bau der Pipeline dabei gewesen und wüsste, wie die vorgingen, wenn sie irgendwo Öl vermuteten.«

»Dann belügen uns die Ölkonzerne auch?«, fragte Randy.

»Haben Sie was anderes erwartet?« John schenkte sich Kaffee ein. »Zumindest kleiden sie jede Pressemitteilung in schöne Worte. Ich bin ziemlich sicher, dass die Ölförderung in Alaska im großen Stil vorangetrieben werden soll, und ich finde es richtig, dass die Leute dagegen protestieren. Womit ich nicht sagen will, dass ich die Anschläge richtig finde. Da sind gemeine Verbrecher am Werk, auch wenn bisher keine Menschen zu Schaden gekommen sind. Jenny und ich haben selbst erlebt, wie gefährlich diese Burschen sind.«

»Müsst ihr eigentlich immer über Politik reden?«, mischte sich Sarah ein. Nach ihrem Badeausflug war sie ausgesprochen hungrig. »Mich würde viel mehr interessieren, wie es dem armen Ruby geht.« Randy hatte den Coopers bereits berichtet, dass Ruby beim Tierarzt bleiben musste. »Er hat doch nichts Giftiges gefressen? Er ist ein so kräftiger und eleganter Hund.«

Jenny stocherte auf ihrem Teller herum. Die Sache mit Ruby setzte ihr heftig zu, und obwohl Rubys Aussichten nicht schlecht waren, fiel es ihr doch schwer, einigermaßen gelassen zu bleiben. »Selbst wenn es so wäre, hätte ich keine Angst«, meinte sie zuversichtlich, »bei Doc Bannister ist er gut aufgehoben, und es gibt für fast alle Gifte ein Gegenmittel. Ich hoffe nur, dass er bald wieder auf die Beine kommt, sonst müssten wir das Iditarod absagen.«

»Wo sollte er das Gift denn gefressen haben? Mit dem Futter?«

»Ausgeschlossen. Alle Huskys haben das gleiche Futter bekommen, und auch die Leckerlis unterwegs haben alle gefressen. Entweder hat er was Verdorbenes aus dem Schnee gegraben und gefressen, oder er ist das Opfer eines Hundehassers geworden. Solche Leute gibt es leider. Sie werfen Hunden vergiftetes Fleisch zu oder verstecken Rasierklingen in irgendwelchen Leckereien, nur um sie leiden zu sehen. Hier wissen viele Leute, dass wir Huskys züchten. Gut möglich, dass sich einer zu den Huskys geschlichen hat, während wir weg waren. Wir können sie leider nicht rund um die Uhr bewachen.«

»Und gegen diese Hundehasser kann man nichts unternehmen?«

Jenny zuckte die Achseln. »Man kann Anzeige gegen unbekannt erstatten, aber das bringt nichts. Es sei denn, man hat einen begründeten Verdacht …«

»Sven Arnesen!«, stieß Jennys Vater hervor.

»Meinst du wirklich?« Jenny blickte ihren Vater verwundert an und erklärte den Coopers: »Sven Arnesen hat schon drei Mal am Iditarod teilgenommen und war der größte Rivale meiner Mutter. Er hat nicht den besten Ruf und konnte es vor allem nicht leiden, wenn eine Frau schneller als er war. In Norwegen soll er den Husky eines Rivalen geschlagen haben, und auch meiner Mutter hat er mehrmals gedroht. Das übliche Macho-Gerede, wie wir glaubten.«

»Ich werde mal bei ihm vorbeifahren«, entschied Randy. »Ich weiß, man soll die Leute nicht vorverurteilen, aber fragen wird man wohl dürfen.«

»Ich komme mit«, sagte Jenny.

»Und wer bleibt bei unseren Gästen?«

»Kein Problem«, erwiderte John, »wir kommen schon allein zurecht. Ich wollte sowieso an meinem Artikel schreiben, und Sarah und Mike werden sich auch nicht langweilen.« Er wischte sich den Mund mit der Serviette ab und dachte eine Weile nach. »Glauben Sie wirklich, er hat Ruby vergiftet?«

»Ihm würde ich es zumindest zutrauen«, sagte Randy.

Sie fuhren, nachdem sie den Tisch abgedeckt und das schmutzige Geschirr in die Spülmaschine geräumt hatten. Es waren weitere Wolken aufgezogen und es schneite leicht. Der Abendwind trieb zarte Schneeschleier vor sich her.

»Und?«, fragte Jenny, als sie auf dem Highway waren.

»Was und?«

»Die Sache mit Ruby macht mir schwer zu schaffen, und ich wollte vor den anderen nicht fragen, aber neugierig bin ich doch. Wie lief es mit Ellen?«

»Gut.«

»Und weiter? Lass dir doch nicht alles aus der Nase ziehen.«

»Es lief gut«, antwortete er immer noch einsilbig. »Sie mochte meine Steaks und den Apfelkuchen und hat sogar den gleichen Musikgeschmack.«

»Katie Melua, Diana Krall, Norah Jones?«

»In dieser Reihenfolge.« Er lächelte, ohne sie anzublicken, schwelgte wohl in Erinnerungen. »Sie ist eine sehr nette Frau, Jenny, und ich glaube ...« Er kniff die Augen gegen einen aufblendenden Pick-up zusammen. »Ich glaube, sie könnte das Zeichen sein, von dem ich immer geredet habe. Vielleicht hast du recht und Mom will tatsächlich, dass ich mich wieder verliebe.« Er brachte endlich den Mut auf, sie anzublicken. »Ellen mag mich auch ... hat sie gesagt.«

Jenny freute sich für ihn und amüsierte sich ein wenig über die Art, wie er seine Gefühle ausdrückte, so verlegen wie ein College-Junge. »Das freut mich für dich, Dad. Ich glaube auch, dass Mom damit einverstanden ist. Wer weiß? Vielleicht hat sie dir Ellen sogar geschickt. Engel können so was.«

Ihr Vater überbrückte die Stille, die ihren Worten folgte, indem er das Radio einschaltete und es leise laufen ließ. Irgendein Top-40-Hit, genau die Musik, die er nicht ausstehen konnte, aber so musste er keine peinlichen Fragen beantworten. Jenny tat ihm den Gefallen, ebenfalls zu schweigen, und sagte erst wieder etwas, als sie zu Arnesens Blockhaus abbogen. »Und was tun wir, wenn er uns bedroht?«, fragte sie. »Klein beigeben und verschwinden?«

»Ich werde mich nicht mit ihm prügeln, wenn du das meinst«, erwiderte er, »aber ich möchte wissen, ob er was damit zu tun hat. Wenn er es zugibt, rede ich ihm ins Gewissen. Ich weiß, das bringt nichts, aber mehr können wir nicht machen. Wenn wir ihn anzeigen, gibt er doch niemals zu, dass er es getan hat.«

Sven Arnesen wohnte am Ende einer holprigen Schotterstraße, die jetzt aber mit Schnee bedeckt und für einen Einheimischen leicht zu befahren war. Im Geländegang krochen sie über die gewundene Straße in den Wald hinein. Der Mond und ein Teil der Sterne lagen hinter dunklen Wolken verborgen.

Seine Blockhütte war solide gebaut und tauchte nach einer scharfen Biegung am Waldrand auf. Die Fenster waren beleuchtet, und von den Zwingern drang das aufgeregte Jaulen von ungefähr dreißig Huskys in ihren Suburban.

»Ich habe mich immer gefragt, was er eigentlich gegen Mom hatte«, sagte Jenny beim Aussteigen. »Er besitzt doch erstklassige Huskys und hätte sie wahrscheinlich auch so besiegt. Warum musste er dann noch Drohungen ausstoßen?«

»Ich glaube, er hatte was für sie übrig.«

»Und war sauer, weil er sie nicht haben konnte?«

»Könnte sein«, sagte ihr Vater, »obwohl Mom nie etwas in dieser Richtung angedeutet hat. Könnte auch sein, dass sie mich schonen und allein damit klarkommen wollte. Sonst hätte ich mich vielleicht mit ihm angelegt.«

»Oder ihn beleidigt, das reicht ja auch schon.«

»Dann reiß dich jetzt besser zusammen.«

Jenny und ihr Vater gingen zum Haus und sahen eine ungefähr fünfzigjährige Frau die Tür öffnen. Sie trug eine Trainingshose und eine blaue Strickjacke über ihrer Bluse. »Wer sind Sie? Was wollen Sie?«, fragte sie. Ihr Englisch war gut, wirkte aber durch den harten Akzent etwas unfreundlich.

»Randy Sheldon«, stellte sich Jennys Vater vor, »und das ist meine Tochter Jenny. »Ist Sven Arnesen zu Hause? Wir würden gern mal mit ihm sprechen.«

»Ich bin Helga Arnesen«, erwiderte sie. »Mein Sohn ist nicht zu Hause.« Sie hatte sich wohl entschieden, sie für vertrauenswürdig zu halten, und öffnete die Tür. »Aber kommen Sie doch rein. Kann ich Ihnen etwas anbieten?«

Jennys Vater schüttelte den Kopf. »Nein, vielen Dank. Wir gehen gleich wieder.« Er blickte sich im Wohnzimmer um, sah den sauberen Boden und die frischen Blumen auf dem Tisch. »Wann kommt Ihr Sohn denn zurück?«

»Keine Ahnung.« Sie hielt einen Putzlappen in den Händen. »Wenn er wüsste, dass ich hier bin, würde er wahrscheinlich herüberfliegen und mich zurechtstauchen. Er hat was dagegen, wenn ich bei ihm sauber mache.«

»Wo ist er denn?«, fragte Jenny.

»In Tromsö«, antwortete die Frau, »schon seit einer Woche. Da ist es zwar genauso kalt wie hier, aber ein Freund hat ihn zu einer großen Geburtstagsparty eingeladen und hat ihn wohl überredet, mit einem seiner Gespanne an einem Rennen in Norwegen teilzunehmen. Auf das Iditarod will Sven diesmal verzichten. Er war schon sehr lange nicht mehr in der alten Heimat.«

»In Norwegen?«

»Ein schönes Land«, erwiderte sie verträumt. »Manchmal frage ich mich, warum wir überhaupt nach Alaska gezogen sind. Nur wegen dieses Iditarod? Verstehen Sie mich nicht falsch, ich finde es wunderschön hier, und wir gehören nicht zu den Leuten, die sich erst an das unwirtliche Klima gewöhnen mussten. In Tromsö war es manchmal noch kälter als hier, und in manchen Wintern war es so dunkel, dass …« Sie zögerte. »Was wollen Sie eigentlich von meinem Sohn? Hat das denn nicht Zeit, bis er wieder zurückkommt?«

»Natürlich, Ma'am«, sagte Jennys Vater. »Wir wussten nicht, dass er sich in Norwegen aufhält. Entschuldigen Sie, dass wir Sie zu so später Stunde gestört haben.«

»Das macht doch nichts. Sind Sie mit Sven befreundet?«

»Wir kennen uns vom Iditarod«, erwiderte Jenny. »Ich nehme dieses Jahr daran teil und musste gerade meinen Leithund zum Tierarzt bringen. Irgendjemand muss ihm verdorbenes oder vergiftetes Futter gegeben haben.« Sie überlegte, wie sie es am besten ausdrücken sollte. »Ich dachte, er wüsste vielleicht was. Haben Sie was von einem Hundehasser gehört, der so was fertigbringen würde?«

»Verdorbenes Fleisch? Vergiftet? Das ist ja furchtbar.«

»Nur ein Verdacht, Ma'am.«

Sie überlegte eine Weile, immer noch im Stehen, und schüttelte den Kopf. »Nein, ich habe nichts gehört. Gibt es wirklich Menschen, die so etwas tun?«

»Leider ja, Ma'am. Aber wir wollen Sie nicht länger stören.«

Sie hatte wohl ebenfalls Besseres zu tun und führte sie zur Tür. »Tut mir leid, dass ich Ihnen nicht weiterhelfen konnte, aber ich weiß wirklich nichts, und mein

Sohn kann Ihnen leider auch nicht helfen. *Farvel* … auf Wiedersehen.«

Jenny und ihr Vater sprachen erst im Wagen wieder miteinander.

»Fehlanzeige«, ärgerte er sich.

»Ein besseres Alibi könnte er nicht haben«, sagte sie.

Sie fuhren schweigend zum Highway und bogen nach Westen ab. Das Schneetreiben war stärker geworden, behinderte sie aber kaum. Die Scheibenwischer kratzten über das verkrustete Eis, das sich auf der Frontscheibe festgesetzt hatte. Die Lichtkegel ihrer Scheinwerfer warfen einen hellen Keil auf die verschneite Straße und ließen die tanzenden Flocken leuchten. Das Radio war ausgeschaltet, und das Brummen des Motors war das einzige Geräusch in der stillen Nacht. Die Heizung im Suburban lief auf vollen Touren.

»Brian!«, sagte Jenny so plötzlich, dass ihr Vater erschrak.

»Brian? Dein Ex-Freund? Was ist mit ihm?«

»Er hat es getan. Er hat mich schon zwei Mal abgepasst.« Sie berichtete ihm von den Vorfällen in der Stadt, als er sie vor dem Supermarkt abgepasst hatte, und vor der Lodge, als er sie beinahe über den Haufen gefahren hatte.«

Ihr Vater blickte sie erschrocken an. »Davon wusste ich ja gar nichts.«

»Ich wollte dich nicht beunruhigen, Dad. Es ist ja nichts passiert. Einmal hat mir Karen geholfen, und hier hat ihm Mike die Meinung gesagt. Brian ist nicht ganz bei Trost. Es will einfach nicht in seinen Kopf, dass ich nichts mehr mit ihm zu tun haben will. Das bringt ihn zur Weißglut. Du kennst ihn ja, er ist einer von diesen Macho-Typen, die es nicht ertragen können, wenn man ihnen Kontra gibt. Vielleicht hat er Ruby was Schlechtes zu fressen gegeben. Ich hätte gute Lust, nach Fairbanks zu fahren und ihn zur Rede zu stellen. Anzeigen sollte man ihn! Sich an einem wehrlosen Tier zu vergreifen!«

»Das wirst du schön bleiben lassen«, warnte sie ihr Vater. »Wenn ihn einer zur Rede stellt, dann bin ich das. Aber selbst wenn er es war, können wir ihm wahrscheinlich kaum was anhaben. Für ihn gilt dasselbe wie vorhin für Arnesen. Solange wir keine Beweise haben, brauchen wir ihn gar nicht erst anzuzeigen.«

»Dann kommt er also ungeschoren davon?«

»Das wird sich noch herausstellen. Ich werde morgen mal zu ihm fahren und ihn zur Rede stellen, auch wegen der anderen Zwischenfälle. Keine Angst, ich drehe schon nicht durch. Ich rede ihm nur ins Gewissen und versuche herauszubekommen, ob er Ruby vergiftet hat. Und du wirst mit den Coopers in den Flieger steigen und sie zu den Gates of the Arctic begleiten. Du kennst dich dort oben aus und kannst ihnen bestimmt helfen.« Er beugte sich nach vorn und blickte zum Himmel empor. »Vorausgesetzt, das Wetter spielt mit. Am besten ruft John morgen noch mal bei dem Piloten an.«

»Und Ruby soll ich allein lassen?«

»Ruby ist in guten Händen. Wenn du willst, fahre ich beim Doc vorbei, sobald ich von Fairbanks zurückkomme. Er wird wieder gesund, Jenny.«

Immer noch aufgewühlt, wenn sie daran dachte, dass Brian sich an ihrem Leithund vergriffen haben könnte, stieg Jenny vor der Lodge aus dem Wagen. Hinter einem der Fenster im ersten Stock waren die schattenhaften Umrisse von John zu sehen, der seinen Artikel in den Laptop tippte. Sarah und Mike trafen sie im Wohnzimmer. Sie sahen sich die Nachrichten im Fernsehen an.

»John bekam gerade eine E-Mail von seinem Kollegen beim *News-Miner*«, sagte Sarah. »Ein Tankstellenbesitzer will Phil Harris erkannt haben. In den Nachrichten soll gleich ein Bericht kommen. Ah … nach der Werbung.« Sie erhob ihre Stimme. »John! Der Bericht kommt im Fernsehen! Beeil dich!«

Sie versammelten sich alle vor dem Fernseher, als die Sprecherin von dem Tankstellenbesitzer im nahen Fox berichtete, der Phil Harris auf frischer Tat ertappt hatte. »Tommy Walsh, der zweiundsechzigjährige Tankstellenbesitzer, wohnt über seiner Alaska-Oil-Tankstelle in einer kleinen Wohnung und wurde nachts durch verdächtige Geräusche geweckt«, berichtete die Sprecherin. Walsh, ein korpulenter Bursche im blauen Overall, rückte ins Bild. »Ich bin sofort ans Fenster gerannt und sah zwei Kerle, die sich an den Containern neben den Zapfsäulen zu schaffen machten. Ich hab immer eine Lampe bei den Zapfsäulen brennen, ist besser so, glauben Sie mir, und deshalb konnte ich auch sehen, dass einer der beiden Phil Harris war. Alaska Oil hatte uns ein Foto des Burschen mit einer genauen Beschreibung geschickt. Bei ihm war ein untersetzter Mann, der bloß dumm rumstand. Ich hab sie mit meinem Handy geknipst, so schlau war ich, aber dann entdeckten sich mich und hauten ab. In einem Pick-up mit zwei Snowmobilen hintendrauf, wenn ich mich nicht irre.«

Der Sender zeigte das Foto, eine grottenschlechte Aufnahme, auf der kaum etwas zu erkennen war, dennoch verkündete die Sprecherin: »Das FBI bestätigte inzwischen, dass es sich bei den beiden Männern um die gewaltbereiten und vorbestraften Aktivisten Phil Harris und Dan Lakewood handelt. Es wird vermutet, dass sie einen weiteren Anschlag planen. Sie wurden inzwischen zur Fahndung ausgeschrieben und werden von FBI und Polizei gesucht.«

Es folgte der übliche Aufruf, sich an die nächste Polizeidienststelle zu wenden, wenn man die beiden Männer gesehen oder andere Hinweise hatte.

John sagte: »Und das ist nicht alles. Phil Harris lebte einige Jahre als Fallensteller in Alaska und kennt sich bestens in der Wildnis aus. Wenn sie sich in den Bergen verstecken, können sie überall sein. Es gibt unzählige Hütten.«

»Willst du denn morgen immer noch fliegen?«, fragte Sarah.

»Warum denn nicht? Ich bin schließlich kein Polizeireporter, der bei jeder Verhaftung dabei sein muss. Dort oben treiben sie sich bestimmt nicht rum.«

»Mann!«, sagte Mike nur.

16

Jennys erster Gedanke am nächsten Morgen galt Ruby. Am liebsten hätte sie sofort bei Doc Bannister angerufen und sich nach ihm erkundigt, doch es war gerade sieben Uhr, als sie aufstand, und sicher noch zu früh. Umso erstaunter war sie, das Klingeln ihres eigenen Handys zu hören. Brian, war ihr erster Gedanke, der Mistkerl gibt keine Ruhe, doch der Anrufer war der Tierarzt. »Wie geht es Ruby?«, unterbrach sie ihn ungeduldig.

»Es geht ihm gut«, beruhigte er sie. »Entschuldigen Sie, dass ich so früh anrufe, aber ich dachte mir schon, dass Sie nervös sind und sicher wissen wollen, wie es Ruby geht. Er hat sich gut erholt, aber ich würde ihn gern noch einen Tag hierbehalten, nur zur Sicherheit. Morgen können Sie ihn abholen.«

»Das ist eine gute Nachricht, Doc«, erwiderte sie.

»Irgendjemand hat tatsächlich versucht, ihn zu vergiften, Jenny. Man hat ihm Rattengift gegeben, allerdings eine so geringe Dosis, dass sie kaum tödlich gewesen wäre. Ich habe ihm jedoch sicherheitshalber den Magen ausgepumpt.« Bannister zögerte einen Moment, bevor er weitersprach. »Und ich habe die Polizei informiert. Sie sollten Anzeige gegen unbekannt erstatten, Jenny.«

»Das werden wir tun. Sagen Sie Ruby, dass wir alle an ihn denken.«

Jenny duschte ausgiebig und zog sich dann an. Außer ihr war noch niemand auf. Sie füllte die Eimer im Vorratsraum mit Hundefutter, schlüpfte in ihren Anorak und ging zu den Huskys, die sie wie jeden Morgen jaulend begrüßten und ihr Frühstück kaum erwarten konnten. »Guten Morgen, ihr Lieben«, begrüßte sie die Vierbeiner gut gelaunt, »wisst ihr schon das Neuste? Ruby geht es besser. Irgendein Mistkerl hat versucht, ihn zu vergiften, aber der Doc hat ihm den Magen ausgepumpt, und es besteht keine Gefahr mehr. Morgen früh darf ich ihn abholen. Na, ist das eine gute Nachricht? Wir hatten noch mal Glück.«

Ob ihre Huskys diese Nachricht verstanden, zeigten sie nicht. Sie waren zu sehr damit beschäftigt, sich auf das Frühstück zu stürzen, und hatten die nächsten paar Minuten nichts anderes im Sinn, als das leckere Futter zu verschlingen. Jenny betrachtete die Hunde. Sie war stolz auf ihre vierbeinigen Freunde, mochte sie alle gleich gern und freute sich jeden Morgen darauf, mit ihnen zu arbeiten. Wenn keine Gäste im Haus waren, verbrachte sie ganze Tage mit unterschiedlichen Gespannen in der Wildnis. Huskys waren intelligente Wesen, die nicht nur ihrem Instinkt folgten, wenn sie unterwegs waren.

»Keine Angst, auch ihr kommt heute auf eure Kosten«, sagte sie, als sie sich auf den Rückweg ins Haus machte. »Dad kümmert sich um euch. Ich bin sicher, er dreht sogar ein paar Runden mit euch. Ich fliege mit den Coopers in die Brooks Range. Am Abend bin ich wieder zurück.«

Sie verabschiedete sich von den Huskys und ging ins Haus. Es hatte aufgehört zu schneien, und ein Teil der dunklen Wolken war weitergezogen, verschmolz weit im Osten mit dem dunklen Himmel. Der Mond hatte sich nach vorn gekämpft und übergoss die Fichtenwälder mit blassem Licht. Die Sterne in seiner Umgebung bildeten verwirrende Muster am dunklen Himmel.

»Ideales Flugwetter«, sagte sie beim Frühstück. »Wie es in der Brooks Range aussieht, weiß man natürlich nie. Ich hoffe, wir können uns ein wenig die Gegend ansehen. Sie verleihen Snowmobile und Schneeschuhe da oben.«

Nach dem Frühstück verteilte sie Lunchpakete mit Tuna Salad Sandwiches, Apfelschnitzen und Schokolade an die Coopers und packte ihr eigenes in ihren Rucksack. Zu trinken gab es für jeden eine Thermoskanne mit Früchtetee. »Aufpassen, dass der Tee nicht gefriert, wenn Sie die Kannen im Freien aufmachen«, sagte sie zu Sarah und John, »es ist wirklich sehr kalt in den Bergen.«

Sie verabschiedeten sich von Jennys Vater, der sich den ganzen Tag mit den Hunden beschäftigen wollte und für den Abend einen schmackhaften Gemüseeintopf versprach. Sein verschwörerisches Lächeln verriet Jenny, dass er noch etwas vorhatte, sie hütete sich aber, ihn damit aufzuziehen. Sie mochte es auch nicht, wenn man sie mit ihrem Angebeteten aufzog. Ein leichtes Grinsen konnte sie sich aber doch nicht verkneifen. »Ruf mal beim Doc an, Dad!«

Diesmal hatten sie freie Bahn und erreichten Fairbanks, ohne die Bekanntschaft mit dem aggressiven Fahrer eines Pick-up-Trucks zu machen. Über dem Chena River hing leichter Dunst, als sie über die Brücke fuhren. Die Maschine, eine sechssitzige Cessna 210, wartete neben der Baracke von Clarkson Air am Airport Way, nur eine halbe Meile vom Empfangsgebäude des International Airport entfernt. Sie betraten die Baracke und begrüßten Deborah Clarkson, die gut gelaunte Ehefrau, Buchhalterin und Sekretärin des Piloten.

»Ah, da sind Sie ja, John«, begrüßte sie den Journalisten. Cooper stellte seine Begleiter vor. »Jenny Sheldon, nicht wahr?«, erkannte sie Jenny sofort. »Wir hatten, glaube ich, schon mal das Vergnügen. Wilderness Lodge?«

Jenny nickte. »Die Coopers wohnen bei uns.«

»Wunderbar«, gab Deborah sich optimistisch. »Dick ist draußen bei der Maschine. Den bürokratischen Kram hat John schon gestern für alle geregelt. Einen schönen Flug wünsche ich. Die Wettervorhersage sieht recht gut aus, in Anaktuvuk Pass soll es lediglich etwas Nebel geben, aber der verzieht sich.«

Sie gingen zur Maschine und begrüßten Dick Clarkson, einen durchtrainierten Mann in den Vierzigern. Er hatte schon als junger Mann als Buschpilot gearbeitet, nur unterbrochen von einigen Jahren bei der Air Force, für die er eine Versorgungsmaschine im Nahen Osten geflogen hatte. Sein entschlossenes Auftreten und sein kurz geschorenes Haar erinnerten noch heute an diese Zeit. Nach seiner ehrenhaften Entlassung war er nach Alaska zurückgekehrt und hatte Clarkson Air gegründet. Er war einer der besten Buschpiloten.

»Ich hab heute das größere Baby aus dem Hangar geholt«, sagte er, nachdem sie angeschnallt in ihren Sitzen saßen. Alle hatten Kopfhörer bekommen und konnten mithören, wenn er mit dem Tower sprach, und sich mit ihm unterhalten. »Die Cessna 210 ist mein ganzer Stolz. Sündhaft teuer, aber zuverlässig.« Er sprach mit dem Tower und steuerte die Maschine zur Startbahn.

»Okay, es kann losgehen«, sagte er, nachdem er die Startfreigabe erhalten hatte. Er ließ den Motor aufheulen und trieb die Maschine über die geräumte Startbahn. In dem trüben Zwielicht, das bereits den kurzen Tag ankündigte, hob er ab und flog minutenlang auf die Bergriesen der Alaska Range zu, bevor er in eine weite Linkskurve ging und den Kurs nach Norden einschlug.

Unter ihnen flogen die Lichter von Fairbanks hinweg. Die Cessna lag ruhig in der Luft und gewann weiter an Höhe, ließ die Stadt hinter sich und hielt auf die White Mountains zu. Jenny glaubte den Trail zu erkennen, über den sie und Mike mit dem Hundeschlitten gefahren waren, und stieß den Jungen, der neben ihr in der letzten Reihe saß, sanft mit dem Ellbogen an. »Da unten waren wir«, sagte sie. »Und da hinten muss die Hütte von Charly Merrick liegen. An dem schmalen Fluss zwischen den Bäumen.« In dem Zwielicht, das über den Wäldern lag, war aber kein Licht zu sehen, nicht mal ein flackerndes Feuer, und nur zwei mächtige Elche am Flussufer ließen erkennen, dass es in dieser einsamen Wildnis auch Leben gab. Nur Menschen waren sehr selten.

»Die White Mountains«, meldete sich Dick Clarkson. John hatte ihn gebeten, seiner Frau und seinem Sohn einiges zu erklären. »Vor hundert Jahren hätten wir vor lauter Menschen die Bäume nicht gesehen. In einem Nebenfluss des Beaver Creek war Gold gefunden worden, und ganz Fairbanks tummelte sich in den Bergen. Heute kommen die Menschen hauptsächlich im Sommer, zum Wandern und Tiere beobachten. Da unten gibt es viele Bären.«

Jenny warf einen verstohlenen Blick auf Mike, der angestrengt aus dem Fenster sah, und ertappte sich bei Gedanken, die sie vor einigen Tagen noch nicht für möglich gehalten hätte. Sie errötete und wandte den Kopf rasch zur Seite, als Mike sie anblickte. Er machte sie nervös, auch wenn er nichts sagte und irgendetwas ganz Alltägliches tat, und sie musste an Karen denken, die gesagt hatte, dass man ihr ansah, wie verliebt sie war. Aber was für ein Gefühl war es wirklich? Mädchenhafte Schwärmerei? Nicht mal auf der Highschool hatte sie für jemand geschwärmt. Ein Urlaubsflirt, und sobald er nach Hause flog, würde sie ihn vergessen? Das konnte sie sich nicht vorstellen. Ein Flirt? Oder wirkliche Liebe?

Über den Yukon Flats hing milchiger Dunst, doch der Yukon River, der mächtigste Fluss im hohen Norden, war deutlich zu erkennen und lag zu Eis erstarrt in einer wilden Tundra-Landschaft, so riesig und weit, dass sie erst am Horizont mit der Dunkelheit verschmolz. John deutete nach unten und zeigte ihnen die Hütte, in der er den Fallensteller gesprochen hatte. »Stellt euch vor, sie würden dort unten nach Öl bohren und eine Pipeline durch das Gebiet bauen. Nicht auszudenken, was das für die Natur bedeuten würde.«

Die Trans-Alaska-Pipeline, die achthundert Meilen lange Verbindung zwischen der Prudhoe Bay am Polarmeer und Valdez an der Südküste von Alaska, überflogen sie einige Minuten später. Teilweise auf Stelzen gebaut, um die Wanderung der Karibus nicht zu behindern, zog sich die scheinbar endlose Röhre von Norden nach Süden. Entlang der Pipeline führte der Dalton Highway, die legendäre »Ice Road«, über die mächtige Trucks mit Versorgungsgütern für die Männer an der Prudhoe Bay rollten und dabei nicht selten ein gefährliches Risiko eingingen. »Die Jungs in den Trucks haben keine Angst«, berichtete Dick Clarkson, »die donnern sogar über einen zugefrorenen See, wenn das Eis sie kaum noch trägt, und wenn sie den berüchtigten White-Out erleben, sehen sie eine Weile gar nichts mehr, nur endloses Weiß.«

Nach etwas mehr als einer Stunde tauchten die Berge der Brooks Range aus dem Dunst auf. Wie zur Begrüßung zog ein rötlicher Schimmer am Horizont auf und tauchte die schroffen Gipfel in magisches Licht. Wie bunte Schleier zogen Dunstwolken mit dem Wind nach Osten und legten sich auf den Schnee, der unberührt zwischen den Bergen lag. Eine riesige, beinahe menschenleere Wildnis, die selbst bei Inuit und Indianern gefürchtet war. Im Sommer romantisch und verlockend und mit einem Meer von bunten Wildblumen, erschien sie während der kalten Wintermonate oft feindlich und unnachgiebig.

»Seht ihr die beiden Berge, die wie zwei versteinerte Wächter in den Himmel ragen?«, meldete sich Dick Clarkson. »Das sind die Gates of the Arctic, das Tor zur Arktis, der Mount Boreal und der Frigid Crags. Da müssen wir durch. Direkt dahinter beginnen die Brooks Range und der Nationalpark.«

»Warst du schon mal so weit nördlich?«, fragte Mike.

Die Frage kam so plötzlich, dass sie ihn erstaunt anblickte. Er hatte während des Fluges kaum mit ihr gesprochen und genau wie sie verlegen zur Seite geblickt, wenn sich ihre Blicke getroffen hatten, als würden ihn ähnliche Gedanken wie sie beschäftigen. Hatte er noch immer Angst, sich in sie zu verlieben, weil er wusste, dass er in wenigen Tagen zurück nach L. A. fliegen würde?

»Ein paarmal«, antwortete sie. »In der Brooks Range war ich mit meinen Eltern mal zum Wandern, vor zwei Jahren im Sommer. Wir haben unterwegs in einer Hütte übernachtet und unseren Proviant in einer Cache untergebracht, einer Vorratskammer auf Pfählen, damit die Grizzlys nicht drankommen.«

»Ihr seid Grizzlys begegnet?«

»Grizzlys, Schwarzbären, Elchen, Karibus ... deshalb hat man den Nationalpark doch eingerichtet, damit sich die Tiere dort frei entfalten können. Die Jagd ist dort streng verboten. Wir haben auch Fotos gemacht, die hab ich auf dem Computer. Wenn wir nach Hause kommen, zeige ich sie dir.«

»Und die Bären haben euch nichts getan?«

»Wir haben uns bemüht, ihnen nicht zu nahe zu kommen. Sind immer laut gewesen und haben öfter gesungen, damit sie wussten, dass wir in der Gegend waren. Du musst wachsam sein, dann kann dir kaum was passieren.« Sie zögerte ein paar Sekunden. »Und für alle Fälle hatte Dad eine Waffe dabei.«

»Das ist ja wie im Wilden Westen.«

»Sein Gewehr und seinen Revolver hat Dad bisher selten benutzt, und wenn, dann meist auf dem Schießstand, um zu sehen, ob sie noch funktionieren. Und die Bären? Genauso gut könnte ich dich nach weißen Haien fragen.«

Mike winkte ab. »Die greifen normalerweise auch keine Menschen an. Die meisten Unfälle passieren Surfern, aber auch nur, weil die Haie das Surfbrett mit einer Robbe verwechseln, und die gehört zu ihren Lieblingsspeisen.«

Die Cessna kurvte durch das Tor, das die beiden schroffen Berge bildeten, und geriet in unruhige Luft. Heftige Windböen rüttelten plötzlich an den Tragflächen und schüttelten die Maschine durch. »Kein Grund zur Sorge, Leute«, rief Dick Clarkson. »Über der Brooks Range ist es immer ein wenig unruhig.«

Jenny machte sich keine Sorgen. Sie war schon mehrmals in kleinen Maschinen unterwegs gewesen und hatte brenzlige Situationen erlebt. Das Wetter im Norden war unberechenbar, und der Wind traf die Maschine manchmal so plötzlich, dass sie hüpfte und schlingerte, bevor der Pilot sie wieder unter Kontrolle bekam. Sie vertraute den Buschpiloten. Männer wie Dick Clarkson verbrachten mehr Zeit in der Luft als auf der Erde und waren kaum noch zu überraschen. Sie behielten in jeder Situation einen kühlen Kopf.

Im Kopfhörer erklang die Stimme des Piloten. Er rief Anaktuvuk Pass und erreichte den Mann in der Flughafenbaracke. »Hey, Marty«, rief er, nachdem er seine Kennung und seine Position durchgegeben hatte.

»Ganz schön windig hier oben. Ich hab gehört, ihr habt schon wieder Nebel. Wie sieht's aus?«

»Hey, Dick. Schön, dass du mal wieder vorbeischaust. Ich setze schon mal Kaffee auf, okay? Wenn du Glück hast, ist noch was von dem Kuchen übrig.«

»Der Nebel, Marty. Wie ist die Bodensicht?«

»Ungefähr achthundert Fuß.«

»Okay, das reicht mir. Bis gleich, Marty.«

Sie flogen in dichten Nebel hinein, und die Cessna sackte so plötzlich nach unten ab, dass Jenny und Mike gleichzeitig nach der Hand des anderen griffen und sich in der Mitte trafen. »Easy«, redete Dick Clarkson auf seine Maschine ein, »mach mir jetzt keinen Ärger, okay? Ich hab wichtige Leute an Bord, außerdem hab ich Hunger und freu mich auf den Schokokuchen von Martys Mutter.« Er arbeitete heftig mit den Rudern und ging langsam tiefer.

»Wie weit ist es noch?«, fragte Sarah ängstlich.

»Ungefähr dreißig Meilen«, antwortete der Pilot. »Keine Sorge, Sarah, ich bringe Sie sicher nach unten. Es kann sich nur noch um Minuten handeln.«

Eine Tragfläche kippte nach unten, und er steuerte die Maschine in eine Linkskurve. Die Nebelschwaden wurden dünner, und für einen Augenblick war sogar flimmerndes Sonnenlicht zu sehen, dann wurde der Nebel wieder dichter und er war allein auf seine Instrumente angewiesen. »Schauen Sie nach unten«, sagte er zu John. »Sobald Sie den Boden sehen, sagen Sie Bescheid.«

Jenny drückte Mikes Hand, oder drückte er ihre? In seinen Augen lag Angst, aber wohl auch die Entschlossenheit, ihr zu helfen und sie nicht im Stich zu lassen. Sie genoss seinen festen Griff und dankte ihm mit einem Lächeln, das aber sofort gefror, als die Maschine absackte und von einem erneuten Windstoß durchgeschüttelt wurde. Vor ihnen klammerte sich Sarah an ihren Sitz. John saß neben dem Piloten und starrte unablässig aus dem Fenster.

»Achthundert Fuß, siebenhundert Fuß ... sehen Sie nichts?«

»Nichts«, antwortete John.

Die Cessna sank immer tiefer, doch der Nebel blieb und hüllte sie wie Watte ein. Der Gedanke, dass Anaktuvuk Pass in den Bergen lag, war nicht gerade beruhigend. Vierhundert Fuß zeigte der Höhenmesser inzwischen.

Jenny bemerkte, wie sich der Pilot den Schweiß von der Stirn wischte. Wenn ein erfahrener Mann wie er nervös wurde, steckte er meist in ernsthaften Schwierigkeiten. Wütend zog er die Maschine nach oben. Der Zeiger des Höhenmessers kletterte wieder nach oben und blieb bei tausend Fuß stehen.

Dick Clarkson flog eine weite Schleife. »Willst du mich verarschen, Marty?«, fragte er barsch. »Ich wäre beinahe auf euer verdammtes Dorf gestürzt. Hast du mich denn nicht gehört?«

»Klar. Warum bist du denn nicht runtergekommen?«

»Das fragst du noch? Ich war schon auf vierhundert Fuß runter und hab nichts als Nebel gesehen. Also wie viel Bodensicht habt ihr wirklich? Und verschone mich mit Fantasiezahlen.«

»Ich hab mich geirrt«, antwortete Marty kleinlaut.

»Du hast dich … was?«, brauste der Pilot auf. »Ich dachte, man hat dir den Job gegeben, weil du zwei und zwei zusammenzählen kannst. Wir hätten uns den Hals brechen können, wenn wir auf dich gehört hätten. Also?«

»Wir haben dreihundert Fuß Bodensicht«, korrigierte Marty.

»Vorhin hast du achthundert gesagt.«

»Tut mir leid, Dick.«

»Okay, dann versuche ich's jetzt noch mal, und du servierst uns gleich gefälligst einen halben Schokokuchen und möglichst starken Kaffee. Haben wir uns verstanden, Mr Fluglotse?«

»Laut und klar«, erwiderte Marty.

Dick Clarkson flog nach Norden zurück und begann erneut mit dem Anflug. Es war still geworden in der Maschine, obwohl er diesmal eine andere Route wählte, die wesentlich ruhiger war. Jenny und Mike hielten sich immer noch aneinander fest, wirkten aber beide zuversichtlicher, als könnten ihnen die bösen Mächte, solange sie verbunden waren, überhaupt nichts anhaben.

»Fünfhundert Fuß, vierhundert Fuß«, hörten sie John mitzählen.

Und dann machte der Nebel tatsächlich auf, und sie waren dicht über Anaktuvuk Pass, einer Ansammlung von wenigen Gebäuden, die sich kaum von den grauen Felsen der nahen Berge abhoben. Jenny sah die Enttäuschung in Mikes Gesicht, als er die armseligen Hütten und Fertighäuser sah, aber auch sein Staunen beim Anblick des großartigen Panoramas, das sich hinter der winzigen Siedlung auftat. Majestätische Berggipfel, die wie Könige in weißen Mänteln aus dem zerklüfteten Land ragten und über eine urwüchsige Wildnis aus Schluchten, Tälern, Flüssen und Seen regierten. Der Nebel, der sich allerdings schon zu verflüchtigen schien, ließ die Landschaft wie das Zauberreich eines unbekannten und von Menschen unberührten Planeten aussehen.

Dick Clarkson landete sicher und ließ die Maschine bis dicht vor die Flughafenbaracke rollen. Er stellte den Motor ab und drehte sich zu seinen Passagieren um. »Sorry für den holprigen Flug«, entschuldigte er sich. »Bei dem Wetter ging es leider nicht anders. Willkommen in Anaktuvuk Pass!«

17

Marty war erstaunlich jung, wahrscheinlich keine zwanzig, und hätte sich wohl lieber in seiner Baracke verkrochen, als sie zu begrüßen. »Tut mir leid«, sagte er, als er aus der Hütte kam, »ich hab wohl Mist gebaut. Kommt nicht wieder vor, ich hab einen schlechten Tag, das ist alles. Meine Freundin …«

»Ich will's gar nicht wissen«, wehrte Dick Clarkson ab. »Aber wenn ich so was noch mal erlebe, bohre ich ein großes Loch ins Eis und werfe dich rein.«

Marty traute ihm einen solchen Racheakt anscheinend zu und zog eine entsprechende Miene. »Ich hab gerade mit meinen Großeltern telefoniert, Dick. Grandma hat frischen Kaffee auf dem Herd stehen, und Kuchen hat sie auch für euch. Schokoladenkuchen kann sie am besten. Mit Kirschen obendrauf.«

»Klingt gut«, erwiderte der Pilot, »aber du bleibst hier und kümmerst dich um die Maschine. Und wehe, es gibt nachher einen Grund zum Klagen, dann lasse ich mir eine Säge geben und mache meine Drohung schon heute wahr.«

»So etwas würdest du doch niemals tun.«

»Natürlich nicht. Aber den Hintern würde ich dir versohlen.«

Aus der Nähe betrachtet, wirkte Anaktuvuk Pass wie eine Westernstadt aus dem 19. Jahrhundert. Einige Blockhäuser, meist dunkelrote oder braune Fertighäuser, und wenige Gebäude aus Stein säumten die breite Schotterstraße, die wie jeden Winter unter einer dicken Schneeschicht lag. Ein eisiger Wind wehte von den umliegenden Bergen herab und brachte leichten Schnee mit.

»Mann, ist das kalt hier!«, stöhnte Mike.

Auch John und Sarah mussten sich erst an die Kälte gewöhnen und duckten sich mit zusammengekniffenen Augen unter den frostigen Böen. Jenny und der Pilot waren die Kälte gewohnt und tauschten einen amüsierten Blick.

Martys Großeltern wohnten schräg gegenüber der Flughafenbaracke in einem Fertighaus. Annah Kelly, die Großmutter, wirkte ähnlich schuldbewusst wie ihr Enkel, als sie die Tür öffnete. »Wir müssen uns entschuldigen«, sagte sie zu Dick Clarkson. »Marty hat uns gesagt, was vorgefallen ist.« Ihre faltige Haut straffte sich unter einem Lächeln, als sie fortfuhr: »Aber er sagte auch, dass wir Sie und Ihre Begleiter mit starkem Kaffee und Schokoladenkuchen versöhnen könnten.« Sie sprach korrektes Englisch, wie man es in der Schule lernte. »Du bist Jenny, nicht wahr?«, sagte sie zu Jenny. »Ich kenne dich, du warst bei einem der letzten Rennen dabei. Kommen Sie ins Wohnzimmer.«

Es war wohl reiner Zufall, dass Annah einen Schokoladenkuchen gebacken hatte, und ihr Kaffee war tatsächlich so stark, wie ihn der Pilot mochte. Jenny hätte lieber Kakao getrunken, sagte aber nichts. Stattdessen lobte sie die Torte, die so gut schmeckte, dass sie am liebsten noch ein Stück genommen hätte. »So was Feines habe ich schon lange nicht mehr gegessen«, schwärmte sie.

Nach dem Essen stopfte sich Akiruk Kelly, der weißhaarige Großvater, eine Elfenbeinpfeife und zog genüsslich daran. »Das Leben meint es gut mit uns«, sagte er, »die Karibus waren zahlreich in diesem Sommer und unsere Vorratskammern sind voll. Mein Sohn, Martys Vater, ist ein großer Jäger. Er teilt sein Fleisch mit uns, seit ich zu schwach bin, um auf die Jagd zu gehen. Unser Volk hat immer geteilt, mit Armen, Waisen und Kranken ...« Er paffte ein paarmal. »... und mit den Alten, die während der Jagdzeit zu Hause bleiben müssen. Ein Volk, das in einer so unwirtlichen Umgebung wie wir Nunamiut auf die Jagd geht, kann nur überleben, wenn es die Vorräte unter allen aufteilt.«

»Warum ziehen Sie nicht irgendwohin, wo es warm ist?«, fragte Mike.

»Dies ist unsere Heimat«, erklärte Akiruk.

Obwohl Jenny die Geschichte der Nunamiut kannte, hörte sie auch diesmal aufmerksam zu, als Akiruk vom entbehrungsreichen Leben seiner Vorfahren berichtete. Von der Jagd im Frühjahr und Herbst, wenn die Karibus in riesigen Herden über den Anaktuvuk Pass zogen. Vom Hochsommer mit seinen Moskitoschwärmen. Von dem langen und dunklen Winter, wenn sie sich in ihre Hütten zurückzogen und den Geschichten und Liedern der Alten lauschten. Von der schweren Zeit im späten 19. und frühen 20. Jahrhundert, als die Karibuherden immer kleiner wurden und viele Familien an die Küste zogen, um dort für ihren Lebensunterhalt zu sorgen. »Das waren Menschen ohne Heimat«, berichtete Akiruk, »denn wir sind hier zu Hause und werden es immer sein.« Von der glücklichen Zeit, als die Karibus zurückkehrten und zahlreiche neue Hütten in Anaktuvuk Pass entstanden. »Heute arbeiten die meisten jungen Leute für den weißen Mann, in Bettles oder Fairbanks, und kommen nur noch am Wochenende nach Hause. Sie haben Geld und können sich Waren in den Supermärkten kaufen. Aber Lebensmittel sind teuer, und man wird noch abhängiger als die Jäger, die zwei Mal im Jahr auf Karibujagd gehen. Noch ist das Glück auf unserer Seite, aber in meinen Albträumen sehe ich finstere Schatten, die sich über unsere Zukunft legen und uns vor eine neue Herausforderung stellen.«

»Sie haben Albträume, Großvater?«, wunderte sich Jenny. Wie bei den Indianern war »Großvater« auch bei den Inuit eine Anrede, die Respekt ausdrücken sollte. Man nutzte die Bezeichnung auch, wenn man nicht verwandt mit dem anderen war.

»Immer öfter«, räumte Akiruk ein. »Wir leben hier

am Ende der Welt, wie manche Leute behaupten, aber wir haben Fernsehen und Internet und wissen, was in Fairbanks und dem Rest der Welt geschieht.« Er lächelte verschmitzt, wurde aber gleich wieder ernst. »Ich habe von den Anschlägen gehört und sorge mich, dass auch in unseren Naturschutzgebieten nach Öl gebohrt wird.«

John beugte sich nach vorn. »Gibt es denn Anzeichen dafür?«

»Nur die Schatten in meinen Träumen«, sagte Akiruk.

Als sie beim zweiten Becher Kaffee angelangt waren, klopfte es, und Marty und sein Vater erschienen in der Tür. »Mein Sohn«, stellte Akiruk den älteren der beiden vor. »Sie haben zwei Snowmobile gebracht. Eines für Jenny und den jungen Mann, das andere für Sie.« Er blickte John und Sarah an. »Wenn Sie wollen, begleitet er sie als Führer. Er kennt die Gegend wie kein anderer.«

»Das ist sehr freundlich von Ihnen. Wir zahlen gerne dafür.«

»Sie wollen kein Geld«, sagte Dick Clarkson, »sie wissen, dass Sie auf ihrer Seite kämpfen.« Er stand auf und verabschiedete sich. »Ich hole Sie heute Nachmittag gegen sechzehn Uhr ab. Sobald ich von Nome zurück bin. Heute Abend ist ein Veteranentreffen im Nugget Inn, und ich muss zwei ehemalige Marines nach Norden fliegen. Die Jungs mögen es, wenn man pünktlich ist.«

Jenny beschloss, auf eigene Faust loszuziehen, und vertraute darauf, dass Mike lieber mit ihr als mit seinen Eltern fuhr. »Keine Angst«, versprach sie seinem Vater, »ich kenne mich hier oben aus und folge den festgestampften Trails. Ich will Mike zeigen, wo ich damals mit dem Hundeschlitten war.«

»Dann sehen wir uns heute Nachmittag«, sagte John.

»Passt gut auf euch auf«, sagte Sarah.

Jenny überließ Mike den Fahrersitz und stieg hinter ihm auf das Snowmobil. Sie zögerte ein wenig, ihre Arme um seine Hüften zu legen, vor allem, weil seine Eltern noch in der Nähe waren, aber anders konnten sie nicht fahren. Selbst durch die Anoraks spürte sie seine Wärme. Ein Augenblick, der ihr erotischer vorkam als alles andere, was sie bisher getan hatten, und ihr das Blut ins Gesicht schießen ließ. Sie ließ es geschehen und vertraute darauf, dass es im trüben Zwielicht niemand bemerkte. »Es kann losgehen«, sagte sie.

Mike wollte wohl vor seinen Eltern einen guten Eindruck machen und ließ den Motor nur einmal kurz aufheulen, bevor er startete und im gemäßigten Tempo davonfuhr. Unter dem lauten Jaulen der Huskys, die neben einigen der Häuser im Schnee lagen, fuhren sie über die Hauptstraße nach Westen.

Sie hatten beide Schutzbrillen übergezogen und ihre Schals bis über die Nase geschoben, um dem eisigen Wind eine möglichst geringe Angriffsfläche zu bieten, doch die Kälte war unbarmherzig und kroch in die kleinsten Öffnungen. Mike musste noch einmal anhalten und die Klettverschlüsse seines Anoraks und seiner Handschuhe fester schließen, um noch besser gegen die eisige Kälte gewappnet zu sein. Sie befanden sich in der Tundra, einer baumlosen Schnee- und Eiswüste, die dem strengen Wind hilflos ausgeliefert und in der klirrenden Kälte erstarrt war. Das Gras und die wenigen Pflanzen, die auf diesen Ebenen gediehen, lagen unter einer dichten Schneedecke verborgen, unerreichbar für Mensch und Tier. Nicht umsonst zogen sich die Bären in jedem Winter zu einem dauerhaften Winterschlaf zurück. Alle anderen kämpften gegen die Kälte an und vertrauten auf die Kraft der guten Geister.

Der Trail zum Anaktuvuk Pass war markiert und gut befahrbar. Die Ranger des Nationalparks hegten und pflegten die Trails und sorgten dafür, dass sie auch während der strengen Winter offen blieben. Der Tourismus war zu einer zusätzlichen Einnahmequelle für die Nunamiut geworden, und man hoffte auf immer mehr Wintersportler, die auf den einsamen Trails die Wildnis erleben wollten. Nur bestimmte Teile des Naturschutzgebietes durften mit Snowmobilen befahren werden, aber es war genug Platz, im Sommer sogar für Four-Wheeler, die allerdings nur dort eingesetzt werden durften, wo sie keinen Schaden anrichten konnten. Die Tundra war empfindlich, und die Fallensteller früherer Jahrhunderte hatten schon genug Pflanzen zerstört.

Jenny lehnte ihren Kopf an Mikes Rücken und stellte sich vor, sie würde mit ihm schmusen, zuckte aber gleich wieder zurück, als sie über eine Bodenwelle fuhren und durchgeschüttelt wurden. Sie war nicht wie Karen, die keine Hemmungen hatte, sich sofort mit einem Jungen einzulassen, auch wenn sie ihn noch nicht lange kannte. Jenny benahm sich in dieser Hinsicht eher altmodisch und schob alle intimen Berührungen so weit wie möglich hinaus. Intim konnte sogar eine Berührung der Wange oder ein Streifen des Oberschenkels sein, wenn einem dabei entsprechende Gedanken durch den Kopf gingen. Je ernster eine Beziehung war, desto zurückhaltender gab sie sich.

Vielleicht lag es an den vielen Schwarzweißfilmen, die sie mit ihren Eltern gesehen hatte. Ihr Vater schwärmte für alte Western, in denen die Frauen lange Kleider trugen und bis zum Hals zugeknöpft waren, eine Mode, die ihr überhaupt nicht gefiel, aber die Cowboys benahmen sich wie echte Gentlemen, nahmen ihre breitrandigen Hüte ab, wenn eine Lady den Raum betrat, trugen ihnen den Einkaufskorb, halfen ihnen über die schlammbedeckte Straße und nannten sie »Ma'am« oder »Lady«. Zum ersten Kuss kam es meist erst kurz vor dem Ende. Und in den Romanzen, die ihre Mutter und ihr Vater gerne sahen, vergingen ebenfalls mehrere Dates, bis es wirklich ernst wurde. Irgendwie steigerte es den Wert einer Beziehung, wenn man behutsam vorging.

Was nicht hieß, dass sie sich so prüde wie einige der

weiblichen Wesen in diesen Vampirromanen gab. Sie trug auch keinen Ring, der sie dazu verpflichtete, bis zu ihrer Hochzeit Jungfrau zu bleiben, wie dieses Mädchen in ihrer Highschool, das sich einer Sekte angeschlossen hatte und dann im letzten Highschool-Jahr Zwillinge bekommen hatte. »Ich vertraue dir«, hatte Jennys Mutter gesagt, »du bist ein kluges Mädchen. Du spürst, wenn es so weit ist. So, wie du wissen wirst, wann der Richtige vor dir steht.«

Sie hatten den Pass erreicht und fuhren den steilen Trail hinauf. Im Schatten einer Felswand blieben sie stehen, und Mike schaltete den Motor ab. Sie nahm widerwillig ihre Arme herunter und stieg vom Snowmobil. Eine Weile blieben beide stehen und blickten in das geheimnisvolle Zwielicht, das einen bläulichen Schleier auf den Schnee und die Gletscher in der Ferne warf, und lauschten dem Heulen des Windes, der sich zwischen den Bergen verfing.

»Über diesen Pass kommen im Frühling und Herbst die Karibuherden«, erklärte Jenny. »Das musst du unbedingt sehen. Es ist unglaublich, wie riesig diese Herden sind. Mehrere tausend Tiere waren es noch vor einigen Jahren. In letzter Zeit sind es weniger geworden, aber es sind immer noch so viele, dass man vor lauter Tieren kaum etwas erkennen kann. Hast du schon mal Karibus gesehen?«

»Nur die von Santa Claus, und das auch nur in einem Trickfilm.«

Jenny deutete ins nächste Tal hinab, eine weite Senke, die sich abseits des Passes zwischen den Felswänden befand und sich in die Ausläufer der mächtigen Berge jenseits der Anhöhe erstreckte. »Wenn du willst, fahren wir zu einer einsamen Jagdhütte in den Bergen dort drüben, ungefähr eine Stunde von hier. Von dort hat man den besten Ausblick auf die Brooks Range, und wir können uns ein bisschen aufwärmen, bevor wir wieder zurückfahren.«

»Wenn du meinst«, erwiderte er. »Willst du jetzt wieder fahren?«

Sie stieg auf und wartete, bis er ebenfalls saß und die Arme um sie legte. Er war noch behutsamer, als hätte er Angst, sie zu berühren, wurde nur langsam mutiger und holte tief Luft, bevor er sie umarmte. Sie spürte, wie er seine Hände vor ihrem Bauch faltete und dabei leicht zitterte. Nicht auszudenken, wie sich das angefühlt hätte, wenn sie leichter bekleidet gewesen wären. Sie wollte etwas Nettes sagen, traute aber ihrer Stimme nicht und fuhr weiter.

Mit Mike auf dem Sozius war das Snowmobil schwerer zu steuern, besonders auf der steilen Abfahrt jenseits des Passes. Sie fuhr in weiten Serpentinen abwärts, auch wenn sie dabei manchmal in den Tiefschnee geriet, war aber froh, als der Trail nach Südwesten abbog und sie den Grund des Tales erreichte. Dort führte der Trail an einem schmalen Nebenfluss des Noatak River entlang, und es fuhr sich etwas einfacher. Sie war lieber mit dem Hundeschlitten unterwegs, fand ein Husky-Gespann auch leichter zu lenken als ein Snowmobil, ganz abgesehen vom nervigen Brummen des Motors.

Der Nebel hatte sich verzogen, und die Gipfel der Brooks Range leuchteten in der blassen Mittagssonne, als sie das Ende des Tales erreichten und den vereisten Fluss überquerten. Auf der holprigen Strecke musste sich Mike noch stärker an ihr festhalten, und sie kämpfte gegen die Vorstellung an, in seinen Armen zu liegen, sonst wäre sie wohl aus der Spur gekommen und sie wären beide in den Schnee gestürzt. Mit beiden Händen am Lenker erreichte sie das jenseitige Ufer und folgte dem Fluss bis zur Mündung in den Noatak River. Von dort sahen sie die Jagdhütte auf einer Anhöhe liegen.

Ein seltener Falke, der nicht mit den anderen Vögeln in wärmere Gefilde geflogen war, blickte neugierig auf sie herab und verschwand so plötzlich, dass ihn irgendetwas vertrieben haben musste. Jenny hielt an und schaute sich um. »Der Falke«, sagte sie, »er ist vor irgendetwas geflohen.«

»Wer soll ihm denn hier etwas anhaben?«, fragte Mike verwundert.

Sie brauchten nicht lange auf eine Antwort zu warten. Wie aus dem Nichts tauchte plötzlich ein Hubschrauber am Himmel auf und flog über den Noatak River hinweg nach Westen. Das Schwirren seiner Rotoren klang als unheimliches Echo durch das lang gezogene Tal und brach sich an den steilen Felswänden.

Ein dunkelgrüner Hubschrauber ohne Aufschrift, als wollte der Pilot vermeiden, von irgendjemand geortet zu werden. Ob er sie gesehen hatte, war nicht zu erkennen, doch er schien es eilig zu haben, aus den Bergen zu kommen und die Tundra jenseits der Ausläufer zu erreichen.

Mike kratzte sich am Hinterkopf. »Der war von der Armee, oder?«

»Ohne Aufschrift? Das glaube ich nicht.«

»Dann wollte er nicht erkannt werden.«

Jenny hegte einen Verdacht, sagte aber nichts. Sie fuhr weiter und bremste vor der Hütte, wartete geduldig, bis Mike abgestiegen war, und sicherte die Maschine. Das Motorengeräusch des Hubschraubers war längst in der Ferne verklungen, und sie waren wieder allein in der einsamen Wildnis.

»Und da darf wirklich jeder rein?«, fragte Mike, als sie die Tür der verwitterten Blockhütte aufzog. »Gehört die Hütte denn nicht einem Fallensteller?«

»Früher mal«, erwiderte sie, »jetzt kann sie jeder benutzen. In der Brooks Range gibt es eine ganze Reihe solcher Hütten. Jeder darf dort übernachten, muss aber alles so hinterlassen, wie er es vorgefunden hat. Die Ranger überprüfen die meisten dieser Hütten regelmäßig, falls sich jemand verirrt hat.«

»Na, viel kann man hier nicht unordentlich machen«, sagte er.

Die Hütte bestand aus einem Raum. Es gab einen

Tisch mit zwei Stühlen, einen altersschwachen Schrank mit etwas Geschirr und einigen Konservendosen und einen Ofen, vor dem reichlich Brennholz gestapelt lag. An der Wand standen zwei Messingbetten mit Wolldecken. Das einzige Fenster war vereist.

Wie alle Musher, die es gewohnt waren, in der Wildnis zurechtzukommen, hatte auch Jenny gelernt, ein Feuer anzuzünden. In dem Schrank lagen Streichhölzer, aber sie hatte auch selbst welche in ihrem Rucksack und brauchte nicht lange, um mit dem Reisig, das neben dem Holz lag, ein Feuer anzufachen. Nach wenigen Minuten brannte es knisternd.

»Warst du mal bei den Pfadfindern?«, staunte er.

Sie lächelte stolz. »Als Musherin musst du so was können.«

Sie warteten, bis es einigermaßen warm geworden war, und zogen ihre Anoraks aus. Ihre Schals und Handschuhe und die Schutzbrillen legten sie auf eines der Betten. Es tat gut, sich wieder ungehindert bewegen zu können.

»Mittagspause«, kündigte Jenny an und packte die Thermosflaschen und Sandwiches aus. Obwohl sie beide noch satt vom Schokoladenkuchen der Inuit-Großmutter waren, ließen sie es sich schmecken und prosteten sich mit den abschraubbaren Plastikbechern der Thermosflaschen zu. »Auf Alaska!«

»Auf Alaska«, wiederholte er, »und … und auf dich!«

Jenny wollte den Trinkspruch erwidern, sah aber

plötzlich etwas in seinen Augen, das ihre Kehle eng werden ließ und ihr die Sprache verschlug. Ein Gefühl, das sie verstörte und ihr einen warmen Schauer über den Rücken jagte.

Wie unter einem inneren Zwang griff sie nach seinen Händen und zog ihn halb über den Tisch, bis sich ihre Lippen fanden und sie diese Berührung wie ein kostbares Geschenk wahrnahm, das man möglichst lange genießen sollte.

Dann drang erneut das Schwirren der Rotoren über den Fluss, und sie liefen erschrocken zum Fenster, kratzten das Eis von den Scheiben und sahen den Hubschrauber wie vor einem Kampfeinsatz über den Hügeln stehen.

»Oh verdammt!«, fluchte Mike leise.

18

Sekundenlang schwebte der Hubschrauber über dem Hügelkamm, wie ein Kampfhubschrauber, der sich anschickt, seine Raketen abzufeuern. Jenny und Mike duckten sich unwillkürlich, dann stieg er langsam nach oben und flog nach Westen zurück. Wie vor wenigen Minuten dauerte es einige Zeit, bis er hinter den Bergen verschwand und das Schwirren der Rotoren verklang.

»Wer war das?«, fragte Mike verwundert. »Und warum kommt der Pilot zurück und beobachtet uns? Der hatte doch bestimmt einen Feldstecher dabei.«

Jenny ärgerte sich, nicht durch ihren eigenen Feldstecher geblickt zu haben, glaubte inzwischen aber zu wissen, wer in dem Hubschrauber gesessen hatte. »Das waren Leute von Alaska Oil«, sagte sie, »die hatten Angst, dass wir sie ausspionieren.«

»Weil sie hier nach Öl suchen? In einem Nationalpark?«

»In der Tundra nebenan. Soweit ich weiß, drängt der National Park Service schon seit einiger Zeit darauf, die Grenzen des Nationalparks zu erweitern. Falls das geschieht, geht dort gar nichts mehr für die Ölkonzerne. Wenn sie aber rechtzeitig was finden, ist die Chance groß, dass die Regierung einen Rückzieher macht. Dann würden die Konzerne weitere Millionen verdienen.«

»Und wir wären vielleicht unabhängig vom arabischen Öl.«

»Aber zu welchem Preis?«, erwiderte Jenny. »Dann geht es Alaska wie dem Regenwald. Die Natur wird zerstört, und keiner weiß, was das für Auswirkungen auf unser Leben hat. Ich bin keine Aktivistin, die mit Schildern vor dem Alaska Oil Building protestiert oder an irgendwelchen Greenpeace-Aktionen teilnimmt, aber unsere Nationalparks sind mir heilig.«

»Ich finde, wir sollten hier rasch verschwinden«, sagte Mike.

Jenny fuhr auch auf dem Rückweg, überließ aber auf den letzten Meilen Mike den Lenker und war erleichtert, als sie endlich Anaktuvuk Pass erreichten. Das wenige Tageslicht war bereits verschwunden, und über der Siedlung lag ein bläuliches Zwielicht, das durch den leichten Schneefall noch düsterer wirkte. Im Schritttempo fuhr sie zum Haus der Kellys, die ihnen die Maschine geliehen hatten. Sie stellten sie neben dem Haus ab.

John und Sarah waren auch schon zurück und tranken gerade Kaffee. Großvater Akiruk saß in seinem Sessel und rauchte Pfeife, seine Frau stellte einen Teller mit Keksen auf den Tisch. Jenny und Mike lehnten dankend ab, zogen aber ihre Anoraks aus und teilten sich einen Becher Kaffee mit viel Milch. Der Fernseher in einer Ecke des Raums lief ohne Ton, eine langweilige Daily Soap.

»Habt ihr den Hubschrauber gesehen?«, fragte John.

»Ja«, erwiderte Jenny. Sie berichtete in knappen Worten, wie nahe ihnen der Hubschrauber in den Bergen gekommen war, und sprach nach einigem Zögern auch ihren Verdacht aus. »Wenn es so ist, haben die Demonstranten vor dem Alaska Oil Building recht. Dann stimmen die Gerüchte.«

John winkte ab. »Das war mir sowieso klar. Den Verdacht haben sogar schon Politiker geäußert. Aber es waren eben nur Vermutungen, dass sie auch in der unmittelbaren Nachbarschaft von Nationalparks bohren wollen. Uns fehlen Beweise. Ohne die können weder der *News-Miner* noch irgendeine andere Zeitung etwas Konkretes schreiben.« Er blickte den Großvater an, der gedankenvoll vor sich hin paffte. »Haben Sie etwas beobachtet, Akiruk?«

Der Inuit überlegte lange. »Selbst wenn ich etwas gesehen hätte, würde ich es niemals sagen. Die Ölkonzerne haben viel Macht. Den Politikern geben sie Geld, damit sie den Mund halten, und einem unbedeutenden Jäger brechen sie vielleicht die Beine oder schneiden ihm die Zunge raus, damit er schweigt.«

»Das würde ein Konzern wie Alaska Oil niemals wagen«, sagte Mike.

Akiruk blickte ihn an. Um seine spröden Lippen spielte ein mitleidiges Lächeln. »Du bist noch jung, Mike. Du weißt noch nicht, wie grausam die Menschen sein können, wenn es um ihren Profit geht. Ich habe schon gelebt, als sie die große Pipeline von der Prudhoe Bay nach Valdez bauten. Noch heute muss ich lesen, wie viel Rücksicht die Erbauer auf unsere Dörfer und Jagdgründe nahmen, doch das ist nur die halbe Wahrheit. Nicht überall waren sie rücksichtsvoll. Viele Inuit und Indianer verloren ihre Heimat, und ich bin sicher, auch die Zahlen, die sie veröffentlichen, stimmen nur zum Teil. Wir können nichts dagegen tun. Die Konzerne sind stärker. Selbst wenn wir uns alle erheben würden, kämen wir doch nicht gegen die Macht des Geldes an.«

»Und dennoch dürfen wir nicht schweigen«, sagte John. Er hatte sich einige Notizen gemacht. »Darf ich das, was Sie eben gesagt haben, schreiben, Akiruk?«

Der Inuit blickte in den Rauch, der von seiner Pfeife aufstieg. »Schreiben Sie, dass wir Angst haben. Dass sich Schatten über meine Träume gelegt haben. Dass ich Angst vor den Menschen habe, die den Kreislauf der Natur zerstören wollen. Und sagen Sie ihnen, dass Geld nicht alles im Leben ist.«

»Das werden mir nicht alle abnehmen, Akiruk.«

»Das ist das Problem«, sagte der Inuit.

Um kurz vor vier hörten sie die Maschine von Dick Clarkson landen und verabschiedeten sich von Akiruk und seiner Frau. Marty stand vor der Flughafenbaracke und schüttelte jedem von ihnen die Hand. Seine fröhliche Miene ließ erkennen, dass er sich mit dem Piloten ausgesprochen hatte.

Dick Clarkson flog auf schnellstem Wege nach Fairbanks zurück. Er hatte einen anstrengenden Tag hinter sich und wollte so schnell wie möglich nach Hause. In Nome war das Wetter noch schlechter gewesen, berichtete er, und obwohl der Flughafen sogar groß genug für Linienjets war und über alle wichtigen Einrichtungen verfügte, hatte man ihn eine Viertelstunde kreisen lassen, bevor er endlich die Landeerlaubnis bekommen hatte. »Ich sage euch was«, stöhnte er, »ich lande lieber auf einer Lichtung in der Wildnis.«

Die Landung in Fairbanks verlief ohne Zwischenfälle. Dick Clarkson bedankte sich bei ihnen und wechselte noch ein paar Worte mit John, der in zwei Tagen noch einmal mit ihm nach Norden fliegen wollte. Die Frau des Piloten kam und bedankte sich ebenfalls bei ihnen. Für die Coopers hatte sie Urkunden dabei, die bestätigten, dass sie den Polarkreis überquert hatten.

Jenny ging mit den anderen zum Parkplatz und sah einen Streifenwagen neben dem Suburban stehen. Ellen stieg aus und begrüßte sie ernst. »Hallo, Jenny. Ich hab was mit dir zu bereden. Ich bringe dich nach Hause, okay?«

Jenny sagte den anderen Bescheid, warf Mike die Wagenschlüssel zu und stieg zu der Polizistin in den Streifenwagen. »Ich hätte nicht gedacht, dass ich so oft in einem Polizeiwagen mitfahren darf.« Sie wartete, bis Ellen den Motor gestartet hatte und vom Parkplatz fuhr. »Es geht um Brian, nicht wahr?«

»Ganz recht. Randy … Dein Vater wollte heute Morgen zu ihm fahren und von ihm wissen, ob er deinen Leithund vergiftet hat. Zum Glück rief er mich vorher an. Ich habe ihm davon abgeraten. Für solche Verhöre sind die Polizei oder die State Troopers zuständig. Also bin ich selbst zu Brian gefahren.«

»Und?«, fragte Jenny neugierig.

»Er hat die Tat sofort gestanden. Als hätte er nur darauf gewartet, dass ihn jemand zur Rechenschaft zieht. Er fing an zu weinen, beteuerte immer wieder, nur ein paar Körner Rattengift in die Wurst gestopft zu haben, die er ihm hingeworfen hatte, und dass er auf keinen Fall vorgehabt hätte, ihn zu vergiften. Es wäre eine Kurzschlusshandlung gewesen, weil er dich doch lieben würde …«

»Schöne Liebe. Sie haben ihn hoffentlich festgenommen?«

Ellen war auf den Steese Highway gebogen und fuhr zügig nach Nordosten. »Natürlich. Ich habe ihm klargemacht, dass er eine Straftat begangen hat und dafür büßen muss. Er wird seine gerechte Strafe bekommen, Jenny.«

»Aber?«

»Er ist schon wieder auf freiem Fuß. Die Verhandlung wird in einigen Tagen stattfinden, dann muss er vor Gericht erscheinen. Er wohnt bei seinen Eltern und hat einen festen Wohnsitz. Der Richter sah kein Gefahrenpotenzial.«

Jenny schüttelte den Kopf. »Dass er einmal so tief sinken würde, hätte ich nicht gedacht. Wie hab ich mich mit diesem Typ bloß einlassen können?«

»Manche Männer zeigen erst spät ihr wahres Gesicht«, erwiderte Ellen und blickte sie von der Seite an. »Ich nehme an, du verspürst nicht den Wunsch, bei deinem Ex-Freund Brian vorbeizufahren und ihm ins Gewissen zu reden.«

»Auf keinen Fall«, sagte sie bestimmt.

»Das dachte ich mir.« Ellen lächelte schwach. »Aber sei vorsichtig. Einem Typen wie Brian ist alles zuzutrauen. Es könnte immerhin sein, dass er deinen Huskys einen weiteren Besuch abstattet und es noch einmal versucht. Meine Schicht geht bis elf Uhr nachts, ich habe aber schon mit meinem Vorgesetzten gesprochen und werde einige Stunden dranhängen. Wahrscheinlich reicht es schon, mit eingeschalteten Warnlichtern in eurer Einfahrt zu stehen.«

»Das wollen Sie tun? Vielen Dank, Ellen.«

Eine Weile fuhren sie schweigend weiter. Auf dem Highway nach Chena Hot Springs war wenig los, auch die Räumfahrzeuge waren noch nicht unterwegs. Auf der Straße lag eine dicke Schneeschicht, kein Problem für den winterfesten Streifenwagen, jedoch für den Fahrer eines Lieferwagens, der ihnen im Schneckentempo entgegenkam. Ellen schaltete die Warnlichter ein und hielt ihn an, gab ihm eine Verwarnung und schärfte ihm ein, so schnell wie möglich eine Werkstatt aufzusuchen und feste Winterreifen aufziehen zu lassen.

»Du hast Mike sehr gern, nicht wahr?«, fragte sie unvermittelt.

Jenny blickte sie überrascht an. »Wie kommen Sie denn darauf?«

»Man sieht es in deinen Augen, wenn du ihn ansiehst«, erwiderte sie. »Ich nehme an, ich sehe genauso aus, wenn ich deinen Vater ansehe.« Es klang wie ein Geständnis. »Ich habe mich in Randy … in deinen Dad verliebt, Jenny.«

»Ich weiß.« Jenny war froh, dass sich die Unterhaltung nicht ausnahmslos um sie drehte. »Und dazu braucht man Ihnen nicht einmal in die Augen zu sehen. Ich freue mich sehr, dass sich mein Vater wieder verlieben kann.«

»Wegen deiner Mutter?«

»Er hat sie sehr geliebt.«

»Und er liebt sie noch, Jenny, das ist doch ganz normal. Keine Frau wird sie jemals ersetzen können, auch ich nicht. Und ich werde auch nicht eifersüchtig sein, wenn er von seiner Frau spricht oder ihr Foto betrachtet. Ich bin erwachsen und unendlich dankbar für die Begegnung mit deinem Dad.«

Jenny war es nicht gewohnt, über so ernste Themen mit einer Frau zu sprechen, die sie erst wenige Tage kannte, und war verlegen, freute sich aber auch über das Vertrauen, das Ellen ihr entgegenbrachte. Anscheinend hatte sie niemand, mit dem sie offen über ihre Gefühle und Probleme sprechen konnte. Als Frau war man in einer Männerwelt wie der der Troopers wohl anderen Gesetzen unterworfen, da gab es kaum Kolleginnen, denen man sich anvertrauen konnte, und für Freundschaften blieb neben dem Job wenig Zeit.

Sie erreichten die heimatliche Lodge noch vor den Coopers und wurden von den Huskys mit lautem Gejaule empfangen. Jennys Vater hatte sie kommen sehen und war im Anorak nach draußen gekommen. Beim Anblick des Streifenwagens zog er die Augenbrauen hoch. »Dir ist doch nichts zugestoßen, Jenny?«

»Nein, ich bin okay«, erwiderte sie, »es ist wegen Brian. Er hat Ruby das Gift gegeben … angeblich wollte er mir einen Schrecken einjagen. Ellen hat Angst, dass er durchdrehen könnte und zurückkommt. Sie will mit ihrem Streifenwagen an der Abzweigung stehen bleiben und auf mich aufpassen.«

Ihr Vater ging zu Ellen und lehnte sich ins offene Fenster. Er lächelte sanft. »Dann sollte ich dir Kaffee und ein Stück Apfelkuchen bringen. Und ein Sandwich für später. Gib mir ein paar Minuten, dann komm ich zurück.«

Jenny ließ die beiden allein und telefonierte mit dem Tierarzt, bevor sie sich um die Huskys kümmerte. »Ich habe gute Nachrichten«, sagte Doc Bannister.

»Ruby ist wieder gesund. Sie können ihn morgen abholen.«

»Das klingt gut. Vielen Dank, Doc. Ich komme so gegen acht, okay?«

Jenny strahlte über beide Backen, als sie wenig später die Huskys fütterte und ihnen mitteilen konnte: »Stellt euch vor, Ruby ist wieder gesund. Morgen früh hole ich ihn ab, und wer weiß, vielleicht kann ich ihn schon übermorgen wieder vor den Schlitten spannen. Ruby freut sich bestimmt darauf.« Sie blieb mit den leeren Eimern zwischen den Hunden stehen und freute sich, als sie sah, wie gierig sie sich über ihr Futter hermachten. »Anscheinend hat euch Dad heute ordentlich rangenommen. Ich wollte, ihr wärt mit uns gekommen. Mike und ich mussten uns ein Snowmobil teilen, und ihr wisst ja, wie ich die Dinger hasse. Ich mag diesen Krach überhaupt nicht. Damit holt man sogar einen Grizzly aus dem Winterschlaf.«

Inzwischen waren auch die Coopers zurückgekommen und zogen sich in ihren Zimmern um. Jennys Vater stand in der Küche und schnitt den Gemüseauflauf, den er fürs Abendessen zubereitet hatte. Ein Rezept seiner Mutter, das er wie alle Rezepte in einem Ringbuch abgeheftet hatte. Jenny duschte, schlüpfte in einen bequemen Jogginganzug und half ihm, den Tisch zu decken und das Essen aufzutragen. Die Coopers kamen aus ihren Zimmern.

Die Unterhaltung drehte sich um ihren Ausflug in

den Nationalpark und die Bedrohung der Natur durch die Ölkonzerne. John berichtete von den Interviews, die er in Anaktuvuk Pass geführt hatte, und der eindrucksvollen Wildnis, die sie auf einer Fahrt mit dem Snowmobil kennengelernt hatten. Paneak, Akiruks Sohn, hatte sie begleitet und von seinen Abenteuern erzählt.

Mike sagte kaum etwas, und auch Jenny blieb eher still, hin- und hergerissen zwischen ihrer Wut auf Brian, der wohl erst Ruhe geben würde, wenn er hinter Gittern saß, und ihrer Hoffnung, dass sich aus ihrer Beziehung mit Mike trotz aller Hindernisse etwas Dauerhaftes entwickeln könnte. Sie spürte die sanfte Berührung seiner Lippen noch jetzt, und wenn sie die Augen schloss, saßen sie wieder auf dem Snowmobil und seine Arme legten sich um ihre Hüften.

Die wenigen Worte, die sie mit Mike am Tisch wechselte, waren eher belanglos. Reichst du mir den Auflauf? Könnte ich die Soße haben? Nur die Tatsache, dass er selbst bei diesen alltäglichen Worten errötete, verriet ihr, dass auch er von starken Gefühlen überrollt wurde. Dass er nach dem Essen schon bald in seinem Zimmer verschwand, hieß wohl, dass er immer noch zögerte, sich diesen Gefühlen hinzugeben, aus Angst vor einem schmerzhaften Abschied, wenn er wieder nach Kalifornien zurückfliegen musste. Anscheinend war auch er nicht der Typ für eine flüchtige Urlaubsbekanntschaft. Er war nicht der oberflächliche Beach Boy, für den sie ihn gehalten hatte, sondern eher ein ernsthafter junger

Mann, der seine Macken hatte, aber auch echte Gefühle entwickeln konnte.

Die Liebe ist schon seltsam, dachte sie, als sie am späten Abend in ihrem Bett lag und den tanzenden Schneeflocken vor ihrem Zimmerfenster zusah. Es war ein Gefühl, das einen verzaubern und doch so viele Probleme und Schmerzen bereiten konnte. Räumliche Entfernung konnte eine Beziehung zerstören. Die wenigsten Paare waren fähig, eine Wochenendbeziehung zu führen, ganz zu schweigen von Liebenden, die in verschiedenen Städten wohnten und sich nur noch über Skype unterhielten. Und auch Frauen, deren Männer bei der Armee waren und in den Krieg ziehen mussten, waren nicht gegen das Scheitern ihrer Ehe gefeit. Wie sollte es dann mit Mike und ihr funktionieren? Sie kannten sich erst seit ein paar Tagen, und keiner von ihnen hatte die Zeit oder so viel Geld, um alle paar Wochen zwischen Alaska und Kalifornien zu pendeln.

Ihre Freundin Karen war einfach anders. Sie hatte noch nie wegen eines Mannes geweint, das behauptete sie jedenfalls. Manchmal beneidete Jenny sie um diese Fähigkeit, aber war es nicht besser, tiefe Gefühle zu empfinden, selbst wenn man dann auch die unglücklichen Momente intensiver erlebte? Und sollte man eine aufkommende Liebe einfach mutwillig zerstören, nur weil zwischen ihren Wohnorten unendlich viele Meilen lagen? Wenn man sich wirklich liebte, gab es immer eine Möglichkeit, sich zu treffen. Man musste nur fest genug daran glauben. In den romantischen Filmen funktionierte das doch auch.

Sie schlief ein und träumte wirres Zeug, das sie schon wieder vergessen hatte, als sie nachts aus dem Schlaf schreckte. Ihr Radiowecker verriet ihr, dass es noch vor Mitternacht war. Im Haus war es still, nach dem ereignisreichen Tag waren alle früh zu Bett gegangen. Auch die Hunde schliefen. Blieb nur ihr sechster Sinn, der sie vor einer unbestimmten Gefahr warnen wollte.

Etwas benommen vom zu kurzen Schlaf stand sie auf und trat ans Fenster. Alle Hunde lagen im Schnee vor ihren Hütten und schliefen fest. Wenn jemand in der Nähe gewesen wäre, hätte bestimmt einer gebellt oder gejault. Der Hof lag verlassen im Mondlicht, und es gab nicht das geringste Anzeichen für eine Gefahr. Das Schneetreiben hatte nachgelassen. Reg dich nicht auf, sagte sie sich, am Highway sitzt Ellen in ihrem Wagen und passt auf.

Aber was war, wenn …?

Der Gedanke kam ihr so plötzlich, dass sie sich vor Schreck am Fensterrahmen festhalten musste. Was war, wenn Brian den Streifenwagen links liegen ließ und nach Chena Hot Springs weiterfuhr? Man brauchte kein Detektiv zu sein, um herauszubekommen, wo Ruby war, und Brian war vielleicht so wütend und außer sich, dass er Ruby diesmal wirklich umbringen wollte.

»Oh verdammt!«, fluchte sie.

19

In ihrer Aufregung wusch sich Jenny nicht einmal das Gesicht. Sie zog sich in Windeseile an, band ihre wirren Haare zu einem Pferdeschwanz, griff nach ihrem Anorak und verließ das Haus. Im Laufen zog sie sich Mütze und Handschuhe an. Nur die Huskys hörten sie und jaulten nervös, aber nicht mal Johnny war laut genug, um ihren Vater oder einen der Coopers zu wecken.

Ellen reagierte überrascht, als Jenny die Beifahrertür öffnete und sich neben sie setzte. »Jenny! Was willst du denn hier? Weißt du, wie spät es ist?«

Jenny berichtete von ihrem Verdacht. »Ich hab ein ganz ungutes Gefühl, Ellen. Brian ist doch nicht blöd. Der hat sicher herausbekommen, dass Ruby beim Tierarzt ist, und kennt auch Schleichwege, über die er unbemerkt an unserer Abzweigung vorbeikommt. Lassen Sie uns nach Chena Hot Springs fahren, bevor ein Unglück passiert. Das ist doch nicht weit.«

»Vielleicht hast du recht«, sagte Ellen und startete den Motor. Sie schaltete die Warnlichter ein, für alle Fälle, wie sie sagte, verzichtete aber auf die Sirene und bog auf die verschneite Straße. »Schnall dich an, Jenny.«

Ellen fuhr zügig nach Osten. Der Highway lag verlassen vor ihnen und zog sich wie ein weißes Band zwischen den Bäumen hindurch. Im frischen Schnee gab es keine Spuren, nicht mal ein Truck oder ein Räumfahrzeug waren während der letzten Stunde durchgekommen, und die alten Spuren hatte das Schneetreiben verweht. Zwischen den dunklen Wolken, die noch am Himmel hingen, wirkte der Mond besonders blass und verloren, als hätten ihn die Sterne, die vor allem im Süden leuchteten, schmählich im Stich gelassen.

»Und du warst wirklich mal in Brian verliebt?«, fragte Ellen.

Darüber dachte Jenny auch schon die ganze Zeit nach. »Keine Ahnung, ob man das ›verliebt‹ nennen kann. Wir sind miteinander gegangen, und ich war mit ihm auf dem Abschlussball. Anfangs war er auch ganz nett, ein bisschen sehr von sich eingenommen, aber das waren viele Jungen, und sein Lächeln war wirklich nett, bis … nun ja, bis ich gemerkt habe, dass ich mit ihm nur meine Zeit verplempere. Ich habe Schluss mit ihm gemacht, gleich nach dem Abschlussball … per SMS, muss ich leider zugeben. Das hätte ich natürlich nicht tun sollen. Aber durchzudrehen braucht er deswegen noch lange nicht.«

»Ich war auch mit dem falschen Mann zusammen«, gestand Ellen, »und bei mir dauerte es beinahe fünf Jahre, bis ich merkte, dass er nicht der Richtige für mich war. Auch ein Trooper, aus Anchorage, der absolut nicht einsehen wollte, dass ich nicht zu den Frauen gehöre, die sich damit zufriedengeben, den Haushalt zu führen und sich um die Kinder zu kümmern, sondern vorhabe, in meinem Beruf zu bleiben und ein eigenes Konto zu haben. Für einen Macho wie ihn, der alles unter Kontrolle haben will, war das einfach undenkbar. Vorher hatte er mich schon die ganze Zeit gedrängt, zu ihm zu ziehen, aber ich bin da eher vorsichtig und wollte noch darüber nachdenken. Zum Glück verlief die Trennung einigermaßen problemlos. Ich hab ihm das Gefühl gegeben, dass er mit mir Schluss gemacht hat. Alles andere hätte er wohl nicht ertragen können. Wenn ihn seine Kollegen ausgelacht hätten, wäre er wohl ausgerastet … wie Brian.«

»Das tut mir leid, Ellen.«

Sie lächelte Jenny von der Seite an. »Muss es nicht. So hässlich, dass mich kein Mann ansieht, bin ich nun auch wieder nicht, aber wenn ich mich ernsthaft mit jemand einlasse, muss alles stimmen. Dann muss ich mich bei ihm wohlfühlen.«

»So wie bei meinem Dad?«

Ellen lächelte wieder. »Vielleicht.«

In der Ferne tauchten die Lichter von Chena Hot Springs auf. Ellen griff nach dem Funkmikro und gab der Zentrale durch, dass sie überprüfen wollte, ob sich Brian dort aufhielt. Die Dame in der Zentrale wusste, um wen es sich handelte, und wünschte ihr viel Glück.

Jenny war nervös. Sie hatte große Angst vor einer erneuten Begegnung mit Brian und bereute schon fast, ihrem Bauchgefühl gefolgt zu sein, aber noch größer war ihre Angst, dass Ruby etwas zugestoßen sein könnte. In der gereizten Stimmung, in der Brian sich zurzeit befand, war er zu allem fähig. Noch vor einigen Tagen hatte sie ihn für einen angeberischen Macho gehalten, der sich nicht eingestehen wollte, dass ihn ein Mädchen sitzen ließ, und der deshalb alle Hebel in Bewegung setzte, um seinen Ruf wiederherzustellen, aber dass er so weit gehen würde, ihren wertvollen Leithund zu vergiften, hätte sie niemals gedacht.

»Da vorne rechts und dann die erste links«, zeigte sie Ellen den Weg, als sie die Siedlung erreichten. Das dritte Haus auf der linken … verdammt!«

»Was ist?«

Sie deutete auf einen kleinen Geländewagen am Straßenrand. Im Gegensatz zu allen anderen parkenden Fahrzeugen war er kaum mit Schnee bedeckt, was nur heißen konnte, dass bis vor Kurzem noch jemand damit gefahren war. »Das ist Brians Wagen«, sagte sie aufgeregt. »Lange kann er noch nicht hier sein.«

»Bist du dir sicher, Jenny?«

»Ganz sicher. Ich kann mich an das Nummernschild erinnern.«

Ellen bog in die Seitenstraße und hielt vor dem Haus von Doc Bannister. Sie bedeutete Jenny, im Wagen zu bleiben, doch Jenny konnte jetzt nicht still sitzen und stieg mit der Polizistin aus. Beide blickten sich aufmerksam um.

»Es ist niemand hier«, sagte Jenny, »er muss uns gesehen haben.«

»Und was ist das?«, fragte Ellen. Sie zog ihre Taschenlampe aus dem Anorak und richtete den Lichtstrahl auf den Boden. Von der Straße, in der Brian seinen Wagen geparkt hatte, bis zum Haus von Doc Bannister zogen sich Fußspuren. Sie führten zu einem der Vorderfenster und weiter hinters Haus.

»Hinten ist der Behandlungsraum, in dem Ruby liegt«, flüsterte Jenny. Ihre Stimme klang panisch und überschlug sich fast. »Tun Sie doch was, Ellen! Bitte tun Sie was! Schnell! Sonst bringt er Ruby noch um!«

Das Klirren einer Fensterscheibe durchbrach die Stille und ließ Ellen nach ihrer Waffe greifen. »Du bleibst hier!«, rief sie Jenny zu. »Zurück in den Wagen!«

Jenny war so entsetzt, dass sie sekundenlang zu keiner Bewegung fähig war. Erst als sie Ellen mit gezogener Waffe hinters Haus laufen sah, zog sie sich rasch in den Streifenwagen zurück. Sie ließ die Tür offen, um besser hören zu können, und wartete zitternd vor Angst darauf, dass etwas geschah. »Bitte lass sie nicht schießen!«, schickte sie ein Stoßgebet zum Himmel. »Mein Gott, das habe ich nicht gewollt. Ich hab doch nur mit ihm Schluss gemacht. Warum dreht er plötzlich so durch? Bloß keine Schießerei ... nur das nicht!«

Statt eines Schusses hörte sie Ellen rufen: »Bleiben

Sie stehen, Brian! Lassen Sie den Knüppel fallen ... so ist es gut. Und jetzt die Hände hinter den Kopf!« Jenny glaubte Handschellen klicken zu hören. »Ich verhafte Sie wegen versuchten Einbruchs, Brian! Sie wissen hoffentlich, was das bedeutet.«

Brian ließ sich nur ungern belehren. »Jenny ist schuld! Sie hätte bei mir bleiben sollen! Ich hätte ihr alles geboten, verdammt, ich liebe sie doch, und sie liebt mich, das weiß ich. Einen Besseren als mich kann sie nicht kriegen.«

»Sie wollten den Husky töten.«

»Ich wollte ihn nicht umbringen«, beteuerte Brian, »ich wollte ihm nur ein paar blaue Flecke verpassen, damit sie mal sieht, wie das ist, wenn einem das Liebste genommen wird. Sie hat doch nur noch Augen für diesen Köter.«

Im Haus ging das Licht an, und Doc Bannister trat vor die Tür. Er hatte seinen Anorak über den Schlafanzug gezogen und hielt einen Revolver in der Hand. Wie die meisten Menschen in der Wildnis durfte er eine Waffe tragen.

Ellen kam mit dem gefesselten Brian um die Ecke.

Jenny stieg erleichtert aus und lief ihnen entgegen. »Ist Ruby okay?«, rief sie schon von weitem. »Ihm ist doch nichts passiert?« Sie würdigte Brian keines Blickes und sah nur den Doktor an. »Tut mir leid, dass Ihnen mein Ex-Freund ein Fenster eingeschlagen hat. Er hat Ruby vergiftet und wollte ihm wohl nun den Rest geben.« Während sie das sagte, wurde ihr klar, welch grausame Tat sie und vor allem Ellen verhindert hatten, und ihre Augen füllten sich mit Tränen. »Geht es Ruby gut?« Ihr Blick irrte zwischen dem Tierarzt und Ellen hin und her. »Er hat ihn doch nicht erwischt? Wir waren rechtzeitig hier, oder?«

»Ja, wir waren rechtzeitig hier«, sagte Ellen, »aber er hatte gerade das Fenster eingeschlagen, und ich weiß nicht, was passiert wäre, wenn wir nicht gekommen wären.« Sie entschuldigte sich bei dem Tierarzt. »Tut mir wirklich leid, Doc. Dass er so dreist wäre, zu Ihnen nach Chena Hot Springs zu fahren, hätte ich nicht gedacht. Er ist auf Kaution frei und hat jetzt eine noch höhere Strafe zu erwarten. Ich nehme an, die Fensterreparatur übernimmt Ihre Versicherung.«

»Keine Sorge«, erwiderte Doc Bannister, »darum kümmere ich mich.«

»Und einer unserer Troopers wird wahrscheinlich morgen früh bei Ihnen auftauchen und Ihre Aussage aufnehmen. Ich bringe Brian inzwischen ins Gefängnis. Ich habe wenig Verständnis für einen starken jungen Mann, der sich an hilflosen Tieren vergreift, und das gleich zwei Mal hintereinander.«

»Ich wollte ihm nichts antun, Officer! Ehrlich nicht!«, jammerte Brian.

Ellen ließ sich nicht überzeugen. »Im Gefängnis werden Sie Zeit genug haben, um sich Gedanken über Ihre schändlichen Taten zu machen. Und vor allem auch darüber, wie man sich gegenüber einer jungen Frau verhält. Die Zeiten, in denen selbstherrliche Männer sich alles erlauben konnten, sind vorbei.«

»Leider nicht überall, aber hier bei uns«, ergänzte Doc Bannister.

»Darf ich Ruby gleich mitnehmen?«, fragte Jenny.

»Meinetwegen gerne«, erwiderte der Tierarzt. »Er hat einen kleinen Schreck bekommen, als das Fenster zu Bruch ging, aber ansonsten ist er wohlauf.«

Jenny blickte Ellen an, die ebenfalls einverstanden war, und folgte Doc Bannister in den Behandlungsraum. Ruby war bereits von seinem Nachtlager gesprungen und lief ihr freudig entgegen. Sie ging in die Hocke und umarmte ihn, kraulte ihn zwischen den Ohren, wie er es am liebsten mochte, und sagte: »Ruby! Gott sei Dank geht es dir wieder gut! Ich wusste doch, dass du dich wieder aufrappeln würdest. Stell dir vor, Ellen bringt uns mit dem Streifenwagen nach Hause. Was meinst du, was die anderen für Augen machen.« Sie schloss ihn noch einmal fest in die Arme und bedankte sich bei Doc Bannister, der inzwischen ins Haus gekommen war.

Ellen hatte den Gefangenen bereits auf die Rückbank verfrachtet. Brian war kleinlaut geworden und schien es schon zu bereuen, nach Chena Hot Springs gefahren zu sein. Wahrscheinlich wurde ihm jetzt erst bewusst, dass ihn vielleicht sogar eine Haftstrafe erwartete. Als Jenny in den Wagen stieg und Ruby auf ihren Schoß springen ließ, verkniff er sich jede Bemerkung.

Auf dem Rückweg informierte Ellen die Zentrale und bekam den Auftrag, Brian direkt ins Untersuchungsgefängnis zu bringen. Sie bestätigte den Befehl und blickte Jenny an. »Das hast du gut gemacht, Jenny«, sagte sie.

Jenny ertappte sich dabei, wie sie in den Innenspiegel blickte und Brian musterte. Er tat ihr beinahe schon leid. Wie ein Häufchen Elend saß er zusammengekauert auf dem Rücksitz und blickte zu Boden. Weder von dem gut aussehenden jungen Mann mit dem Lausbubenlächeln noch von dem angeberischen Highschool-Schönling, als der er während der letzten Monate versucht hatte, Eindruck zu schinden, war noch etwas zu sehen. So bald würde er wohl keine Straftat mehr begehen, und sie war beinahe sicher, dass er auch sie nicht mehr belästigen würde. Gerade für einen stolzen jungen Mann wie ihn war die Demütigung, die er gerade erleiden musste, zu viel. Vielleicht würde er sogar die Stadt verlassen, um ihr nie wieder begegnen zu müssen.

Auf der Rückfahrt sprachen Jenny und Ellen kaum ein Wort. Die einzigen Geräusche, die sie hörten, waren das Brummen des Motors und das Knistern des Funkgeräts. Ellen blickte alle paar Minuten in den Innenspiegel und beobachtete ihren Gefangenen, hatte ihre Pistole aus dem Gürtel gezogen und vor sich auf die Ablage gelegt, um Brian nicht die Gelegenheit zu geben, nach vorn zu greifen und ihr die Waffe aus dem Holster zu ziehen. Einem verrückten Kerl wie Brian war alles zuzutrauen, und er wäre nicht der erste Gefangene, der die Nerven verlor und einem State Trooper den Revolver abnahm.

Als sie die Lodge erreichten, brannte Licht im Parterre, und Jennys Vater schien bereits auf sie gewartet zu haben. Er kam nach draußen und schloss seine Tochter und den Husky in die Arme. »Gott sei Dank«, sagte er erleichtert. »Ich habe versucht, dich anzurufen, aber dein Handy lag zum Aufladen in der Küche.«

»Und mein Akku war leer«, fügte Ellen hinzu. »Mit den Kollegen verständige ich mich über Funk. Aber es ist nichts passiert, Randy. Ich weiß, wir hätten dir Bescheid geben sollen, aber dazu war keine Zeit. Als wir nach Chena Hot Springs kamen, war Brian gerade dabei, ins Haus vom Doc einzusteigen. Deiner Tochter haben wir es zu verdanken, dass wir ihn noch aufhalten konnten.«

Jennys Vater warf Brian einen bösen Blick zu. »Ich hoffe, ihr zieht diesen Kerl jetzt endlich aus dem Verkehr. Er hat uns wahrlich schon genug Ärger bereitet. Auf einen hilflosen Hund loszugehen … eine Schande ist das.«

»Ich glaube, er weiß inzwischen, was er angerichtet hat, Dad.«

Sie verabschiedeten sich von Ellen und warteten, bis die Rücklichter ihres Wagens in der Dunkelheit verschwunden waren. »Ist sie nicht eine wundervolle Frau?«, sagte ihr Vater. Er schien ganz vergessen zu haben, dass seine Tochter neben ihm stand. »Wenn es jemals ein Zeichen gab, dann war es, dass Ellen in mein Leben getreten ist.«

»Sie mag dich auch, Dad.«

Er blickte sie nervös an. »Bist du sicher?«

»Ganz bestimmt«, beteuerte Jenny.

Er lächelte versonnen. »Wie wär's mit einem heißen Kakao? Ich glaube, nach der Aufregung hast du dir eine Stärkung verdient. So schnell schlafen wir nach dem ganzen Schlamassel sowieso nicht mehr ein. Mit Marshmallows?«

»Gute Idee, Dad.«

Während ihr Vater ins Haus ging und Kakao aufsetzte, führte sie Ruby zu seinen vierbeinigen Kollegen zurück. Ihr vielstimmiges Jaulkonzert ließ darauf schließen, wie sehr sie ihn vermisst hatten, und entsprechend freudig und überschwänglich fiel ihre Begrüßung aus. Sie hüpften auf der Stelle und zerrten an ihren Ketten, als wäre die Nacht längst vorüber und es stünde eine ausgedehnte Tour bevor, und selbst Johnny und Nugget, die ihn während seiner Abwesenheit ersetzt hatten, begrüßten ihn herzlich.

»Na, was hab ich euch gesagt?«, rief Jenny den Huskys zu, »so leicht ist Ruby nicht unterzukriegen. Der Doc hat ganze Arbeit geleistet. Ruby ist wieder gesund und bestimmt auch wieder fit genug, um mit uns auf Tour zu gehen. Gebt ihm einen Tag zum Erholen, dann kann es wieder losgehen.«

Ruby ließ sich bereitwillig an die Kette legen und rollte sich sofort im Schnee ein. Anscheinend tat es ihm gut, wieder in der Kälte zu liegen. Das bisschen Rattengift, das Brian ihm ins Futter geschmuggelt hatte, war kaum in seine Blutbahn gedrungen und hatte ihm nichts anhaben können. Ein Verdienst von Doc Bannister, der ihm sofort den Magen ausgepumpt hatte.

»Hey«, erklang eine männliche Stimme hinter ihr.

Sie vermutete ihren Vater hinter sich und erwiderte: »Hey, Dad. Das wäre doch nicht nötig gewesen ...« Sie fuhr herum und sah sich Mike gegenüber. »Mike! Was tust du denn hier draußen in der Kälte? Ich dachte, du schläfst längst.«

Mike war vollständig angezogen und hielt einen Becher mit Kakao in beiden Händen. »Hier«, erwiderte er, »den hat mir dein Dad für dich mitgegeben.« Er reichte ihr den Becher und lächelte verlegen. »Ich konnte nicht schlafen und dachte, du wärst vielleicht im Wohnzimmer und ich könnte mit dir reden, aber dann sah ich plötzlich den Streifenwagen kommen. Als du ausstiegst, wusste ich, dass irgendetwas passiert sein musste. Ist alles okay?«

»Brian wollte noch mal auf Ruby los«, berichtete sie. »Ellen kam gerade noch rechtzeitig, um ihn daran zu hindern. Er wollte beim Doc einbrechen.«

»Hauptsache, dir ... euch ist nichts passiert.«

»Brian muss ins Gefängnis.«

Mike grinste. »Und mit dem warst du beim Abschlussball?«

»Jeder kann sich mal vertun.«

»Und jetzt greifst du nicht mehr daneben?«

»Bestimmt nicht«, versicherte sie ihm.

Sie blickten sich eine Weile an, verlegen und doch irgendwie glücklich, und gingen aufeinander zu. Zögernd schlossen sie einander in die Arme. Sie blickten sich gegenseitig in die Augen und merkten, wie sie beide erröteten, und doch war ihr Kuss schon nach wenigen Sekunden zu Ende, weil der übermütige Johnny Mike in die Kniekehle sprang und er zu Boden fiel.

Jenny landete auf ihm und ließ den Becher fallen. Der Kakao rann in den Schnee, doch Johnny war rechtzeitig zur Stelle und leckte das meiste auf. Besonders die Marshmallows schmeckten ihm. Jenny und Mike lagen lachend aufeinander, bis Johnny versöhnlich seine vom Kakao feuchte Zunge über Mikes Gesicht zog und dabei so herzzerreißend jaulte, dass die anderen Huskys in seinen schauerlichen Gesang einfielen. Sie zogen sich gegenseitig vom Boden hoch und klopften sich den Schnee von den Hosen und Anoraks.

Jenny hob den Becher auf. »Mal sehen, ob es Nachschub gibt.«

20

Am nächsten Morgen fütterte Jennys Vater die Huskys, und Jenny kümmerte sich um das Frühstück. Sie war keine besonders gute Köchin und beließ es bei einem Omelett mit Schinken und Käse und Obstsalat aus der Dose. Sie hatte bereits den Tisch gedeckt, als ihr Vater von den Hunden hereinkam.

»Ruby hat sich gut erholt«, sagte er, »aber es ist wohl besser, ich lasse ihn heute noch zu Hause und drehe mit den anderen Gespannen ein paar Runden. Wie wär's, wenn du nach Fairbanks fährst und einkaufen gehst? Wir bräuchten frisches Gemüse, und ein paar Orangen wären auch nicht schlecht.«

»Kein Problem, Dad. Hast du was dagegen, wenn ich mich mit Karen treffe?«

»Meinetwegen.« Er hängte seinen Anorak an die Garderobe und zog Mütze und Handschuhe aus. »Hauptsache, du bist zum Abendessen wieder hier. Nimm Mike mit. Seine Eltern sind mit dem Reporter vom *News-Miner* unterwegs. Ich hab gehört, er will lieber hierbleiben. Bei dir, nehme ich an.«

»Wir mögen uns«, sagte Jenny leise.

»Das brauchst du mir nicht zu sagen, Jenny. So wie ihr sehen sich nur Verliebte an. Wird auch Zeit, dass du mal Glück in der Liebe hast. Angeblich wollen Väter ja nicht, dass ihre Töchter sich verlieben und das Haus verlassen, aber du bist alt genug, um dein eigenes Leben zu führen, und ich gönne dir jemanden wie Mike. Zuerst war ich ein wenig, wie soll ich sagen, misstrauisch, doch er hat mich angenehm überrascht. Aber lass dir Zeit, okay?«

Sie wusste, was er meinte, und errötete leicht. »Und was mache ich, wenn er nach Kalifornien zurückfliegt? Die Coopers bleiben doch höchstens noch ein paar Tage, dann fliegt er wieder zurück zum Malibu Beach, und selbst wenn er mir jetzt ewige Liebe schwören würde, erinnert er sich in einigen Wochen bestimmt kaum noch an meinen Namen. Was will er schon in Alaska?«

»Aufs College gehen? Hast du nicht gesagt, er will studieren?«

»Seine Eltern haben ihm einen College Fund eingerichtet. Keine Ahnung, ob er noch aufs College gehen will. Auf keinen Fall nach Alaska. Er könnte hier nicht leben, hat er gesagt, es sei zu kalt und zu dunkel, das hielte er nicht aus.«

»Und du? Drei Jahre in Kalifornien?«

»Willst du mich loswerden?«

»Ich will, dass du glücklich bist«, sagte er.

»Und ich will, dass es mit dir und Ellen klappt. Außer Mom habe ich noch keine Frau getroffen, die so gut zu dir passt. Keine Ahnung, was aus Mike und mir wird. So weit wie du hab ich gar nicht gedacht. Aber Kalifornien … ich glaube, der ständige Sonnenschein würde mir auf die Nerven gehen.«

Ihr Vater lachte. »So kann nur eine Musherin aus Alaska reden, die irgendwann das Iditarod gewinnen will und nichts Schöneres kennt, als mit ihren Huskys im Schnee herumzutoben. Du bist zäher als Ruby, weißt du das?«

»Lass das bloß nicht Ruby hören.«

Wie an jedem Morgen wirkte Mike auch diesmal etwas bedrückt, als würde er irgendein Problem mit sich herumschleppen. Er beteiligte sich kaum an der Unterhaltung, die sich wieder mal um die Pläne der Ölkonzerne und die lautstarken Proteste der Umweltgruppen drehte. Inzwischen berichtete der *News-Miner* über die angestrengte Suche nach Phil Harris und Dan Lakewood, den beiden vorbestraften Aktivisten, die wahrscheinlich für die Anschläge verantwortlich waren. Man nahm an, dass sie den Protest nur als Vorwand benutzten, um ihre Zerstörungswut auszutoben. Dass sie im Auftrag einer Terrorgruppe handelten, wie einige Politiker vermuteten, war eher unwahrscheinlich. Bis jetzt war man ihnen noch nicht auf die Spur gekommen.

»Wenn Phil Harris wirklich mal als Fallensteller gearbeitet hat und in Alaska aufgewachsen ist, kennt er doch jeden Schleichweg«, vermutete Jennys Vater. »Ich nehme an, die sind mit ihren Snowmobilen nach Kanada geflohen. Auch wenn die Grenze jetzt stärker bewacht wird, weil sich das FBI eingeschaltet hat, gibt es zahlreiche Schleichwege. Die sind auf und davon.«

»Die Mounties in Kanada wissen auch Bescheid«, sagte John Cooper, »und die kennen sich auf der kanadischen Seite noch besser aus. Die beiden haben keine Chance. Es ist nur eine Frage der Zeit, bis man sie endlich gefasst hat.«

»Und wo soll es heute hingehen?«, fragte Jennys Vater, nachdem sie eine Weile schweigend gegessen hatten. Er mochte es lieber, wenn sich seine Gäste über die Schönheit der Natur und andere angenehme Themen unterhielten.

John verstand seinen Einwurf. »Sie haben recht, Randy«, erwiderte er lächelnd, »wir sollten nicht ständig über Ölkonzerne und Verbrecher reden. So ganz nebenbei schreibe ich schließlich auch noch eine Reisereportage. Heute fahren wir zum Denali National Park. Diesmal sind meine Frau und ich allein unterwegs. Ich interviewe einen Ranger, und ein Hubschrauberpilot will uns bis dicht an den Mount McKinley heranfliegen. Er meint, wenn wir großes Glück hätten, würden wir sogar Wölfe sehen, obwohl ich das stark bezweifle. Ich war schon ein paarmal in Alaska und Kanada und habe nie Wölfe auf freier Wildbahn gesehen. Dazu muss man wohl hier geboren sein. Gegen Abend treffen wir Fred, den Reporter des *News-Miner*. Er hat uns zum Abendessen eingeladen. Sie brauchen uns also nicht einzuplanen. Okay?«

»Kein Problem. Und Mike fährt mit Jenny?«

Der Junge trank rasch von seinem Kakao, damit man sein gerötetes Gesicht nicht sah. »Wenn sie nichts dagegen hat«, sagte er in den Becher hinein.

»Warum sollte ich?«, fragte sie. »Außerdem brauche ich jemand, der mir beim Einkaufen die Tüten trägt.« Die flapsige Bemerkung vertrieb die Verlegenheit. »Danach gehen wir Sushi essen mit meiner Freundin Karen. Ihr Freund arbeitet in einer Sushi-Bar. Ich hoffe, du magst Sushi?«

»Und wie«, sagte er begeistert.

Sie fuhren gleich nach dem Frühstück los. Jenny hatte an diesem Morgen etwas Make-up aufgetragen, trug ihre schwarzen Jeans und einen gemusterten Pullover, Mike eine dunkelblaue Kapuzenjacke mit dem Aufdruck einer Surfschule. Er duftete nach dem Rasierwasser seines Vaters.

Die Straße war geräumt, und sie kamen gut voran. Es war noch dunkel, auch der Mond hatte sich hinter einigen Wolken versteckt und arktisches Zwielicht lag wie bläulicher Nebel über dem Land. Der wenige Schnee, der am frühen Morgen gefallen war, schimmerte blass zwischen den dunklen Schwarzfichten. Die Scheinwerfer des Suburban warfen helle Lichtflecken.

Jenny hatte das Radio eingeschaltet und ließ die Musik leise laufen. Die Oldie-Station mit den Hits, die ihre Mutter so gerne gehört hatte. Als die Beach Boys ihr »California Girls« sangen, lächelte sie betreten. »I wish they all could be California Girls«, sangen sie, »ich wünschte, alle Mädchen kämen aus Kalifornien.« Ob sie tatsächlich in Kalifornien leben könnte? Für ein paar Monate oder ein paar Jahre vielleicht, aber irgendwann würde es sie nach Alaska zurückziehen. Drei Jahre auf einem College in Sunny California, hatte ihr Vater vorgeschlagen, aber wenn es dann tatsächlich ernst wurde zwischen Mike und ihr, was dann? Weder sie noch er würden klein beigeben.

Was regst du dich auf?, fragte sie sich. Du hast doch selbst gesagt, dass du nicht so weit denkst. Warum sich jetzt schon über etwas Sorgen machen, das in ein paar Wochen vielleicht gar keine Rolle mehr spielt? Könnte doch sein, dass du ihn auch vergisst und dich nicht mehr nach ihm sehnst. Alles, was du jetzt fühlst und denkst, könnte doch ebenso schwinden wie seine Gefühle, wenn ihr so weit voneinander entfernt lebt. Das hast du doch auf der Highschool mehrmals beobachtet. Einige Mädchen waren Feuer und Flamme für einen bestimmten Jungen und hatten ihn ein paar Tage später schon wieder aus ihren Gedanken gestrichen. »Wenn man jung ist, hat man das Recht, öfter seine Meinung zu ändern«, hatte Karens Mutter mal zu ihr gesagt, und sie musste es schließlich wissen. Sie hatte ihren ersten Mann mit achtzehn und ihren zweiten mit zwanzig geheiratet und sich von beiden ein Jahr später getrennt.

»Cooler Song«, sagte Mike grinsend.

»Ganz nett«, erwiderte sie.

Sie erreichten Fairbanks am späten Vormittag. Im Osten zog bereits das erste Tageslicht herauf und überzog die schneebedeckten Gipfel der Alaska Range mit orangefarbenem Schein. In der Stadt glänzte der Schnee auf den Wiesenflächen zwischen den Straßen und auf den wenigen Bäumen. Die Fenster der Bürohäuser in der Innenstadt leuchteten hell. Vereinzelte Schneeflocken wirbelten mit dem frischen Wind durch die Stadt und wehten gegen die Windschutzscheibe des Suburban. Ihre Scheibenwischer knarrten nervös.

Die Neonsäule vor dem Supermarkt zeigte minus fünfundzwanzig Grad, kalt genug, um bei Mike ein leichtes Schaudern hervorzurufen, obwohl er noch im warmen Wagen saß. »Mann«, stöhnte er, »so kalt war es in Kalifornien nur während der letzten Eiszeit. Wie haltet ihr das bloß aus? Wenn ich in Alaska wohnen würde, würde ich den ganzen Winter vor dem Ofen sitzen bleiben.«

»Würdest du nicht«, erwiderte Jenny. »So, wie ich dich auf der letzten Fahrt erlebt habe, wärst du wahrscheinlich ein begeisterter Musher oder würdest an Snowmobil-Rennen teilnehmen. An die Kälte gewöhnst du dich schnell.«

»Ich weiß nicht.«

Endgültig bedient war er, als er ausstieg und ihm der eisige Wind aufgewirbelten Schnee ins Gesicht trieb.

Nur mühsam unterdrückte er einen derben Fluch. Jenny konnte sich ein schadenfrohes Lächeln nicht verkneifen, berührte ihn aber versöhnlich an der Schulter und schob ihn an den parkenden Wagen entlang. »Im Laden ist es mollig warm, da kannst du dich ausruhen.«

Zwischen den Regalen musste sie unweigerlich an Brian denken, und als sie stehen blieb und für einen kurzen Moment die Augen schloss, glaubte sie ihn sogar kommen zu sehen. Sie wich vor Schreck einen Schritt zurück und stieß einige Konservendosen um, doch es war nur ein älterer Herr, der eine Dose Chili-Bohnen aus dem Regal zog und in seinen Einkaufswagen legte.

»Hey, was ist denn mit dir los?«, wunderte sich Mike.

»Ach, nichts«, erwiderte sie, »ich musste nur gerade an Brian denken.«

»Der tut dir nichts mehr. Der sitzt doch hinter Gittern.«

Dennoch war sie froh, als sie den Supermarkt verließen und zu ihrem Suburban zurückkehrten. Sie startete den Motor und ließ die Heizung auf vollen Touren laufen. Angenehme Wärme strömte durch den Wagen.

»Warte mal«, sagte Mike, als sie den Rückwärtsgang einlegen wollte. Man sah ihm an, wie schwer ihm das Geständnis fiel. »Ich muss dir etwas sagen.«

Sie erblasste. »Du hast doch eine Freundin.«

»Nein … nein … es ist nur … ich habe dich belogen.«

Jenny spürte, wie sich ihre Kehle verengte. Ein Keulenschlag hätte keine schlimmere Wirkung erzielen können. »Was soll das heißen, Mike?«

»Ich hab gar keinen Krimi geschrieben.«

Eine schwere Last schien von ihr zu fallen. Gerade noch der Verzweiflung nahe, fühlte sie sich plötzlich wieder wohl. »Und das ist alles?«, fragte sie hoffnungsvoll. »Du wolltest mir weismachen, ein Autor zu sein, und jetzt stellt sich heraus, dass du gar nichts geschrieben hast? Das war deine Lüge?«

»Nein, so war es nicht.« Er saß vornübergebeugt auf dem Beifahrersitz, die Hände im Schoß gefaltet, und wand sich wie ein Straftäter, der seine Tat möglichst kleinreden wollte. »Ich habe eine Geschichte geschrieben, aber keinen Krimi. Es war …« Er zögerte schon wieder. »Es war eine Liebesgeschichte.«

»Eine Liebesgeschichte?«, fragte sie verwundert. »Und warum hast du dann gesagt, du hättest einen Krimi geschrieben? Das macht doch keinen Sinn.«

Er suchte nach den passenden Worten. »Ich dachte, du würdest mich auslachen. Eine Liebesgeschichte, das klingt so … so weiblich. Was meinst du, was mein Vater sagen würde, wenn er davon wüsste, oder die Kollegen am Malibu Beach? Oder die Beach Girls. Ich wäre für alle Zeiten unten durch.«

»Weil sie dich für einen Weichling halten würden?«

»So ähnlich«, räumte er ein. »Ein Lebensretter am Malibu Beach, der kitschige Liebesgeschichten schreibt … genauso gut könnte ich Ballett tanzen oder mir in einem Nagelstudio die Fingernägel lackieren lassen. Ich hab mich ja nicht mal getraut, ihnen die Lüge mit der Krimi-Story aufzutischen. Ein Lebensretter muss cool sein, in den Fitnessclub gehen und Gewichte stemmen und in seiner Freizeit mit den vollbusigen Mädels vom Strand abhängen.«

Sie zeigte ihm nicht, wie sehr sie sich über die zahlreichen Klischees amüsierte, die auch ihr durch den Kopf gegangen waren. »Ich bin anders, Mike«, erwiderte sie ehrlich. »Ich finde es toll, dass du Liebesgeschichten schreibst.«

»Ehrlich?« Er hob den Kopf und scheute sich nicht mehr, ihr die Tränen in seinen Augen zu zeigen. »Und das sagst du nicht nur, um mich zu beruhigen?«

Ohne jede Scheu legte sie eine Hand auf seine Wange. »Ich meine es wirklich so, Mike. Ich finde Frauen toll, die auf Baugerüsten rumklettern und in Rennwagen steigen, und ich hab was für Männer übrig, die Gefühle zeigen.«

»Wow«, sagte er und griff nach ihrer Hand.

»Außerdem bist du nicht der einzige Mann, der Liebesgeschichten schreibt. Schon mal von Nicholas Sparks gehört? Der schreibt einen Liebesroman nach dem anderen und ist sogar Millionär damit geworden. Den lacht keiner aus.«

Sie spürte, wie er seine Lippen gegen ihre Hand drückte. »Bis dahin ist es ein weiter Weg. Ich habe erst eine Geschichte geschrieben und keine Ahnung, ob sie was taugt. Über eine Verkäuferin, die sich in einen Hollywoodstar verliebt und ihm plötzlich gegenübersteht. Ich hab sie noch keinem zu lesen gegeben, aber dir würde ich sie zeigen. Natürlich nur, wenn du mir ehrlich deine Meinung darüber sagst. Versprichst du mir das? Du musst mir sagen, was du davon hältst.«

»Großes Ehrenwort«, sagte sie ernst.

Er zog einige Seiten eng beschriebenes Papier aus seinem Anorak und reichte sie ihr. »Nicht jetzt«, sagte er, als sie irgendwo in der Mitte zu lesen begann. »Erst wenn wir bei dir zu Hause sind. Ich will nicht dabei sein, wenn du sie liest. Und zeig sie niemandem, vor allem nicht meinen Eltern, okay?«

»Klar doch.« Sie steckte die Geschichte in ihre Anoraktasche.

Dann klopfte sie von außen darauf und küsste ihn unschuldig auf die Wange. Wie um ihr Versprechen zu besiegeln, beugte sie sich dann noch mal nach vorn und sank bereitwillig in seine Arme. Diesmal fanden sich ihre Lippen, und sie spürte bereits seine Zunge, als ein Autofahrer hinter ihnen hupte und sie mit einer ungeduldigen Handbewegung aufforderte, aus der Parklücke zu fahren.

Jenny fuhr erschrocken zusammen und lief beim Anblick des Autofahrers in ihrem Innenspiegel puterrot an. Er war nicht der Einzige, der sich durch sie provoziert fühlte. Auch ein Streifenwagen hielt in ihrer Nähe, und sie ahnte auch, ohne mit ihm gesprochen zu haben, was der Fahrer sagen würde: »Haben Sie kein Zuhause? Oder muss ich Sie erst wegen Erregung öffentlichen Ärgernisses festnehmen? Was sollen denn die vielen Kinder hier von Ihnen denken?«

Immer noch mit rotem Gesicht fuhr sie vom Parkplatz. Mike schämte sich genauso wie sie, blickte stur geradeaus und ließ erleichtert die angehaltene Luft entweichen, als sie außer Reichweite des Streifenwagens waren. »Sorry«, sagte er nur. Jenny war so verstört, dass sie beinahe einen Lieferwagen rammte und so fest auf die Bremse trat, dass ihr Suburban ins Schleudern geriet. »Meine Schuld«, sagte sie kleinlaut, musste aber gleich darauf grinsen. »Meine Freundin Karen würde sich totlachen, wenn sie davon wüsste. Aber keine Sorge, ich werde ihr nicht davon erzählen.«

»Am Strand von Malibu machen sie noch ganz andere Sachen, wenn die Sonne untergeht«, sagte er. Er hatte sich schon wieder von seinem Schrecken erholt. »Da zucken die Cops nur mit den Schultern, wenn sie ein Pärchen auf der Rückbank erwischen. Es sei denn, sie treiben es … na, du weißt schon.«

Jenny fuhr geradewegs zur Sushi-Bar im Uni-Viertel und bereitete Mike unterwegs auf ihre Freundin vor. »Karen ist ganz anders als ich. Jedes Mal, wenn wir uns treffen, hat sie einen neuen Freund. Sie arbeitet bei einem Modefritzen, und genau so ist sie auch angezogen. Schrill, würde ich mal sagen.«

»Und wo habt ihr euch kennengelernt?«

»Auf der Highschool. Wir haben zusammen über einen Jungen gelästert.«

»Das dachte ich mir.«

Karen wartete bereits in der Sushi-Bar und unterhielt sich mit einem jungen Japaner, der gerade dabei war, einen Lachs zu filetieren und die handgerechten Stücke in Zellophan gewickelt in die verglaste Kühlvitrine des Tresens zu legen. Er trug einen schwarzen Kittel mit roten Schriftzeichen und ein Stirnband, das ihn wie einen Samurai-Kämpfer aussehen ließ. Das riesige Messer in seinen Händen verstärkte den kriegerischen Eindruck noch.

»Keine Angst«, beruhigte Karen sie, »Tomio ist ganz harmlos. Es sei denn ...« Sie blickte sich in dem halb gefüllten Lokal um. »Aber das darf ich vor so vielen Leuten nicht sagen.« Sie kicherte. »Tomio, das ist meine Freundin Jenny, und das ist ihr Freund Mike aus Kalifornien. Ein Lifeguard, hab ich mir sagen lassen, das sind die flotten Jungs in den knappen Badehosen, die nur hübsche Mädels vor dem Ertrinken retten, stimmt's?«

»Also ich erwische meistens die Senioren«, erwiderte er.

Karen war wieder einmal bester Laune und hatte sich herausgeputzt. Ihre kurzen blonden Haare waren frisch gestylt, und die engen Röhrenhosen und die lockere Bluse waren wohl aus der neuen Kollektion. Sie hatte sogar auf ihre Stiefel verzichtet und trug halbhohe Schuhe, ebenfalls die neueste Mode.

Sie setzten sich gemeinsam an die Sushi-Bar und stießen mit dem grünen Tee an, den ihnen die Bedienung brachte. »Das ist also der Wunderknabe, den du einmal heiraten wirst«, sagte Karen so unvermittelt, dass Jenny und Mike erneut rot anliefen. Sie lachte schallend. »Hey, deswegen braucht ihr doch nicht rot zu werden. Ich sag das nur, weil ihr so verliebt ausseht. Oder wollt ihr mir etwa weismachen, dass ihr noch nicht darüber nachgedacht habt?«

Jenny hütete sich, ihr zu antworten. »Also ich nehme Thunfisch, Lachs und Red Snapper«, sagte sie. »Und eine Special Roll, die mit Aal und Avocado.« Sie war immer noch rot wie eine Tomate. »Und überlege dir gut, was du als Nächstes sagst, meine liebe Karen. Sonst bekommen wir beide noch Ärger.«

»Und ich nehme die Love Roll«, erwiderte Karen feixend. »Die hat Tomio speziell für mich erfunden. Soll er für euch auch eine erfinden? Vielleicht eine Happy Roll? Die gibt es nur für verliebte Paare, die geschworen haben …«

Jenny legte ihr eine Hand auf die Lippen. »Jetzt reicht's«, sagte sie.

21

An diesem Abend konnte Jenny es gar nicht erwarten, endlich ins Bett zu kommen. Sie brannte darauf, Mikes Liebesgeschichte zu lesen, wollte aber auch ihr Versprechen einhalten, niemand anderem davon zu erzählen. Allein in ihrem Zimmer, bei einem Becher Kakao und im warmen Licht ihrer Nachttischlampe, litt sie mit Maggie, der sympathischen Heldin in seiner Story.

Maggie, um die zwanzig und auf eine natürliche Art sehr hübsch, lebte allein in einer Wohnwagensiedlung am Interstate 10 und verdiente sich ihr Geld in einem Tankstellenshop. Ein langweiliges Leben ohne echte Höhepunkte, weswegen sie so gerne ins Kino ging und in die Traumwelt von Hollywood entfloh. Für einen Schauspieler, den weltbekannten Brad Fisher und Helden zahlreicher romantischer Komödien, schwärmte sie besonders. Als der Schauspieler eines Tages in ihrem Tankstellenshop auftauchte, brachte sie kaum ein Wort hervor und fiel beinahe in Ohnmacht. Sie konnte es nicht fassen. Fisher nahm kaum Notiz von ihr, gab sich ruppig und verschwand so schnell, wie er gekommen war. Erst einige Zeit später merkte sie, dass er seine Brieftasche mit tausend Dollar auf dem Weg zum Wagen verloren hatte.

Sie fand die Agentur-Adresse des Stars im Internet und schickte die Brieftasche mit einer liebevollen Nachricht an ihn. Einige Tage später tauchte unangekündigt ein Kamerateam bei ihr im Shop auf, im Schlepptau den Hollywoodstar höchstpersönlich, und drehte, wie er sich übertrieben herzlich bei ihr bedankte und sie mit einer Eintrittskarte für die Oscar-Verleihung belohnte. Allmählich merkte Maggie, dass sie Fisher vollkommen egal war und er sie nur als willkommene Werbung benutzte. Bei der Oscar-Verleihung, die Maggie wie im Traum erlebte, sprach er kein Wort mit ihr. Desillusioniert kehrte sie in ihren Shop zurück und erlebte eine Überraschung. Plötzlich rissen sich die Fernsehkanäle um sie, wollten eine Dokusoap mit ihr drehen und sie zum Trash-Star aufbauen, doch sie hatte genug von Hollywood und lehnte alle Angebote ab. Auch den jungen Männern, die plötzlich Schlange bei ihr standen, zeigte sie die kalte Schulter. Bis ein junger Australier auftauchte, der nichts von dem Rummel mitbekommen hatte und sich allein ihretwegen um sie bemühte. Maggie verliebte sich in den Mann und erlebte ein Happy End.

Jenny blickte noch einige Zeit auf den letzten Satz und musste unwillkürlich lächeln. »Das hätte Nicholas Sparks auch nicht besser gekonnt«, flüsterte sie begeistert. Sicher, das war keine anspruchsvolle Literatur, aber unterhaltsamer Lesestoff mit einer sympathischen Heldin, der gut geschrieben war und einen nach dem Happy End zufrieden zurückließ. Und was konnte man von einem Unterhaltungsroman mehr verlangen? »Manche Romane sind wie Schokolade«, hatte sie mal in einer Kritik gelesen, »sie zergehen auf der Zunge und geben einem das Gefühl, den Problemen und Sorgen des grauen Alltags zumindest für ein paar Stunden entflohen zu sein.«

Am nächsten Morgen war sie mit den Huskys dran. Sie begrüßte vor allem Ruby, der wieder ganz gesund wirkte und es gar nicht erwarten konnte, wieder auf den Trail zu gehen. Er freute sich sichtlich, wieder bei seinen Artgenossen zu sein, und knurrte zufrieden, als sie ihn zwischen den Ohren kraulte. Zur Feier des Tages bekam er sogar etwas mehr von dem leckeren Kraftfutter.

»Gleich nach dem Frühstück brechen wir auf«, versprach sie den Huskys. »Captain, Elvis, Groucho, Hannibal … auch ihr dürft heute wieder mit. Ich hab mir gedacht, wir besuchen Charly Merrick. Die Strecke eignet sich am besten.«

Die Huskys waren mit ihrem Frühstück beschäftigt und beachteten sie nicht. Lediglich Ruby hob kurz den Kopf, blickte sie an und fraß dann weiter.

»Lasst euch Zeit. Wir müssen auch noch frühstücken, okay?«

Ihr Vater servierte Pfannkuchen mit Ahornsirup und

Rührei mit Speck und leckeren Obstsalat, diesmal aus frischem Obst. John Cooper berichtete von seinem Interview mit einem Ranger im Denali National Park und dem Rundflug, der wohl ziemlich wackelig gewesen sein musste. In der Gegend um den Mount McKinley kam es häufig zu Turbulenzen. Seine Frau war jetzt noch blass, schwärmte aber auch ganz begeistert vom höchsten Berg der USA. Sie wollte noch einmal zu den heißen Quellen fahren, während ihr Mann in Fairbanks recherchierte. Dem Reporter vom *News-Miner* war anscheinend zu Ohren gekommen, dass die Polizei mit einem weiteren Anschlag rechnete. Man hatte die Spuren von Phil Harris und Dan Lakewood zu PlanetKill zurückverfolgt, einer radikalen Umwelt-Organisation, die von einem ehemaligen Pastor in Seattle geführt wurde und den Planeten lieber zerstören wollte, als ihn den »korrupten und kapitalistischen Ausbeutern« zu überlassen. Bisher hatte man ihnen allerdings keine Straftat nachweisen können.

Jenny und auch Mike hörten ihm kaum zu. Der Junge verriet allein schon durch seinen fragenden Blick, dass er ungeduldig darauf wartete, ihre Meinung über seine Liebesgeschichte zu hören, und sie errötete jedes Mal, wenn sich ihre Blicke kreuzten, wie die Heldin seiner Geschichte, und musste stets an die Schlussszene denken, in der Maggie und der Australier sich zärtlich in den Armen lagen. Sie fragte sich unwillkürlich, wie es sein würde, Mike so nahe zu sein, und ob es im

Leben ähnliche Happy Ends gab. Bei ihrem Vater hatte es eins gegeben, er hatte ihre Mutter abgöttisch geliebt, doch das Leben war oft grausam, und es hatte sie ihm so plötzlich genommen, dass er fast daran zugrunde gegangen wäre. Jetzt wartete ein neues Happy End auf ihn, das hoffte sie zumindest, denn sie mochte Ellen sehr. Sie passte zu ihm.

Aber was war mit Mike und ihr?

»Jenny, du siehst heute Morgen so zufrieden aus«, sagte ihr Vater so plötzlich, dass sie zusammenzuckte. »Sag bloß, es liegt an meinen Pfannkuchen?«

»Auch«, erwiderte sie, »aber vor allem an der Geschichte, die ich gestern vor dem Einschlafen gelesen habe.« Sie bemerkte Mikes warnenden Blick und beruhigte ihn mit einem Lächeln. »Eine wundervolle Liebesgeschichte mit Happy End, genau das Richtige vor dem Einschlafen. So etwas Wundervolles habe ich selten gelesen.«

Sarah blickte sie an. »Lass mich raten. Nicholas Sparks.«

»Nein, ein unbekannter Autor, ein junger Typ aus Kalifornien.« Sie unterdrückte nur mühsam ein Lachen. »Aber der wird bestimmt auch bald berühmt. Ich bin sogar sicher, dass er bald seinen ersten Bestseller schreibt.«

»Na, da bin ich aber gespannt«, sagte ihr Vater.

Nach dem Frühstück half Jenny beim Aufräumen und belegte einige Sandwiches für den Tagesausflug.

Ihr Vater füllte die Thermoskannen mit heißem Tee und packte ein paar Äpfel in ihre Rucksäcke. Wie auf jeden längeren Trip nahm sie auch den Revolver mit, einen Smith & Wesson, wie ihn die meisten Musher zum Schutz gegen ausschlagende Elche und andere wilde Tiere einstecken hatten. Wie die meisten Menschen, die in der Wildnis wohnten, war sie Schusswaffen gewohnt und verstand es damit umzugehen. Ebenfalls in ihren Anoraktaschen befand sich die Notration: Schokolade und Müsliriegel, Schmerztabletten, Verbandszeug, Taschenlampe, Streichhölzer, Lederschnüre, Kompass, an ihrem Gürtel hingen ein Messer und eine zweite Thermosflasche, in die ihr Vater heißes Wasser gefüllt hatte. Auch an diesem Tag sollten die Temperaturen wieder auf ungefähr zwanzig Grad minus sinken.

Nachdem sie sich verabschiedet und die Huskys angespannt hatten, fuhren sie los. Mike stand zuerst auf den Kufen und war sichtlich stolz, das Gespann vom Hof zu lenken. Er achtete darauf, nicht zu schnell zu fahren, und verlagerte sein Gewicht so geschickt, dass der Schlitten auch in der ersten Kurve nicht ins Schlingern geriet. »Du wirst immer besser«, rief Jenny ihm von der Ladefläche zu. »Nichts gegen Surfen, aber was Schöneres, als einen Hundeschlitten zu steuern, gibt's nicht. Und Haie triffst du hier auch nicht.«

Mike reagierte nicht auf ihre Bemerkung. In Gedanken versunken folgte er dem Trail, immer darauf bedacht, keinen Fehler zu machen. Die vier zusätzlichen

Huskys machten es dem Gespann leichter, den Schlitten zu ziehen, elf Hunde waren aber auch schwerer zu steuern als sieben und verlangten ihm alles ab. Um ihn nicht schon wieder zu demütigen, ließ sie ihn gewähren und sogar über die vereisten Hügel fahren und hatte es seiner Anstrengung und der Erfahrung ihres genesenen Leithundes zu verdanken, dass nichts passierte. Selbst erfahrene Musher hätten sich auf diesen Hügeln schwergetan.

In dem lichten Wald, in dem sie schon einmal gerastet hatten, hielten sie erneut an und tranken aus ihren Thermosflaschen. Mike betrachtete eine Weile den Schnee, der mit dem leichten Wind von den Bäumen rieselte, dann sagte er: »War das dein Ernst vorhin? Dass du meine Liebesgeschichte gut findest?«

»Na klar«, erwiderte sie. »Mit so was mache ich keine Witze.«

»Findest du sie wirklich gut?«

»Und ob«, bekräftigte Jenny ihr Lob. »Kitschig wäre sie gewesen, wenn Brad Fisher sich in Maggie verliebt und sie geheiratet hätte. So wäre es wahrscheinlich in einem Kinofilm oder im Fernsehen gewesen. Aber der Australier, der von allem keine Ahnung hatte … einfach großartig. Das war glaubhaft.«

Mike freute sich. »Meinst du, ich soll sie an einen Verlag schicken?«

»Ich würde einen ganzen Roman daraus machen und ihn dann an einen Verlag schicken. Oder noch besser an einen Agenten. Ich hatte ›Kreatives Schreiben‹ auf der Highschool, und da war ständig die Rede davon, dass Talent allein nicht ausreicht. Man müsste auch sein Handwerk erlernen. Wie man eine Geschichte entwickelt und Spannung aufbaut und so was. Und man müsste auf jeden Fall einen Agenten haben. Der würde schon vorher einige Fehler ausmerzen, und man hätte die Gewissheit, dass sich die Lektoren im Verlag das Manuskript auch ansehen würden. Gib's einem Agenten.«

»Du kennst dich aber gut aus.«

Sie wich seinem Blick aus. »Na ja, ich dachte auch mal, ich könnte schreiben, aber leider hatte ich nicht genug Talent. Ich kann mit Huskys umgehen und Rennen fahren, und rechnen kann ich auch einigermaßen, das muss reichen. Aber du hast nicht nur Talent, du verstehst dein Handwerk.«

»Okay, ich versuch's. Aber kein Wort zu irgendjemand!«

Sie hob ihre Hand. »Ich schwöre, Euer Ehren.«

Auf der Weiterfahrt stand Jenny auf den Kufen, und Mike saß in Decken eingewickelt auf der Ladefläche. Sie ließ die Hunde in dem schnellen Trott gehen, der beim Iditarod gefordert wurde, und war vor allem von Ruby begeistert, der seine leichte Vergiftung gut überstanden hatte. Er war ein ganz besonderer Husky, ein Leithund, wie ihn sich jeder Musher wünschte, weil er nicht nur auf Befehle reagierte, sondern selbst wusste, was zu tun war.

Auf den Hügelkämmen, die sich außerhalb des Waldes erstreckten, genoss sie die Fahrt besonders, und auch Mike war von dem wildromantischen Anblick der Berge und Täler begeistert. Im Osten kroch bereits die Helligkeit des beginnenden Tages empor und überzog die jungfräuliche Schneedecke mit dünnen Schleiern. Die Berge der White Mountains erstrahlten in einem zarten Orange. Im magischen Licht des späten Morgens hoben sich die steilen Felswände noch plastischer gegen den leuchtenden Horizont ab, wirkten wie eine perfekt gestaltete 3-D-Kulisse aus einem Fantasyfilm. In dieser grandiosen Natur hätte sie sich nicht einmal über Mammuts und Säbelzahntiger gewundert, so urwüchsig und elementar offenbarte sich die Wildnis vor ihnen.

Als sie die Anhöhe erreichten, von der sich die Serpentinen in das Tal mit Charly Merricks Hütte wanden, war das Orange einem kälteren Blau gewichen, das die Natur auch feindselig und abweisend aussehen ließ, aber eindrucksvoll war der Anblick immer noch. Auffrischender Wind begleitete sie ins Tal hinab, machte ihr besonders in den Kurven zu schaffen, doch sie behielt die Nerven und ihr Gleichgewicht und erreichte sicher das Flussufer.

Ihr sechster Sinn warnte sie bereits lange vorher, und auch als sie die Blockhütte des alten Trappers erblickten, beschlich sie das Gefühl, einen großen Fehler zu machen. Dennoch fuhr sie weiter. Charlie war anscheinend mit seinen Huskys unterwegs, fuhr wahrscheinlich seine Fallen ab, und neben dem Haus parkte nur das Snowmobil des Fallenstellers, eigentlich ein sicheres Zeichen dafür, dass die Hütte verlassen war. Und doch zögerte sie ein wenig, bevor sie ihr Gespann noch einmal antrieb. Aus reiner Vorsicht trieb sie die Hunde hinter die Hütte, damit ein Neuankömmling sie nicht sehen konnte.

Mike stieg vom Schlitten und blickte sie verwundert an. »Warum tust du das? Glaubst du, die beiden Männer auf den Snowmobilen sind in der Nähe?«

»Keine Ahnung«, erwiderte sie. »Ist nur so ein Gefühl.«

Jenny verankerte den Schlitten und schärfte den Huskys ein, keinen Lärm zu machen. »Hey, Charly!«, rief sie sicherheitshalber, bevor sie die Tür öffnete. »Bist du zu Hause?« Sie trat ein und sah, dass der Ofen brannte und erst kürzlich jemand Holz nachgelegt haben musste, und auf dem Holztisch standen zwei Becher, der eine noch zur Hälfte mit Kaffee gefüllt. »Vielleicht bilde ich mir ja alles nur ein«, fuhr sie fort, »und Charly hatte wieder Besuch, obwohl …« In ihrem Bauch regte sich Unbehagen. »Ich glaube, es ist besser, wir kehren sofort um. Vielleicht haben die beiden Bombenleger die Hütte ausgekundschaftet, als wir das letzte Mal hier waren, um ein Versteck zu haben, falls man nach ihnen fahndet. Wir müssen die Polizei informieren.«

»Und du meinst, die schicken eine Sondereinheit,

nur weil dir dein Bauchgefühl sagt, dass irgendwas nicht stimmt?« Mike schüttelte den Kopf. »Die beiden wären schön dumm, sich hier zu verstecken, so nahe beim Highway.«

Jenny antwortete nicht. Sie stand am Fenster und blickte entsetzt nach draußen, sie war so blass geworden, dass Mike sie besorgt anblickte. »Jenny!«

»Phil Harrison und Dan Lakewood!«, stieß sie leise hervor. Sie deutete auf die Verbrecher, die sich zu Fuß der Hütte näherten. »Was machen wir jetzt?«

Mike blickte sich suchend um. In der Hütte gab es kaum eine Möglichkeit, sich zu verstecken. »Hinter dem Bett«, sagte er. »Vielleicht haben wir Glück.«

Sie duckten sich hinter das Messingbett und hielten einander an den Händen fest. Ängstlich und der Panik nahe warteten sie auf das Eintreten der Bombenleger. Von draußen waren bereits ihre Stimmen zu hören.

»Und du meinst, da findet sie niemand?«, fragte Lakewood.

»Vielleicht nach der Schneeschmelze«, antwortete Harrison lachend.

»Sie haben die Snowmobile entsorgt«, flüsterte sie Mike zu. »Anscheinend wollen sie hierbleiben, bis Gras über die Sache gewachsen ist.« Sie dachte eine Weile nach. »Oder es holt sie jemand ab. Mit dem Buschflieger.«

»Und Charly?«

Als hätten die beiden Männer ihn gehört, sagte

Harrison: »Möchte wissen, wo der Fallensteller so lange bleibt. Hat Glück, der alte Knabe, weil ich ihm sofort eine Kugel in den Leib jagen würde. Zeugen können wir nicht brauchen. Mir wird der Boden hier sowieso zu heiß. Sobald wir die Tankstelle in Coldfoot hochgejagt haben, verschwinden wir nach Kanada. Verdammt!«

»Was ist?«, fragte Lakewood.

»Da hat ein Hund gejault. Hinter dem Haus. Sieh mal nach!«

Jenny wusste, was jetzt passieren würde, und sie hatte keine Idee, was sie dagegen tun konnte. Ihren Revolver wollte sie nicht benutzen. Nicht mal in höchster Gefahr, vermutete sie, würde sie es fertigbringen, auf einen Menschen zu schießen, auch wenn es sich um einen gemeinen Verbrecher handelte. Ihr blieb nur die Hoffnung, dass sie unentdeckt blieben, was so gut wie aussichtslos war, oder dass die Männer junge Leute wie sie am Leben ließen.

Sie hielt Mikes Hand fester und unterdrückte nur mühsam einen Schrei, als Phil Harrison die Tür aufstieß und die Hütte betrat. Das arktische Zwielicht verbreitete genug Helligkeit, um ihm die Orientierung zu erleichtern. Als sie vorsichtig den Kopf hob, sah sie, dass er mit einem Revolver bewaffnet war. Leicht gebückt und den Revolver schussbereit in der rechten Hand, kam er langsam näher. »Ich weiß, dass du hier bist«, sagte er.

Natürlich hätten sie unters Bett kriechen können, aber dort sah Harrison zuerst nach und sie wären schon eher entdeckt worden. So dauerte es noch ein paar Sekunden, bis er sie hinter dem Bett auf dem Boden kauern sah.

»Sieh an«, sagte er. Sein Gesicht hatte sich zu einem hässlichen Grinsen verzogen. »Wenn das nicht unsere jungen Freunde sind.« Er bedeutete ihnen mit dem Revolver, aus ihrem Versteck zu kommen, und befahl ihnen, sich auf die Stühle am Tisch zu setzen. »Sieh mal, wer hier ist!«, rief er seinem Komplizen zu. »Die Kids von neulich. Fessle ihnen die Hände auf dem Rücken!«

»Willst du sie umlegen?«

»Nicht nötig«, erwiderte Harrison, »wir nehmen sie mit und setzen sie irgendwo in der Wildnis aus. Selbst wenn sie es in irgendein Indianerdorf schaffen, sind wir doch längst über alle Berge, bis sie Alarm geben können.«

Lakewood war bereits dabei, Mike mit einer Lederschnur zu fesseln. Mike war viel zu geschockt, um irgendetwas zu sagen oder sich zu wehren. »Und warum legen wir sie nicht um? Wäre doch einfacher und würde uns den Umweg ersparen. Bis die ihre Leichen aus dem Schnee graben, sind wir weg.«

»Ein hübscher Engel und ein College Boy? Dem alten Trapper würde niemand eine Träne nachweinen, aber über die Kids würden sie tagelang in der Glotze berichten und sämtliche Cops der USA wären uns auf den Fersen.«

»Wann soll denn der Flieger kommen?«

Harrison blickte auf die Uhr. »In einer halben Stunde, hat der Pastor gesagt. Einer seiner Leute aus Anchorage fliegt uns, ein Buschflieger, der sich in dieser Gegend bestens auskennt. Und jetzt mach endlich voran, vorwärts!«

Jenny spürte, wie sich die Lederfesseln in ihre Handgelenke gruben, und stöhnte leise. »Tut mir leid, Mike«, flüsterte sie, als die Männer sie allein ließen.

22

»Damit kommen Sie nie durch!«, sagte Jenny zu den Männern. Seit sie wusste, dass die Bombenleger nicht vorhatten, sie umzubringen, hatte sie sich etwas gefangen. »Die Polizei sucht überall nach Ihnen, und wie ich die Konzerne kenne, haben die sicher eine Belohnung auf Ihre Ergreifung ausgesetzt.«

Harrison grinste höhnisch. »Das lass mal unsere Sorge sein, mein Engel. Wie du siehst, haben sie uns bisher nicht erwischt. Ich kenn mich hier oben aus, ich hab lange genug meine Fallen in dieser Gegend ausgelegt. Ich brauche noch zwei Tage, dann sind wir sowieso weg, und das FBI und die Cops können uns mal. Die Welt ist groß, und es gibt hunderte Verstecke, in denen uns niemand finden wird. Vor allem ist es da wärmer als in diesem Kühlschrank.«

»Und von was wollen Sie leben?«

»Zerbrich dir darüber nicht den Kopf. Wir arbeiten hart und werden gut für unsere Arbeit bezahlt. Zur Not brechen wir irgendwo ein oder überfallen eine Bank.« Sein spöttischer Tonfall ließ nicht erkennen, ob er es ernst meinte.

Jenny blickte verstohlen auf Mike, der sich ebenfalls große Mühe gab, die Haltung zu bewahren. Sie signalisierte ihm durch ihren entschlossenen Blick, dass sie Harrison nur so mutig anging, um etwas über seine Pläne herauszubekommen. Sie wollte der Polizei so viel wie möglich sagen können, wenn sie eine Siedlung erreichten oder sich auf andere Weise in Sicherheit brachten. »Warum legen Sie Bomben?«, fragte sie Harrison direkt. Er war der Anführer der beiden Männer. »Warum lassen Sie Brandsätze hochgehen?«

Harrison trank einen Schluck von dem aufgewärmten Kaffee und verzog den Mund. Anscheinend schmeckte er nicht besonders. »Hat dir schon mal jemand gesagt, dass du neugierig bist, mein Engel?«, erwiderte er. »Wir wollen ein Zeichen setzen. Wir wollen einem Konzern wie Alaska Oil zeigen, dass er nicht alles mit uns machen kann.« Es klang wie auswendig gelernt. »Ohne unseren Protest wüssten die Leute doch gar nicht, wie ernst die Lage ist. Alaska Oil will unsere Natur zerstören. Sie bohren in Naturschutzgebieten nach Öl und zwingen die Regierung, das Land zur Nutzung freizugeben. Sollen wir uns das etwa gefallen lassen? Durch uns ist kein Mensch zu Schaden gekommen. Manchmal muss man eben zu solchen Mitteln greifen, um der Regierung zu zeigen, dass die Leute nicht so dumm sind, wie manche denken. Oder sollen wir etwa warten, bis ganz Alaska von Pipelines durchzogen ist?«

Jenny nahm ihm seine Predigt nur bedingt ab. Harrison war nicht der Typ, der nur aus hehrer Absicht einen Sprengsatz legte. Er hatte lange in der Wildnis gelebt und ertrug es vielleicht nicht, wenn Alaska Oil dort nach Öl bohrte und vielleicht sogar eine neue Pipeline baute, aber PlanetKill hatte ihn sicher auch angeworben, weil er skrupellos und zu allem bereit war. Ganz zu schweigen von seinem Kumpan, der ein bloßer Befehlsempfänger zu sein schien und wohl nur wegen des Krawalls und des Geldes dabei war. Organisationen wie PlanetKill brauchten solche Typen, selbst bei Greenpeace gab es anscheinend Leute, die bereit waren, für ihre Ziele das Gesetz zu brechen.

»Wenn Sie uns in der Wildnis aussetzen, erreichen Sie höchstens das Gegenteil«, sagte sie, »dann wenden sich die Leute gegen Sie, und die Polizei und das FBI werden nicht eher ruhen, bis Sie hinter Schloss und Riegel sind.«

Harrison stellte den Kaffeebecher weg und blickte Lakewood vorwurfsvoll an, obwohl sein Kumpan den Kaffee gar nicht gebraut hatte. »Wir bringen euch nicht um«, versuchte er sich zu rechtfertigen, »wir legen euch lediglich auf Eis, damit ihr uns nicht gleich die Polizei auf den Hals hetzt.« Er lachte über sein unbeabsichtigtes Wortspiel. »Wir können nicht zulassen, dass ihr uns die wichtigste Aktion versaut. So, wie ich euch einschätze, erfriert ihr nicht beim ersten Blizzard, und wenn doch …« Er feixte. »Erfrieren soll die beste Todesart sein.«

»Ich weiß gar nicht, warum du dich mit den Kids abgibst«, sagte Lakewood, »wir werfen sie irgendwo raus und fertig. Sollen sie doch draufgehen.«

Harrisons Antwort ging im lauten Brummen eines Flugzeugmotors unter. Jenny saß nahe genug beim Fenster, um eine Cessna im Schnee am Flussufer landen zu sehen. In den Motorenlärm mischte sich das aufgeregte Bellen und Jaulen ihrer Huskys. Sie würden so lange an dem Schlitten zerren, bis sich der Anker löste, und dann nach Hause laufen. Ihre Rückkehr würde ihrem Vater signalisieren, dass etwas nicht stimmte, und da er wusste, dass sie zur Blockhütte von Charly Merrick gefahren waren, würde er die Troopers und das FBI dorthin schicken. Mit etwas Glück würden die herausfinden, dass dort eine Cessna gelandet war, und man würde nicht lange brauchen, um die Maschine zu identifizieren. Eine Hoffnung mehr, die Wildnis lebend zu überstehen.

»Vorwärts!«, trieb Harrison sie an. »Zur Maschine! Wird's bald?«

Ihre Hände waren auf dem Rücken gefesselt, und sie taten sich beim Laufen schwer, doch die beiden Männer hatten es plötzlich eilig und trieben sie wie störrische Rinder an. Der Pilot, ein schnauzbärtiger Bursche, zeigte keinerlei Regung und machte auch nicht viele Worte. »Hi«, begrüßte er die Männer. »Wo wollt ihr denn mit den Kids hin?« Er deutete auf Jenny und Mike.

»Die setzen wir irgendwo im Norden ab«, antwortete Harrison. »In einer verlassenen Gegend, wo es keine Hütten und keine Dörfer gibt. Ich hab keine Lust, mich mit den Cops anzulegen, wenn wir unsere letzte Aktion starten.«

»Davon hat der Pastor aber nichts gesagt.«

»Sie sind uns zufällig über den Weg gelaufen und wissen, was wir vorhaben. Ich will sie loswerden. Wenn du eine bessere Idee hast … bitte.«

Jenny und Mike wurden unsanft in die Cessna gestoßen. Lakewood schnallte sie an und lachte nur, als Jenny vor Schmerz das Gesicht verzog. Ihre auf dem Rücken gefesselten Hände drückten fest gegen die Sitzlehnen. Mike ging es nicht besser. Auch seine Handgelenke brannten, und Jenny bemerkte, wie er leise fluchte und böse, aber auch ängstliche Blicke nach vorn warf.

Die Bombenleger stiegen hinter dem Piloten ein und wirkten erleichtert, als er die Maschine wendete und gegen den Wind startete. Die Cessna stieg nach oben und ging in eine weite Linkskurve, die sie noch einmal über die Blockhütte hinwegführte. Im schwachen Zwielicht war sie kaum zu erkennen.

Jenny hatte sich, so weit es ging, nach vorn gebeugt, um etwas Raum für ihre gefesselten Hände zu finden, und blickte aus dem Fenster. Sie beobachtete erstaunt, wie eine Gestalt aus dem Wald trat und sich ihren Huskys näherte. Eine Taschenlampe flammte auf und erlosch gleich wieder. Hatte Charly Merrick sich zwischen den Bäumen versteckt, als Harrison und Lakewood aufgetaucht waren? Hatte er sie ebenfalls belauscht? Würde er mit ihrem Schlitten nach Fairbanks fahren und die Polizei und das FBI informieren?

Hoffnung stieg in ihr auf und wurde gleich wieder von der Angst verdrängt, in der Wildnis zu erfrieren oder einen anderen grausamen Tod zu sterben. Harrison tat zwar so, als wäre es ein Kinderspiel, sich zumindest in einigen Tagen zu einer Siedlung durchzukämpfen, doch sie wusste, dass es anders war, und der Blick auf die menschenleere Landschaft trug nicht gerade dazu bei, ihre Stimmung zu verbessern. Viel hing davon ab, ob sie ihnen die Anoraks und die Notrationen ließen. Ohne sie wären sie der Kälte hilflos ausgeliefert und so gut wie chancenlos. An ihren Revolver dachte sie gar nicht.

Sie blickte zu Mike hinüber und sah, dass er ebenfalls aus dem Fenster blickte. In der Maschine war es zu düster, um seine Augen zu erkennen, doch sie hoffte, dass auch er sich noch nicht aufgegeben hatte und trotz seiner Angst noch an eine Rettung glaubte. Immerhin hätte es auch anders kommen können. Skrupellosere Verbrecher hätten sie vielleicht gleich erschossen und irgendwo im Wald verscharrt. Harrison und Lakewood hatten sich wenigstens noch einen Rest von Anstand und Moral bewahrt und gaben ihnen eine Chance, auch wenn die nur gering war und ebenfalls mit ihrem Tod enden konnte.

Seltsamerweise wurde sie ruhiger und gefasster, je

näher sie der Stelle kamen, an der sie aussteigen sollten, und ihre Angst wich der wilden Entschlossenheit, um ihr Überleben zu kämpfen. Ihre Beziehung war zu kostbar, um irgendwo in der Tundra zu enden.

Selbst im schwindenden Tageslicht erkannte sie, dass sie den Yukon River überquerten. Das breite Band des vereisten Flusses war nicht zu übersehen. Weiter nördlich erstreckten sich die Yukon Flats und die scheinbar endlose Tundra, nur unterbrochen von den schroffen Bergen der Brooks Range, einer gewaltigen Bergkette, die sich wie eine Mauer aus dem flachen Land erhob.

Sich die Landschaft einzuprägen, war in der Dämmerung beinahe unmöglich, dennoch blickte sie weiter aus dem Fenster und versuchte sich genau zu merken, in welche Richtung sie flogen und wie weit sie sich ungefähr vom Yukon River entfernten. Der Yukon River war die Lebensader im nördlichen Alaska und Kanada, dort gab es auch größere Siedlungen und Funkstationen. Leider taten ihnen Harrison und Lakewood nicht den Gefallen, sie in der Nähe des Flusses abzusetzen. Immer weiter flog der Pilot nach Norden der menschenleeren Tundra entgegen. Am Horizont hoben sich die beiden Felsentürme des Gates of the Arctic National Parks gegen den Schnee ab.

Im Nationalpark würde man sie auf keinen Fall hinauswerfen, dort bestand jederzeit die Möglichkeit, dass ein Ranger sie fand. Eher nördlich davon, in einer versteckten Schlucht der Brooks Range oder auf der vereisten Tundra. Anscheinend hatte Harrison nur geblufft, als er davon gesprochen hatte, dass man sie nur »auf Eis legen würde« und sie in zwei oder drei Tagen wieder in Sicherheit wären. Vielleicht wollte man sie endgültig loswerden.

Sie bekämpfte die aufkommende Panik und lehnte ihren Kopf gegen das Fenster, als der Pilot die Motoren drosselte und die Maschine nach unten drückte. Es war kaum noch etwas zu erkennen. Am Himmel waren dunkle Wolken aufgezogen, und die Dämmerung war inzwischen so weit fortgeschritten, dass selbst die hoch aufragenden Berge der Brooks Range nur noch schemenhaft zu erkennen waren. Die Cessna sackte in ein Luftloch, fing sich wieder und sank weiter dem Boden entgegen. Je tiefer sie kamen, desto stärker und böiger wurde der Wind, der scheinbar mit aller Macht zu verhindern versuchte, dass sie in dieser Einöde landeten. Sie blickte Mike an und lächelte bitter, sich dessen bewusst, dass sie gleich in der Eiseskälte liegen würden.

Der Pilot landete auf der Tundra, die nordöstlich der Brooks Range bis zum fernen Horizont reichte. Auf ihren Skiern glitt die Cessna über den vereisten Boden, bis sie stehen blieb und im stürmischen Wind schaukelte.

»Endstation!«, rief Harrison unnachgiebig. Er und sein Kumpan stiegen aus, öffneten die hinteren Türen und zogen sie aus der Kabine. »Raus mit euch! Die nächste Siedlung liegt fünfhundert Meilen weiter südlich.« Die beiden Männer lachten schadenfroh und stiegen wieder in die Maschine. Sie hatten kaum die Türen zugezogen, als der Pilot auch schon startete und die Cessna in den böigen Wind abheben ließ. Mit ängstlichem Blick verfolgten Jenny und Mike, wie sich die hellen Positionslichter immer weiter entfernten.

Beide waren viel zu geschockt, um zu weinen oder in Panik zu geraten. Von Schmerzen geplagt, weil man sie unsanft in den Schnee gestoßen hatte und sie beide auf ihre gefesselten Hände gefallen waren, rollten sie sich auf die Seite und blickten einander in die Augen. Mike zunehmend von Hoffnungslosigkeit gezeichnet, Jenny mit den Bedingungen der eisigen Wildnis vertraut und plötzlich wild entschlossen, ums Überleben zu kämpfen.

»Wir schaffen das«, sagte sie. Es klang beinahe wie ein Schwur. »So leicht kriegen uns diese Mistkerle nicht klein! Wenn sie uns die Anoraks und meine Notausrüstung weggenommen hätten, wären sie uns losgeworden, aber so ...« Sie schob sich näher an ihn heran. »Sogar den Revolver habe ich noch.«

»Du ... du hast einen Revolver?«

»Die meisten Musher haben einen Revolver dabei ... wegen der Elche. Die gehen auf die Huskys los, wenn sie ihnen in die Quere kommen. Aber zuerst müssen wir die Fesseln loswerden. Dreh dich mit dem Rücken zu mir und versuche mit den Händen unter meinen Anorak zu kommen. An meiner linken Hüfte steckt ein Messer. Zieh es vorsichtig aus der Lederhülle, okay?«

Mike drehte sich um und fluchte leise, als er den eisigen Wind ins Gesicht bekam. Die Kälte war beinahe unerträglich, und seine Nase würde erfrieren, wenn er sie nicht bald mit seinem Schal schützen konnte. Seine Augenbrauen und Wimpern waren bereits vereist. »Ich komm nicht dran«, stieß er hervor. »Ich müsste die Handschuhe ausziehen, und das halte ich nicht lange durch.«

»Zieh den Reißverschluss meines Anoraks runter, dann kommst du dran.«

»Und du erfrierst!«

»Unsinn! Ich bin die Kälte gewohnt.«

Nach einigen Versuchen bekam er tatsächlich ihren Reißverschluss zu fassen, und sie half ihm, indem sie sich mit den Füßen abstieß, beim Aufziehen. Sofort drang der kalte Wind unter ihren Anorak und bauschte ihn von innen auf. Sie biss die Zähne zusammen. »Beeil dich! Zieh das Messer raus und halt es mit der Klinge nach oben, damit ich die Lederschnüre daran reiben kann.«

Die Kälte drang bereits bis auf ihre nackte Haut vor, als er es endlich geschafft hatte. Sie brachte sich in Position und fand mit seiner Hilfe die Klinge, rieb die Fessel so lange daran, bis sie aufsprang. »Endlich!«, rief sie stöhnend. Sie nahm die Hände nach vorn, massierte ihre Handgelenke und zog rasch ihren Reißverschluss zu. Mit zwei Schnitten durchtrennte sie Mikes Fesseln und half ihm aufzustehen. Sich gegenseitig umarmend und wärmend, blieben sie stehen und trotzten dem eiskalten und böigen Wind.

»Wo sind wir?«, fragte er nach einer ganzen Weile.

»In den östlichen Ausläufern der Brooks Range«, antwortete sie. Beide hatten ihre Schals bis über die Nasen gezogen, und ihre Stimmen klangen dumpf und hohl. »Hier gibt es weit und breit keine menschliche Siedlung.«

»Und wo sollen wir dann hin?«

Jenny löste sich von ihm und blickte über die vereiste Tundra. So flach, dass der Wind ungehindert darüber hinwegfegen konnte, dehnte sie sich nach allen Seiten aus, eine scheinbar endlose Fläche, auf der es keinen Baum und keinen Strauch gab, nicht mal einen Felsbrocken, nur Eis und Schnee. Eine eisige Wildnis nördlich des Polarkreises, die Heimat von Wölfen und anderen Tieren, die furchtlos genug waren, sich der unnachgiebigen Natur zu stellen.

»Nach Westen«, antwortete sie nach längerem Überlegen. Sie deutete in die Dunkelheit, die nur von dem schwachen Licht, das Schnee und Eis reflektierten, durchbrochen wurde. »Da hinten muss der Dalton Highway liegen, der Wildnis-Highway von Fairbanks zur Prudhoe Bay. Da fahren genug Trucks.«

»Wie weit ist das?«, fragte er hoffnungsvoll.

»Hundert Meilen. Vielleicht auch zwei- oder dreihundert.«

»Das schaffen wir doch nie!«

Jenny war ähnlich bedrückt wie er, ließ es sich aber nicht anmerken. Als Einheimische fühlte sie sich verpflichtet, die Führung in der für ihn ungewohnten Umgebung zu übernehmen. »Vielleicht brauchen wir gar nicht so weit zu laufen«, machte sie ihm Hoffnung. »Ich glaube, ich habe Charly Merrick vor seiner Hütte gesehen, gleich nach dem Start. Er muss beobachtet haben, wie sie uns in den Flieger gestoßen haben, und ist bestimmt schon unterwegs, um die Polizei und das FBI zu alarmieren. Sie werden nach uns suchen.«

»Wo denn? Sie haben doch keine Ahnung, wo man uns ausgesetzt hat.«

»Das werden sie schon herausbekommen. Ich hoffe, Charly hat auch gehört, dass sie die Tankstelle in Coldfoot in die Luft jagen wollen. Die liegt auch am Dalton Highway, der nördlichste Truckstop der Welt. Wenn da eine Bombe oder ein Brandsatz hochgehen, bleibt es sicher nicht beim Sachschaden. Dann gibt es Tote, und Harrison und Lakewood werden zu Mördern.«

»Wie man nur so verbohrt sein kann.«

»Das sind keine Aktivisten mehr, das sind Verbrecher.«

Eine Windböe erwischte sie und trieb frostige Kälte unter ihre Anoraks. Dunkle Wolken sammelten sich über ihnen. Dicke Schneeflocken fielen vom Himmel und wirbelten mit dem Wind durch die eiskalte Luft. Es war nicht kälter als in Fairbanks, aber durch die Weite wesentlich ungemütlicher.

»Das sieht nicht gut aus«, sagte Jenny. Sie blickte misstrauisch zum Himmel empor. »So, wie ich die Gegend hier kenne, bekommen wir es bald mit einem Blizzard zu tun. Wir sollten so schnell wie möglich verschwinden.«

»Und wenn uns der Sturm auf der Tundra erwischt?«

Sie hatte genauso viel Angst wie er, lächelte aber zuversichtlich. »Dann lasse ich mir was einfallen. Du hast eine Musherin bei dir, schon vergessen?«

»Nein, aber ...«

»Jammere hier nicht rum und komm endlich! Im hohen Norden kenne ich mich aus. Wenn wir mal um die Welt segeln und über Bord gehen, übernimmst du das Kommando und rettest mich vor den Haien. Abgemacht?«

»Abgemacht«, erwiderte er. Es klang nicht gerade hoffnungsvoll.

23

Vor ihnen lag die Tundra. Ein grünes und leuchtend rotes Paradies im Sommer, wenn für wenige Wochen alle Pflanzen gleichzeitig blühten, und eine faszinierende, aber menschenfeindliche Hölle während des restlichen Jahres, wenn die Winterstürme über die Ebenen fegten. Ein grenzenloses Land ohne Anfang und Ende, das sich in den letzten Jahrhunderten wenig verändert hatte.

In der arktischen Dämmerung gab es kaum Orientierungspunkte, aber Jenny wusste, dass die Brooks Range, deren Berge sich schemenhaft aus dem Dunst erhoben, im Westen lag, und hielt darauf zu. Verbissen setzte sie einen Fuß vor den anderen, wild entschlossen, den Dalton Highway zu erreichen, und wenn er tausend Meilen von ihnen entfernt lag. Auf der Ice Road, wie man ihn auch nannte, waren täglich Trucks unterwegs, gerade im Winter war die stete Versorgung der Ölfelder an der Prudhoe Bay lebensnotwendig.

Doch wie weit der rettende Highway tatsächlich von ihnen entfernt war, ließ sich nur schwer abschätzen. Wenn Harrison und Lakewood verhindern wollten, dass sie die Polizei und das FBI alarmierten, hatten sie bestimmt einen Landeplatz gewählt, der mehrere Tagesmärsche von der Zivilisation entfernt lag. Anstrengend und kräftezehrend, aber zu schaffen, vorausgesetzt, das Wetter spielte mit und sie verhungerten oder verdursteten nicht unterwegs. Oder die Bombenleger hatten beschlossen, sie doch umzubringen, und waren mehrere hundert Meilen entfernt gelandet. Dann gab es kaum eine Chance für sie. Allein die Tundra im Norden von Alaska war größer als die meisten anderen Bundesstaaten, und es käme einem Wunder gleich, wenn sie inmitten dieser Einsamkeit gefunden und in Sicherheit gebracht würden.

Sie waren auf sich allein gestellt. Wie zwei Schiffbrüchige in den Weiten eines Ozeans waren sie dazu verdammt, gegen die übermächtige Natur anzukämpfen und darauf zu hoffen, dass sie der rettenden Zivilisation entgegentrieben. Bis Charly Merrick die Polizei und das FBI alarmiert hatte und man Suchflugzeuge losschickte, würden etliche Stunden vergehen, und selbst dann war noch lange nicht sicher, ob sie auch in ihrer Nähe suchten. Das Land war zu weit und zu groß, und schon oft hatte man von groß angelegten Suchaktionen gehört, die abgebrochen werden mussten, weil die Vermissten unauffindbar waren. Ganze Flugzeuge waren in der Dunkelheit untergetaucht.

Ihr einziger Vorteil war, dass der Boden der Tundra fest gefroren und nur von einer dünnen Schneeschicht bedeckt war. Weiter südlich, im Tiefschnee der zerklüfteten Berglandschaft, hätten sie gleich aufgeben müssen. Auf dem harten Boden fanden ihre Stiefel festen Halt und sie kamen zügig voran. Sie gingen hintereinander, wie Bergsteiger auf einem Schneefeld oder Gletscher, und hatten stets die dunklen Schatten der fernen Berge im Blick.

Jenny hatte ihre Stirnlampe über den Kopf gestreift, ließ sie aber ausgeschaltet, um nicht unnötig Batterie zu vergeuden. Alle paar Minuten blickte sie durch ihr kleines Fernglas, das ebenfalls zur Notausrüstung gehörte, ihr bei diesem Wetter aber wenig half. Die dunklen Wolken, die sich über ihnen zusammenballten, entdeckte sie auch mit bloßem Auge. Der Wind war noch einmal stärker geworden, als wollte er testen, wie lange sie ihm standhalten konnten, und zwang sie immer öfter dazu, den geraden Weg zu verlassen.

Mike stolperte und hielt sich an ihr fest. »Das halten wir nicht lange durch«, rief er. Er musste seine Stimme erheben, um gegen das Rauschen des Windes anzukommen. »Gibt's hier denn nirgendwo einen Unterschlupf?«

»Ich sehe nichts. Weiter, Mike, weiter!«

Jenny machte sich mehr Sorgen, als sie zugeben wollte. Das Wetter war kurz davor, endgültig umzukippen, und bedrohte sie mit einem Blizzard, der in dieser Weite ihr Ende bedeuten konnte. Mike hatte recht, sie mussten so schnell wie möglich einen Unterschlupf finden. Wenn der Wind erst einmal loslegte, würde er sie wie willenlose Puppen über die Tundra hetzen und sich erst zufriedengeben, wenn sie erschöpft und kraftlos auf dem Boden lagen.

Sie beschleunigte ihre Schritte, blickte im Laufen durch ihr Fernglas und sah nur hellen Schnee und dunklen Himmel. Keine Felsen, keine Mulden, keine Möglichkeit, sich zu verstecken. Und nicht genug Schnee, um einen Windschutz zu bauen, wie es die Inuit oder Indianer getan hatten, wenn sie auf offenem Land von einem Sturm überrascht wurden. Außerdem brauchte man Zeit, um einen solchen Windschutz oder einen Iglu zu bauen, und die hatten sie nicht mehr. Der Blizzard stand unmittelbar bevor, das spürte sie.

Der kleine Fluss tauchte gerade noch rechtzeitig vor ihnen auf. Ein schmales, fest gefrorenes Rinnsal nur, das sich im Laufe der Jahrhunderte aber tief in den Boden gegraben hatte. »Gib mir deine Hand!«, rief Jenny, die den Fluss zuerst entdeckte, und stolperte mit ihm über die Uferböschung.

Sie stürzten beide, rappelten sich aber sofort wieder auf und pressten sich gegen das steile Ufer, wo sie einigermaßen gegen den immer stärker brausenden Wind geschützt waren. Die Erde, an der sie lehnten, war von Eisschichten durchzogen und steinhart. Mit den Füßen stemmten sie sich gegen das Flusseis. Mike legte einen Arm um Jenny und zog sie fest zu sich heran, aus Zuneigung, Angst und weil es so wärmer war, und sie lächelte dankbar und griff nach seiner freien Hand. Hier würde ihnen der Blizzard nichts antun können.

Dennoch waren beide bestürzt, als der Wind tatsächlich zu toben begann und der Blizzard mit Urgewalt über sie hereinbrach. Mike kannte das tobende Meer und haushohe Wellen, aber hier zeigte sich die Natur so angriffslustig und gnadenlos, dass er vor Angst die Augen schloss und Jenny wie einen rettenden Anker zu sich heranzog. Sie hatte schon einige Blizzards erlebt, aber noch nie einen so heftigen und vor allem nicht auf der Tundra, einer baumlosen Eiswüste, die dem Sturm nichts entgegenzusetzen hatte. Heulend und pfeifend fuhr der Wind über sie hinweg, und allein der Gedanke, in welcher Zwangslage sie außerhalb ihrer Deckung gewesen wären, ließ sie erschaudern.

Mit dem Wind kam der Schnee. Wie die Gischt eines aufgepeitschten Meeres wirbelten die Flocken über das vereiste Flussbett, gefolgt von weißen Wogen, die über ihnen zusammenschlugen und ihnen den Atem raubten. Nach Luft schnappend erduldeten sie den brausenden Blizzard, den tosenden Wind, den eisigen Schnee und den Lärm, mit dem er sie heimsuchte, scheinbar wütend darüber, dass sie ein sicheres Versteck vor ihm gefunden hatten.

Wie lange der Sturm wütete, hätten sie später nicht sagen können. Eine halbe Ewigkeit, wenn es nach Mike ging. Nachdem der Blizzard vorüber war, blieb er noch minutenlang mit geschlossenen Augen sitzen, unfähig zur kleinsten Bewegung. Jenny rührte sich zuerst, löste sich vorsichtig von ihm und klopfte sich den Schnee von der Kleidung. Noch im Sitzen schaltete sie ihre Stirnlampe ein, beugte sich zu Mike hinüber und umarmte ihn fest.

»Es ist vorbei, Mike. Wir haben es überstanden.«

Er öffnete vorsichtig die Augen und blickte sie immer noch ungläubig an. »Oh Mann!«, stöhnte er. »So was hab ich noch nie erlebt. Ich dachte schon, das hört nie mehr auf.« Er erwiderte ihre Umarmung und drückte sie fest.

Sie zog die kleine Thermosflasche aus ihrer Anoraktasche und reichte sie ihm. Er trank einen Schluck. Sie trank ebenfalls und verschraubte die Flasche rasch, damit der Tee nicht zu kalt wurde oder gefror. »Bist du so weit?«, fragte sie.

»Keine Ahnung. Am liebsten würde ich zehn Stunden schlafen.«

»Bei der Kälte? Keine gute Idee.«

»Ich weiß. So habe ich mir den Urlaub nicht vorgestellt.«

Sie lächelte. »In Kalifornien in der Sonne liegen kann jeder.«

Sie stemmten sich vom Boden hoch und hielten einander fest, bis das Schwindelgefühl, das mit dem Sturm gekommen war, wieder verschwand. Nur einen Augenblick dachte sie daran, wie schön es jetzt wäre, irgendwo in einem warmen Blockhaus zu sitzen und sich auf ähnliche Weise festzuhalten, nur ohne die gefütterten Anoraks und vor einem flackernden Kamin, der ihre Haut empfindlicher machen würde und dessen Glut sich in ihren Augen widerspiegelte. Stattdessen blickten sie erstaunt auf ihre Umgebung und wunderten sich, wie stark sich die Tundra während des Blizzards verändert hatte.

Aus der Eiswüste war ein aufgewühltes Meer geworden, ein zu Eis und Schnee erstarrter Ozean mit Schneewehen, die mit dem nächtlichen Wind erneut in Bewegung geraten und sich in der Dunkelheit verteilen würden. Die dunklen Wolken zogen rasch weiter, und am Himmel zeigten sich bereits der Mond und die Sterne. Kaum noch Schneeflocken wirbelten durch die Luft. Nach dem höllischen Lärm, den der Sturm verursacht hatte, wirkte die plötzliche Stille noch tiefer und jedes noch so leise Wort wie ein störendes Echo.

»Und der Blizzard kommt nicht zurück?«, fragte Mike.

»Der hat genug von uns.«

Sie blieben auf dem Fluss und folgten ihm, bis er nach Südwesten abbog und ihnen keine andere Wahl ließ, als sein Ufer zu erklimmen und wieder über die offene Tundra nach Westen zu marschieren. Durch ihr Fernglas waren die Berge jetzt klarer zu erkennen, aber wie weit sie entfernt waren, ließ sich nur schwer abschätzen, und den Dalton Highway sah sie überhaupt nicht.

»Mit einem Snowmobil wär's kein Problem«, sagte Mike.

»Und wenn wir Empfang auf unseren Handys hätten, auch nicht. Wir dürfen nicht aufgeben, Mike. Solange wir warm genug angezogen sind und noch zu essen und zu trinken haben, kann uns nichts passieren. Wir schaffen es.«

»Das wäre kein schöner Tod hier draußen.«

»Daran darfst du nicht mal denken, Mike.«

Sie liefen weiter nach Westen. Nicht mehr schnurgerade, weil sie ständig den Schneeverwehungen ausweichen mussten, aber stetig und ohne Pause und mit den Bergen im Blick. Unter dem klaren Himmel schienen sie zum Greifen nahe, eine optische Täuschung, wie sie wusste, denn sie konnten auch zehn, hundert oder noch mehr Meilen von ihnen entfernt sein. Sie erinnerte sich an einen Fernsehfilm über die Wagenzüge in den amerikanischen Westen. Auch damals hatten die Auswanderer tagelang einen markanten Felsen oder eine Siedlung vor Augen gehabt, bis sie endlich dort gewesen waren. Bis zu den fernen Rocky Mountains hatten sie sogar mehrere Wochen gebraucht.

Mal führte Jenny, mal Mike, und der eisige Wind, der abends wieder auffrischte, schob sie unbarmherzig an. Beide hatten ihre Schals bis über die Nasen gezogen und hielten die Köpfe gesenkt, um dem Wind eine möglichst kleine Angriffsfläche zu bieten. Die Kälte bahnte sich dennoch einen Weg, langsam nur, aber stetig und unerbittlich, und Mike schimpfte bereits auf »dieses verfluchte Wetter«, das es in Kalifornien »nicht mal während der Eiszeit« gegeben hätte. Die Flucherei erleichterte ihm, die Kälte zu ertragen.

Es war schon nach Mitternacht, als sie wieder an einen Fluss kamen und sich einen ähnlichen Lagerplatz wie am Nachmittag suchten. Sie fanden sogar etwas Treibholz und Gestrüpp, das sie teilweise aus dem Eis brechen und gründlich von Schnee und Eis befreien mussten. Sie errichteten einen Windschutz aus dem angehäuften Schnee, und Jenny entzündete in seinem Schatten in mühevoller Arbeit ein kleines Feuer. Es brannte keine Stunde, schenkte ihnen aber wenigstens ein bisschen Wärme und ließ sie sogar etwas schlafen.

Sie erwachten von einem lauten Heulen und starrten wie gebannt auf den Wolf, der keine zwanzig Schritte von ihnen entfernt auf dem Steilufer stand und forschend zu ihnen herabblickte. Mike schob verstohlen seine Hand zu ihr hinüber und griff nach ihrem Anorak. In seinen Augen stand nackte Angst. Jenny kannte sich mit Wölfen aus und reagierte etwas gelassener, was sie nicht daran hinderte, ihren Revolver aus der Anoraktasche zu ziehen. »Bleib ruhig!«, warnte sie ihn flüsternd. »Nicht bewegen! Der verschwindet wieder!«

Mike sagte gar nichts, doch sein Atem ging schneller und verriet ihr, dass er kurz vor einer Panik stand. Als drei weitere Wölfe am Ufer auftauchten und einer auf den Fluss sprang, verkrampfte er und jammerte leise. »Die … die greifen an«, stammelte er, »die ka-kannst du do-doch nicht alle erschießen!«

»Nicht durchdrehen!«, warnte sie ihn. »Die verschwinden wieder.«

Woher sie diese Zuversicht nahm, wusste sie selbst nicht. Sie hatte den Revolver entsichert und hielt ihn fest umklammert, war auch bereit zu schießen, falls einer der Wölfe angreifen sollte. Sie war sich aber auch im Klaren darüber, dass sie niemals gegen das ganze Rudel ankommen würde. Wenn die Wölfe tagelang nichts gefressen hatten, würden sie auch Menschen angreifen.

Der Wolf, der auf dem Flusseis stand und sie unverhohlen musterte, war anscheinend der Anführer des Rudels, ein kräftiger Busche mit ausgeprägten Muskeln und zerzaustem Fell. Seine gelben Augen leuchteten in der Dunkelheit, versuchten abzuschätzen, ob sich ein Angriff auf die Zweibeiner lohnte.

Noch war der Winter nicht so streng, dass die Wölfe in menschliche Siedlungen drangen oder einsame Wanderer überfielen. Zweibeiner standen auf ihrer Beuteliste ganz unten. Solange es Karibus und andere Tiere gab, würden sie nicht angreifen. Sicher waren sie nur aus Neugier gekommen, redete sich Jenny ein, sie wollten sehen, was zwei Menschen in dieser Einöde zu suchen hatten.

Sie vermied den Augenkontakt mit dem Leitwolf, hielt den Revolver lediglich etwas fester, als er ein paar Schritte näher kam, und entspannte sich, als er umdrehte, mit einem eleganten Satz auf die Uferböschung sprang und mit seinem Rudel in der Nacht verschwand. Es folgte gespenstische Stille.

»Na, was hab ich gesagt?«, gab sich Jenny betont gelassen.

»Du hast Nerven wie Drahtseile.«

»Wölfe sind den Menschen ähnlicher, als die meisten denken«, belehrte sie ihn. »Ich weiß, das klingt jetzt etwas besserwisserisch, aber so ist es tatsächlich. Die schnappen sich eher ein krankes Karibu als einen Menschen, der mit einer Waffe auf sie zielt. Die wissen, was ein Revolver anrichten kann.«

»Bist du sicher?«

»Nein, aber es wirkt so.«

In der Hoffnung, dass dic Wölfe weitergezogen waren, blieben sie noch eine Weile auf dem Fluss, teilten sich einen Becher Tee und einen der Müsliriegel aus der Notration. Frisch gestärkt liefen sie weiter. Schon nach wenigen Schritten merkten sie, dass ihre Beine schwerer geworden waren, und obwohl sie beide durchtrainiert waren, kamen sie nur noch langsam voran.

Auch Jenny verlor jetzt einiges von ihrem Optimismus. Obwohl sie schon so viele Stunden unterwegs waren, kamen die Berge nicht näher und der Blick durchs Fernglas zeigte immer das gleiche Bild. Das Nordlicht, das in allen Farben des Regenbogens über ihnen flackerte, sonst romantisch und verheißungsvoll, schien sie zu verhöhnen, und die Tundra schien sich immer weiter vor ihnen auszudehnen und unbedingt verhindern zu wollen, dass sie den rettenden Highway erreichten. Immer öfter mussten sie stehen bleiben.

Gegen Mittag, als bläuliches Zwielicht den kurzen Tag ankündigte und die Tundra mit einem trüben Schleier überzog, rasteten sie unterhalb eines Hügels, der wie eine Schwellung aus dem gefrorenen Boden ragte. Sie teilten sich erneut etwas Tee und einen Schokoriegel, der ihnen Kraft geben sollte, doch sie waren schon wieder seit über zehn Stunden unterwegs und der Erschöpfung nahe. Ihre Beine waren schwer wie Blei, die Augen fielen ihnen zu. Die Versuchung, sich fallen zu lassen und zu schlafen, war unendlich groß, auch wenn beide wussten, wie gefährlich das war. Ohne ein wärmendes Feuer waren selbst Polarforscher schon erfroren, hatte sie irgendwo gelesen.

Sich gegenseitig helfend, standen beide auf und marschierten weiter. Mechanisch setzten sie einen Fuß vor den anderen, ohne zu merken, dass sie schon in Schlangenlinien gingen und kaum noch die Richtung hielten. Die Anstrengung der letzten beiden Tage machte sich bemerkbar. Ihre Schritte wurden unsicher, und als das blanke Eis unter dem Schnee vom Wind freigelegt wurde, rutschte Mike sogar aus und blieb mit schmerzverzerrtem Gesicht liegen.

Jenny war sofort hellwach und ging neben ihm auf die Knie. »Mike! Um Gottes willen! Was ist los, Mike? Du hast dir doch nichts gebrochen, oder?«

Er versuchte, seinen linken Fuß zu bewegen, und stöhnte vor Schmerz. »Verstaucht … ich hab mir den Fuß verstaucht! Ich kann nicht mehr auftreten.«

»Du musst, Mike! Komm, ich helfe dir!«

Sie half ihm vom Boden hoch und stützte ihn, doch schon nach dem ersten Schritt sank er schreiend zu Boden und fluchte ungeniert: »Oh verdammt, tut das weh! Ich komme keinen Schritt mehr weiter! Du musst allein weiterlaufen und Hilfe holen, Jenny! Ich komme hier schon zurecht. Lass mir einen Schokoriegel da, falls du noch einen hast. Und etwas Tee. Ich halte durch, Jenny.«

»Unsinn!«, erwiderte Jenny. »Solche Opfer bringen die Männer nur in Western oder Kriegsfilmen. Wir bleiben beide hier und warten, bis Rettung kommt. Ich habe sechs Kugeln im Lauf. Sobald ein Buschflieger auftaucht, und das dauert bestimmt nicht lange, schieße ich mehrmals in die Luft.«

»Mach dir nichts vor, Jenny. Hier kommt niemand vorbei.«

»Und was ist das?«, fragte sie. »Hörst du denn nichts? Das ist ein Snowmobil, verdammt.« Ihre Augen, eben noch voller Angst und Zweifel, strahlten plötzlich. »Da kommt jemand!« Sie nahm ihren Revolver aus der Anoraktasche und schoss in die Luft, ein Mal, zwei Mal, und vernahm erleichtert, wie das Motorengeräusch für einen Moment leiser und dann wieder lauter wurde und sich in ihre Richtung bewegte. »Wir haben es geschafft, Mike!«

24

Den Inuit schien der Himmel geschickt zu haben. Er trug einen modernen Anorak, aber *mukluks*, die traditionellen Stiefel seines Volkes aus Karibufell, und fuhr ein modernes Snowmobil, an das er einen altmodischen Schlitten gebunden hatte. Er war wenig überrascht, sie in dieser Einsamkeit zu finden.

Jenny erkannte ihn sofort. »Sie sind …«

»Ich bin Paneak, der Sohn von Akiruk«, sagte er rasch. »Ihr habt mit meinem Vater in Anaktuvuk Pass gesprochen. Ein weiser Mann. Als wir hörten, dass man euch vermisst, wusste er sofort, wo ich suchen musste. Er hatte in einem Traum gesehen, dass ihr Hilfe braucht.«

»Dann hat Charly Merrick tatsächlich die Polizei alarmiert.«

»Du hast dir den Fuß verstaucht?«, fragte Paneak den Jungen. Er war ein nüchterner Mann, der wenig Aufhebens von seinen Aktionen zu machen schien. »Ich habe Verbandszeug. Aber zuerst suchen wir einen Lagerplatz.«

Er hob den verletzten Jungen scheinbar mühelos

vom Boden auf und trug ihn zum Schlitten. Mit einem Blick forderte er Jenny auf, einige Decken aus seinem Schlittensack zu ziehen und ihn darin einzuwickeln. »Setz dich zu ihm«, sagte er zu ihr, »bis zum Lagerplatz sind es nur ein paar Meilen.« Er stieg auf sein Snowmobil und drehte sich noch mal um. »Ihr seid sehr tapfer.«

Allein hätten sie den Platz wahrscheinlich nie gefunden. In einer versteckten Mulde ragten drei Felsen aus dem Schnee, groß genug, um sie vor dem teilweise immer noch böigen Wind zu schützen. Innerhalb weniger Minuten errichtete er einen zusätzlichen Schutz aus Zeltplanen und zündete ein kleines Feuer an. Holz und Reisig führte er ebenfalls in seinem Schlittensack mit.

»Vielen Dank«, sagte Jenny. »Sie kamen gerade rechtzeitig.«

Er ging zum Schlitten und holte seinen Verbandskasten. Um seinen Mund spielte ein leichtes Lächeln. »Auf die Träume meines Vaters kann man sich verlassen. Er ist der Schamane unseres Dorfes, auch wenn die Weißen das nicht besonders gern hören. Viele sagen, was er macht, wäre Hokuspokus.«

»Wenn es Hokuspokus wäre, hätten Sie uns nicht gefunden.«

Er ging nicht näher darauf ein. »Zieh ihm den linken Stiefel und die Socke aus. Ich habe gute Heilsalbe dabei. Meine Mutter hat sie selbst hergestellt.«

»Hatte sie auch einen Traum?«

»Sie hat in einem Drugstore gearbeitet, als wir noch

in Nome wohnten, und musste manchmal die Salben für den Apotheker zusammenrühren. Am Ende wusste sie besser darüber Bescheid als er. Sie ist eine sehr kluge Frau.«

Mike lag immer noch auf dem Schlitten, aber so nahe am Feuer, dass er kaum noch fror. Obwohl er heftige Schmerzen haben musste, lächelte er sogar, als Jenny ihm den Stiefel vom Fuß zog. »Am Malibu Beach muss ich immer die Leute verarzten«, sagte er. »Tut mir leid, ich hätte besser aufpassen sollen. Wenn Paneak nicht gekommen wäre … du hättest mich zurücklassen sollen. Wie in einem Western. Dann wäre ich wenigstens als Held gestorben.«

»Du siehst zu viele Filme, Mike.«

Paneak schmierte ihm vorsichtig die Salbe auf den lädierten Knöchel und legte einen festen Verband an. Seine kräftige Statur und seine auffallende Gelassenheit verrieten ihn als erfolgreichen Jäger. Er breitete eine zusätzliche Decke über seinen Fuß und reichte ihm zwei Tabletten. Der Tee in seiner Thermoskanne war noch warm. »Gegen die Schmerzen. Seit wir in Anaktuvuk Pass wohnen, hilft meine Mutter beim Arzt aus und bekommt die guten Schmerztabletten. Nicht das Zeug, das man an jeder Tankstelle kaufen kann.«

»Sie haben kluge Eltern«, sagte Jenny.

»Ich habe viel von ihnen gelernt.«

Im Feuerschein ging es Jenny und Mike schnell besser. Zu ihrer Überraschung hatte der Inuit auch einen kleinen Gaskocher dabei und bereitete in wenigen Minuten eine warme Mahlzeit zu. Nudelsuppe mit Markklößchen aus der Tüte. Dazu gab es harten Zwieback, der gar nicht übel schmeckte, wenn man ihn vor dem Kauen in heißen Tee tauchte. Ein Festessen für jemand, der gerade einem Sturm entronnen und dem Tode nahe gewesen war.

Nach dem Essen schlief Mike ein, und auch Jenny konnte sich kaum noch auf den Beinen halten. Die letzten beiden Tage, vor allem die Wanderung über die Tundra, waren zu anstrengend gewesen. Selbst ein erfahrener und ausdauernder Jäger wie Paneak hätte sich auf diesem Marsch schwergetan.

»Ich bringe euch nach Coldfoot«, sagte Paneak. »Vorausgesetzt, die Polizei und das FBI haben Harrison und Lakewood schon gefasst. Die Cops wissen, dass sie die Tankstelle sprengen wollen, und sind mit einem Großaufgebot dort. Sie haben uns angerufen und um Mithilfe gebeten, falls die Bombenleger aus irgendeinem Grund bei uns auftauchen. Aber das glaube ich nicht.«

»Sie wollen die Tankstelle sprengen und dann nach Kanada«, erwiderte Jenny. »Ich hoffe, die Cops erwischen sie, bevor was passiert.« Sie schnaufte erleichtert. »Mann, bin ich froh, dass Charly Merrick in der Nähe war, als die Schurken über Coldfoot sprachen. Ohne ihn gäbe es vielleicht ein Blutbad.«

»Sie werden die beiden fangen. Die Bombenleger haben keine Freunde mehr, auch bei unserem Volk nicht, obwohl wir am meisten darunter zu leiden hätten, wenn Alaska Oil in unserer Heimat nach Öl bohren und eine neue Pipeline legen würde. Die alte hat genug Schaden angerichtet. Aber mit Bomben und Brandsätzen erreicht man nichts. Nur wenn die Leute einsehen, dass Profit nicht alles bedeutet, können wir etwas erreichen. Zum Glück lehnen die meisten anderen Umweltorganisationen den Einsatz von Gewalt ab.«

»Erreichen werden sie dennoch nichts. Die Konzerne sind zu mächtig.«

»Wer weiß?«, widersprach der Inuit. »Ich habe einiges über diese Ölkonzerne gelesen. Vor zwanzig Jahren oder so verzichtete Shell darauf, eine Ölplattform zu versenken, weil die Proteste zu stark wurden und zu viele Leute bei der Konkurrenz tankten. Und in Florida mussten sie viel Geld bezahlen.«

Davon hatte auch John Cooper beim Abendessen erzählt. »Mikes Vater schreibt einen großen Bericht für die *Los Angeles Times.* Vielleicht hilft das. Ich wäre auch sehr traurig, wenn man unsere schöne Natur zerstören würde.«

Paneak räumte den Gaskocher und das Essgeschirr weg und verstaute beides im Schlittensack. »Ihr könnt euch unterwegs ausruhen«, sagte er. »Leg dich zu Mike auf den Schlitten. Ich binde euch fest, damit ihr nicht runterfallt.« Er blickte prüfend zum Himmel. Schwarz wie Samt öffnete sich das Weltall über ihnen, eine magische Welt voller Planeten, Monde und Sterne. »Das

Wetter wird einige Zeit halten, und wir müssten glatt durchkommen.«

Unterwegs schlief nur Mike. Anscheinend hatten die Schmerztabletten ein starkes Beruhigungsmittel enthalten, das ihn sogar den Motorenlärm und das Geholper auf den stark vereisten Strecken ertragen ließ. Jenny tat kein Auge zu, hielt Mike in den Armen und freute sich über die unerwartete Wärme, die von seinem Körper auf sie überging. Es fiel ihr immer noch schwer zu glauben, dass sie tatsächlich in Sicherheit waren und der finstere Plan der beiden Bombenleger nicht aufgehen würde. Wenn die Polizei und das FBI wussten, was die beiden in Coldfoot vorhatten, warteten sie dort sicher schon auf sie.

Allmählich kehrte wieder Ruhe in ihren Körper ein. Die Gewissheit, dass sie der weißen Hölle entkommen waren und Mike mit seinem verstauchten Knöchel gerettet war, ließ sie sogar ihre schmerzenden Muskeln vergessen. Auch an einer durchtrainierten jungen Frau wie ihr, die beinahe täglich mit dem Hundeschlitten unterwegs und das raue Klima im hohen Norden gewohnt war, ging ein anstrengender Marsch über die Tundra nicht spurlos vorbei.

»Wie weit ist es bis zum Highway?«, rief sie dem Inuit zu.

»Ungefähr fünfzig Meilen«, antwortete er. Er drehte sich zu ihr um und grinste. »Ein bisschen viel für eine junge Lady und ihren fußkranken Freund.«

»Ohne den Unfall hätten wir es geschafft«, erwiderte sie trotzig.

»Dir traue ich alles zu«, sagte er. Es war wohl als Kompliment gedacht.

Sie brauchten mehrere Stunden für die Fahrt nach Coldfoot. Sie kürzten über versteckte Jagdtrails ab, die besonders in den lichten Wäldern nördlich des Truckstops gut zu befahren waren, und hielten nur einmal an, um etwas Tee zu trinken und ein paar Kekse zu essen. Mike wachte kurz auf, um sich zu stärken, versank danach aber gleich wieder in tiefen Schlaf und schnarchte bereits leise, als Paneak den Motor startete und zügig weiterfuhr.

Auf den ebenen Trails schlief auch Jenny ein wenig, allerdings nie sehr lange und nicht besonders tief. Ihre Aufregung über die gelungene Rettung, die ihr beinahe wie ein Wunder vorkam, war zu groß. Oder war es die körperliche Nähe von Mike, der im Schlaf sogar einen Arm um sie schlang und sein Gesicht so nahe an ihres schob, dass sich beinahe ihre Lippen berührten? Sie widerstand der Versuchung, ihn zu küssen, nur mühsam und griff stattdessen nach seiner Hand und drückte sie liebevoll. Auch wenn der Satz aus einem kitschigen Liebesroman stammte, der ihr einmal in die Hände gefallen war: Es kam ihr so vor, als würden sie sich schon viele Jahre kennen.

Da klang ihr Vater schon besser, wenn er sagte: »Keine Angst, du merkst schon, wenn du den richtigen triffst. Ich hab deine Mutter nur einmal kurz angesehen und schon wusste ich, dass wir zusammengehören. Es ist ein ganz bestimmtes Gefühl, endlich dort angekommen zu sein, wo man immer hinwollte. Nicht nur die berühmten Schmetterlinge, die dir dann im Bauch rumschwirren, die auch, aber noch wichtiger war mir, gleich mit einem Menschen vertraut zu sein, ihn nicht nur zu begehren, sondern auch mit ihm befreundet zu sein. Ich weiß, das klingt alles sehr hochtrabend, aber so war es wirklich.«

Und so war es auch zwischen Mike und ihr. Mit gewissen Anlaufschwierigkeiten, wie sie lächelnd eingestehen musste, weil er anfangs noch im angeberischen »Ich-bin-was-Besseres-ich-komme-aus-L.A.-Modus« gesteckt hatte und nur allmählich von seinem hohen Ross heruntergekommen war. Doch das war zu entschuldigen, da er fast täglich mit hübschen Mädels am Malibu Beach rumhing und wie ein Filmstar angehimmelt wurde. Ihr gefiel er so, wie er sich jetzt gab: selbstbewusst, mutig und verständnisvoll, aber auch ohne Angst vor Gefühlen und mit der Bereitschaft, seine Schwäche einzugestehen.

In der Ferne schimmerten die Lichter von Coldfoot durch die Bäume. Der Truckstop bestand aus einem Lokal, das eher an eine Baracke auf einer Baustelle erinnerte, und einem Hotel aus mehreren Containern, das von besonders müden Fahrern, im Sommer aber auch von Wanderern besucht wurde, die im nahen Gates of the Arctic National Park die Tiere beobachten wollten. Die Lichter stammten vor allem von den großen Leuchten auf dem Parkplatz.

Ungefähr eine halbe Meile vor dem Truckstop, der im weiten Umkreis von einigen Blockhäusern umgeben war, mündete der Jagdtrail auf den Dalton Highway. Inzwischen war auch Mike aufgewacht, und Jenny und er saßen nebeneinander auf dem Lastschlitten, wieder einigermaßen fit und hoffnungsvoll, bald wieder nach Hause zurückkehren zu können. Die Wirkung der Tabletten hatte etwas nachgelassen, aber Mike verzichtete darauf, sich eine weitere geben zu lassen, er wollte wach sein, wenn sie Coldfoot erreichten.

Eine Straßensperre der Alaska State Troopers und des FBI hinderte sie daran. Zwei Streifenwagen und einige rot-weiß gestreifte Barrikaden versperrten die Zufahrt. Sieben Trucks standen mit laufenden Motoren davor.

»Hey, da ist ja Ellen!«, rief Jenny, als sie die Straßensperre erreichten und einige Officers bei den Streifenwagen sahen. »Trooper Ellen Jemison. Sie ist mit meinem Vater befreundet.« Sie sprang vom Schlitten und rannte zu ihr.

»Jenny!«, empfing Ellen sie überrascht. »Die Kollegen suchen überall nach dir. Ein älterer Herr hat beobachtet, wie die Bombenleger euch zwangen, in ein Flugzeug zu steigen. Das FBI versucht gerade, aus ihnen herauszubekommen, wo sie hingeflogen waren.« Sie wandte sich an Paneak. »Haben Sie die beiden gefunden?« Der Inuit nickte, und sie griff nach ihrem Funkgerät und sprach mit dem Einsatzleiter. »Ganz richtig, Sir. Jenny Sheldon und Mike Cooper sind hier. Ein Inuit hat sie gefunden.« Sie wandte sich erneut an ihn, stellte ihm einige kurze Fragen und sprach weiter. »Ein gewisser Paneak Kelly aus Anaktuvuk Pass. Ja, Sir, es ist ihnen nichts passiert. Geht klar, Sir.«

Sie steckte das Funkgerät weg und umarmte Jenny. »Ich bin Ihnen sehr dankbar, Paneak. Wenn mich nicht alles täuscht, haben die Väter der beiden sogar eine Belohnung für denjenigen ausgesetzt, der sie findet, und da Sie weder für die Regierung noch für den Staat arbeiten, steht sie Ihnen auch zu.«

»Vielen Dank, aber ich will kein Geld«, erwiderte der Inuit. »Mir reicht es, die beiden in Sicherheit zu wissen. Sagen Sie den Angehörigen, dass ich ihnen gern geholfen habe. Ich nehme an, Sie haben die Verbrecher gefasst.«

»Das haben wir, Paneak. Der ältere Herr hatte gehört, dass sie es auf die Tankstelle in Coldfoot abgesehen hatten, und wir waren rechtzeitig zur Stelle. Mehr darf ich leider nicht verraten. Aber sie werden ihre gerechte Strafe bekommen.«

»Das freut mich, Trooper Jemison. Auf Wiedersehen.«

Jenny half Mike vom Schlitten und verabschiedete sich dann von dem Inuit. »Vielen Dank, das werden wir Ihnen niemals vergessen«, sagte Jenny.

Nachdem Paneak gefahren war, rief Jenny ihren Vater an. Der Empfang war in Coldfoot nicht besonders, aber ihr Vater war einigermaßen zu verstehen.

»Jenny? Bist du das, Jenny?«, rief er ungläubig.

»Ja, Dad. Wir sind in Sicherheit. In Coldfoot bei Ellen. Charly hat dir sicher erzählt, was passiert ist. Die Männer haben uns in der Tundra ausgesetzt, und dann kam ein Blizzard ... wenn Paneak nicht gekommen wäre ...« Sie spürte, wie ihr Tränen in die Augen stiegen, und reichte ihr Handy rasch an Ellen weiter. Leise weinend hörte sie, wie die Polizistin ihren Vater beruhigte, dann auch Mikes Vater an den Apparat bekam und ihm berichtete, dass sich sein Sohn lediglich den Fuß verstaucht hatte und ansonsten wohlauf war. »Machen Sie sich keine Sorgen, Sir. Ja, wir haben alles unter Kontrolle hier. Die Täter sind gefasst. Nein, Sir, mehr kann ich Ihnen leider nicht verraten.« Sie lauschte den Worten des Reporters und nickte schwach. »Ja, Sir. Das ist eine gute Idee. Ich sage Jenny und Mike gleich Bescheid. In einer Stunde. Sicher, Sir.«

Sie gab Jenny das Handy zurück und rief einen Sanitäter aus dem bereitstehenden Krankenwagen herbei. »Eure Väter kommen mit einem gewissen Dick Clarkson und seiner Cessna nach Coldfoot«, sagte sie zu Jenny und Mike. »In spätestens einer Stunde sind sie hier.« Den Sanitäter bat sie, sich um Mike zu kümmern. »Geben Sie ihm die Krücken, er kann ja kaum gehen.«

Jenny berichtete der Polizistin inzwischen, wie sie den Blizzard überstanden hatten. Ellen hörte ungläubig zu und dachte genau wie sie. Sie konnten froh sein, überhaupt noch am Leben zu sein. »Sobald der Hubschrauber kommt und die Gefangenen abholt, räumen wir hier sowieso die Stellung, Jenny. Dann könnt ihr im Lokal des Truckstops warten. Da ist es wärmer.«

»Ich hoffe, wir sehen Sie bald wieder, Ellen.«

»Das hoffe ich auch, Jenny. Ich habe ein gutes Gefühl.«

»Das freut mich. Das freut mich sogar sehr.«

Mike sah mit seinen behelfsmäßigen Kunststoffkrücken wesentlich unglücklicher aus. Der Sanitäter hatte den provisorischen Verband, den Paneak ihm angelegt hatte, ausdrücklich gelobt, ihn aber dennoch ausgewechselt und ihm eine kleine Dose mit zehn Schmerztabletten gegeben. »Legen Sie den Fuß möglichst hoch und seien Sie geduldig. Drei, vier Wochen kann es schon dauern, bis Sie wieder vollkommen einsatzfähig sind. Das wird schon, okay?«

Eine halbe Stunde später flog der Hubschrauber mit den Gefangenen davon, und die State Troopers und das FBI ließen den Einsatzort räumen. Es dauerte noch eine ganze Weile, bis die Straße wieder befahrbar war und der Verkehr sich entzerrt hatte. Nach dem vielstimmigen Quaken aus den Funkgeräten und den aufgeregten Stimmen war die plötzliche Stille umso tiefer und beeindruckender. Nur das Brummen der Truck-Motoren drang noch vom Parkplatz zu ihnen herüber. Eine Tür wurde geöffnet und wieder geschlossen.

»Lass uns gleich zum Flughafen gehen«, schlug Jenny vor, »der Landestreifen liegt dort drüben hinter den Bäumen. Keine fünf Minuten von hier.«

Mike war einverstanden, und sie gingen langsam die Straße hinab und über einen schmalen Pfad an den Bäumen entlang. Über ihnen wölbte sich der samtschwarze Himmel, der Mond und die Sterne leuchteten feierlich und das Nordlicht flackerte in farbenprächtigen Mustern über den schneebedeckten Bergen. Als wollte sich der nördliche Himmel von seiner besten Seite zeigen.

Sie blieben beide stehen und blickten zum Himmel empor.

»Ich hab mir was überlegt«, sagte Mike, nachdem er einmal tief durchgeatmet hatte. Seine Stimme klang ein wenig heiser und beinahe schüchtern. »Ich wollte doch sowieso aufs College gehen und dachte mir, warum nicht hier in Fairbanks? Was ich früher gesagt habe, stimmt nicht. Das mit der Kälte und der Dunkelheit ist gar nicht so schlimm, besonders in einer Nacht wie dieser, und wer einen so starken Blizzard wie wir überlebt hat, der hat sowieso nichts mehr zu befürchten.« Er war so nervös, dass er ihr kaum in die Augen sehen konnte. »Außerdem will ich wissen, wie du beim Iditarod abschneidest, und … ich liebe dich, Jenny! Ich liebe dich von ganzem Herzen.«

Sie blickte ihn strahlend an. »In Alaska aufs College

zu gehen ist eine gute Idee, Mike. In L.A. hätten sie dich nur für den Film entdeckt, und was will einer wie du in Hollywood, wenn er in Coldfoot, Alaska, diesen farbenprächtigen Himmel genießen kann?«

Sie legte ihre Arme um seinen Hals und sie küssten sich. »Ich liebe dich auch, Mike«, flüsterte sie, bevor sich ihre Lippen berührten und sie in einem Chaos der Gefühle versanken, und diesmal konnte sie nicht einmal das laute Motorengeräusch von Dick Clarksons Cessna von ihrem Kuss abbringen.

Rachel Harris

Und er steht doch auf dich

ca. 300 Seiten, ISBN 978-3-570-31015-1

Aly will endlich weg von ihrem Kumpel-Image. Ihr Ziel: Justin Carter erobern, den heißesten Typen der Schule, und mit ihm zum Homecoming Ball gehen. Also wird die Operation Sex-Appeal gestartet. Dazu gehört auch die gefakte Beziehung mit Brandon, Alys bestem Freund. Und tatsächlich beginnt Justin sich für Aly zu interessieren. Nach der »Trennung« von Brandon kommen Aly und Justin auch wirklich zusammen. Aber ist es wirklich Justin, den Aly will? Denn eigentlich haben sich Aly und Brandon längst unsterblich ineinander verliebt. Doch zuzugeben, dass sie mehr füreinander sind als nur Freunde, ist gar nicht so leicht …